En tierra de extraños

Un caso de la teniente Patricia Montenegro

Jorge Zaera

En tierra de extraños

Un caso de la teniente
Patricia Montenegro

EN TIERRA
DE
EXTRAÑOS

Un caso de la teniente
Patricia Montenegro

JORGE ZAERA

2 de diciembre de 2022

© 2021, Jorge Zaera

ISBN: 978-84-094-6498-2

Personajes

Alonso, Lois: Camarero de El Napolitano
Arribas, Juan: Socio de Roberto Ruarte
Bonanni, Alessandro: Hijo de Marco Bonanni
Bonanni, Ginna: Hija de María Mosqueira
Bonanni, Marco: Marido de María Mosqueira y dueño del restaurante El Napolitano
Delgado, Antón: Cabo de la Guardia Civil de Ortiguña
Duarte, Roberto: Primo de Nuno Roibas. Hace negocios con él.
Fábregas, Leticia: *Maître* del restaurante El Napolitano
Galindo, Manuel: Propietario del barco Yako25
Galindo, Víctor: Narcotraficante. Hermano de Manuel Galindo
García, Lucrecia: Pastelera meiga
Garmendia, Javier: Escritor
Gómez, Manuel: Cabo de la Unidad Central Operativa (UCO)
López, Eduardo: Subinspector de la brigada central de estupefacientes (UDYCO)
Melgar, Raúl: Guardia civil de Ortiguña
Montenegro, Patricia: Teniente de la Unidad Central Operativa (UCO)
Montero: Capitán. Superior de la teniente Patricia Montenegro
Mosqueira, Ignacio: Hermano de María Mosqueira. Contable.
Mosqueira, María: Mujer de Marco Bonanni
Mosqueira, Maruxa: Hija de María Mosqueira
Mosqueira, Natalia: Hija de María Mosqueira
Pedrafita, Begoña: Hija de Lucrecia y de Xurxo
Pedrafita, Xiago: Hijo de Lucrecia y de Xurxo
Pedrafita, Xurxo: Exmarido de Lucrecia
Rodríguez, Elizabeth: Trabaja en casa de Nuno Roibas
Roibas, Nuno: Jefe de una banda de narcotraficantes
Ruiz, Bieito: Guardia civil de Ortiguña
Segura, Ignacio: Pederasta
Torres, Julia: Amiga de Natalia Mosqueira
Urriaga, Noa: Guardia civil de Ortiguña
Vázquez, Camilo: Narcotraficante
Velasco, Ana: Cuñada de María Mosqueira. Psicóloga
Zamora, Óscar: Guardaespaldas de Nuno Roibas
Brais y Lucía: Propietarios de una casa rural

1. La desaparición de Ginna

Podía haber parado en la anterior estación de servicio, pero ha decidido continuar, aun sabiendo que se metería de lleno en la tormenta. En cuestión de segundos, los cristales del coche se han empañado y el agua ha empezado a caer en cascada por el parabrisas. Sin levantar el pie del acelerador, Patricia se inclina hacia delante y quita el vaho del cristal con una manga del jersey, lo justo para ver la carretera. En la radio suena *I Will Survive*, de Gloria Gaynor. La canción le trae a la memoria la reunión que ha tenido ayer con su capitán. Le sube la adrenalina.

—Pase teniente —le había ordenado él con voz ronca.

Patricia entró en el despacho, cerró la puerta, y se acercó con parsimonia a la mesa. Desde el otro lado, su superior la observaba atentamente.

—Tengo algo para usted, pero siéntese —le dijo.

—Estoy bien así.

—Como quiera.

Con esfuerzo notable, el capitán levantó sus ciento veinte kilos del sillón, se acercó a la ventana y se detuvo a mirar a la calle. Transcurridos unos minutos sin que nadie hablase, la teniente rompió el silencio.

—¿Me va a decir de qué se trata o espera a que yo lo adivine?

La noche se le ha echado encima. Ahora conduce por una carretera secundaria. La lluvia ha dejado paso a la niebla. Aminora la velocidad y mira el navegador del coche. «Diez kilómetros más y habré llegado».

El capitán volvió a su viejo sillón.

—Leticia Fábregas, colombiana, veinticinco años. Desaparecida de Ortiguña.

—¿Puede tratarse de una desaparición voluntaria? —preguntó la teniente.

—Puede.

—¿Dónde está Ortiguña?

—En Galicia.

—¿Qué pinto yo en Galicia? ¿Por qué no se lleva el caso desde allí?

—*Ortiguña es un pueblo tranquilo, disponen de pocos efectivos y usted tiene experiencia en desapariciones.*

—*Pueden enviar a una unidad de la Policía Judicial de La Coruña o de donde sea.*

—*No es usted quien lo decide, y veo que no entiende la situación. No apruebo sus métodos y, si he aguantado sus impertinencias, ha sido porque sus resultados eran buenos, y porque tenía el apoyo del comandante. Digo «tenía», porque su última misión ha sido un fracaso sonado y un desprestigio para el cuerpo.*

—*Y ahora quiere quitarme de en medio, enviándome lo más lejos que puede, a resolver un caso que seguramente no es tal —dijo la teniente.*

—*Usted decide: irse en comisión de servicio a Ortiguña o renunciar.*

Patricia le respondió con una mirada desafiante.

—*Lo tomaré como un sí —aventuró el capitán—. El informe del caso está encima de su mesa. Ya puede irse y no olvide mantenerme al día de sus progresos. Espero no equivocarme dándole esta última oportunidad. ¡Ah! ¡Se me olvidaba! Los de la UDYCO quieren hablar con usted.*

Patricia se desvía a la derecha y conduce por un camino de hierba y barro. Unos minutos más tarde, detiene el coche y apaga el motor. Está a oscuras, en medio de ninguna parte, desorientada por la niebla. Mira alrededor y no ve nada. «La maldita casa tendría que estar por aquí».

Golpea con rabia el volante, grita una y otra vez. Nota una opresión en el pecho. Respira rápidamente. El mundo se desvanece a su alrededor. «¡No!, ¡no!, ¡ahora no!». Enciende la luz de cortesía y coge el bolso del asiento del copiloto. Lo abre con manos temblorosas y vuelca su contenido en el asiento mismo. Le falta el aire. Busca el pastillero. «Aquí está, rápido». Se mete una pastilla en la boca, que traga con saliva. El vacío, la oscuridad y la muerte se van apoderando de ella. «Otra pastilla». Traga el segundo ansiolítico. «¡Ya! ¡Ahora respira despacio, como te han enseñado!» Patricia se apoya en el reposacabezas. Se recoge la manga de la chaqueta de cuero y mira el reloj. Cuenta las respiraciones por minuto. Veintiocho. Inspira hondo y expira lentamente. «Otra vez. Sabes que se sale de este túnel». Cierra los ojos y poco a poco controla la respiración, hasta alcanzar un ritmo normal.

No puede evitar las lágrimas. «¡Mierda! ¡Mierda de vida! ¡Tantos años en el cuerpo para terminar así! Qué razón tenías, Gonzalo. ¡Lo he apostado todo a mi trabajo y te he perdido a ti y Dios sabe qué más!». Se toma su tiempo para tranquilizarse.

«Cincuenta años y ¿qué dejo en Madrid? Nada que merezca la pena». Apaga la luz de cortesía y pone el coche en marcha. Enseguida ve un reflejo en la niebla, en algún lugar del camino, más adelante.

Llega a la casa rural donde le han reservado alojamiento desde Madrid. Está aislada, a las afueras de Ortiguña. Golpea el portón con la aldaba. Nada. Un resplandor blanquecino y cambiante se filtra por una ventana. «Están viendo la tele». Vuelve a golpear con la aldaba con más fuerza. Oye unos pasos y el portón se abre. Una mujer baja y vestida de negro, con un mandil gris, la saluda.

—*Boas noites*. Tú debes de ser Patricia Montenegro.

—La misma. Buenas noches.

—Soy Uxía. Entra *muller*. Mi marido y yo ya hemos cenado, pero enseguida te caliento tu plato.

—Prefiero comer algo ligero en la habitación.

—¡¿Cómo que no vas a cenar?! He preparado lacón con grelos.

—No he dicho que no vaya a cenar. Solo que quiero algo ligero, una tortilla, lo que sea. Vengo cansada.

—¿Y para eso he cocinado?

—Ya le digo que estoy muy cansada. ¿Dónde está mi cuarto?

—Subiendo las escaleras, la primera puerta a la derecha.

Patricia se despide y sube a su cuarto. Deja la maleta encima de la cama y hace un recorrido visual por la habitación. Paredes de color vainilla, gotelé desgastado, puertas de sapeli descolorido, a juego con la mesilla y con otra mesita redonda. Un edredón de cuadros azules y verdes cubre la cama de noventa. En una esquina hay un pequeño televisor anclado en la pared, del que cuelga un cable hasta el enchufe.

—¡Joder! —exclama—. Alojamiento de primera. Esto es obra de Montero.

Sobre la mesa redonda hay una cubitera sin hielo con una botella de Albariño, medio tapada con una servilleta blanca y una copa al lado. «Cortesía de la casa», pone en una nota manuscrita. La botella no está muy fría, pero no le importa. La descorcha, bebe un buen trago y la deja encima de la mesilla. Se tumba en la cama y cierra los ojos.

Por lo que ha visto en internet, Ortiguña es un pueblo pequeño, junto a la costa, que vive del turismo y de la pesca. «Mañana me daré un paseo tranquilamente y buscaré otro hotel». El lunes, cuando llegue el cabo Gómez, su compañero de la UCO de Madrid, empezarán la investigación. Después de todo, la denuncia apunta a que la desaparición de Leticia Fábregas puede haber sido voluntaria.

Llaman a la puerta. Patricia se está incorporando cuando entra Uxía con un bocadillo de jamón de York en un plato.

—Aquí tienes —le dice—. Una pena que no cenes el lacón con grelos.

La casera mira con desaprobación la botella en la mesilla. Patricia le agradece el bocadillo y cuando sale la mujer, cierra la puerta con un pequeño cerrojo de latón.

Se toma una larga ducha, apoyando las manos sobre la pared y dejando que el agua caliente escurra sobre su cuerpo. Después de secarse, da tres mordiscos al bocadillo, bebe un largo trago de vino y se mete en la cama con la televisión puesta, aunque no la mira. Es su forma de combatir el insomnio crónico. Cree que así se dormirá antes.

Alrededor de la medianoche, suena su teléfono móvil.

—Buenas noches, teniente. Soy el cabo Antón Delgado. Hablamos ayer de la desaparición de Leticia Fábregas. Disculpe que la llame a estas horas.

—¿Hay novedades, cabo?

—De Leticia Fábregas, no, pero esta tarde ha desaparecido una niña de siete años de su casa, cerca de Ortiguña. Se llama Ginna. Hemos ayudado a sus padres a poner la denuncia. Yo estoy con otros tres agentes acompañándolos en su casa. Ya sé que oficialmente no le han asignado este caso, pero he considerado que debía comunicárselo.

—¿Han llevado a cabo las gestiones básicas?

—Estamos en ello; hemos hablado con los padres y con los hermanos, y hemos registrado la casa. No hay rastro de la pequeña.

—No se muevan. Voy para allá.

Patricia le pide la dirección y el nombre de los padres.

María Mosqueira abre la puerta de su casa. Se encuentra de frente con una mujer morena, alta, más o menos de su misma edad y que viste una chaqueta de cuero negro, pantalones y deportivas del mismo color.

—Hola. Soy la teniente Patricia Montenegro.

—Soy María Mosqueira, la madre de Ginna. Pase —dice con la voz apagada.

Entran en un gran salón decorado con muebles de otra época. Una lámpara de lágrimas de cristal cubierta de polvo ilumina dos sofás. Unas telas blancas cubren parte de las tapicerías desgastadas. Tres agentes de uniforme y otro de paisano miran un mapa desplegado sobre la mesa. El anfitrión sirve orujo en vasos de licor.

Dos mesas auxiliares, cubiertas con fieltro verde, sirven de expositores de objetos variopintos; búhos, faros de distintos tamaños, un trofeo sobre un pedestal de mármol y varias fotos enmarcadas, todas de la pequeña, menos una del matrimonio, y otra de un chico adolescente.

Los agentes se levantan al ver a la teniente y la saludan. Ella dirige su mirada al hombre moreno, alto, con poco pelo y tripa cervecera, que acaba de dejar la botella de orujo.

—Usted debe de ser Marco Bonanni, el padre de Ginna —dice.

Marco no se digna a levantar la mirada del mapa.

—¿Quiere algo de beber? —pregunta María, violenta por la situación.

—Gracias. No bebo cuando estoy de servicio.

—Marco nos ha señalado en el mapa dónde podría estar su hija —explica el cabo Antón Delgado.

La teniente le echa un vistazo. Hay cuatro cruces marcadas en el mapa, todas ellas cerca de la casa y un acantilado que recorre la costa, no muy lejos.

—Les aseguro que haremos todo lo que esté a nuestro alcance para encontrarla —dice Patricia.

—Eso espero —responde Marco, mirándola de soslayo.

—Ahora debo reunirme con mi equipo. Volveré para hablar con ustedes en unos minutos.

Patricia abandona la casa acompañada por sus agentes. Cuando llegan a la zona de aparcamiento, les pide que se presenten.

-Bieito Ruiz, de cuarenta años, es el primero en hablar. Estatura media, calvo, de aspecto campechano, con una sonrisa permanente y unos cuantos kilos de más. Se esfuerza por causar buena impresión y habla más de la cuenta. Hace una broma que no tiene eco en el resto.

A continuación, se presenta la agente Noa Urriaga, de Ortiguña. Veinticinco años, alta y de complexión fuerte.

Raúl Melgar se acaba de incorporar al cuerpo. Bien parecido y de la misma edad que su compañera. Habla con prudencia, temeroso de pisar algún callo.

Los tres reportan al cabo Antón Delgado, de cuarenta y ocho años, moreno, no muy alto, fibroso. Viste ropa informal y, por lo que la teniente sabe, es una persona reservada, acostumbrada a mandar y a que no le lleven la contraria.

—¿Quién vive en la casa? —pregunta la teniente.

—María y sus dos hijas adolescentes, Maruxa, la mayor, y Natalia, la del medio; Marco y su hijo Alessandro, de unos diecisiete años y Ginna, la única hija de los dos, de siete años —responde el cabo.

Bieito Ruiz, que lleva unos cuantos orujos de más en el cuerpo, no puede dejar de observar embobado a Patricia; su pelo negro, con ese flequillo rebelde, su cara angulosa con pómulos pronunciados, su boca grande con labios carnosos y su cuerpo fibroso. Calcula que rondará los cuarenta y cinco. «Esta se machaca en el gimnasio», piensa.

—Ruiz, avíseme cuando acabe de hacerme la ficha —le reprende la teniente.

—Disculpe, señora —responde avergonzado.

—¿Cuándo les llamaron para comunicar la desaparición de Ginna?

—Serían las nueve de la noche —responde el cabo Delgado—. Llamó Natalia muy alterada.

—¿Qué han averiguado?

—La madre estaba atendiendo a Brais, propietario de un hotel rural que se encuentra a un kilómetro. Como habrá visto, viven en un pazo, sin vecinos cerca. Se suponía que la niña estaba viendo la televisión, sola, en otro cuarto, pero cuando la visita se fue, Ginna había desaparecido. No había nadie más en la casa.

—¿Han tomado nota de las declaraciones?

—Estábamos esperándola a usted —comenta el cabo.

—Ya no necesitan esperar. Delgado y Ruiz, den una vuelta por el acantilado. Agentes Urriaga y Melgar, ustedes busquen en los puntos señalados en el mapa —ordena la teniente.

—Pero señora, se habrá dado cuenta de que la visibilidad es mínima —objeta el cabo Delgado.

—Sí, me he dado perfecta cuenta y a pesar de todo, he llegado. ¡Ah! Por cierto, no se les ocurra volver a beber en acto de servicio.

—Perdone, señora —replica Delgado—, es que aquí hacemos las cosas de otra forma. Este es un pueblo pequeño, y nos conocemos todos. Bebíamos con Marco para tranquilizarle y ganarnos su confianza.

—Mire, cabo, usted y yo no nos hemos tomado ni un triste café juntos, así que cuando se dirija a mí, me llama teniente. En cuanto a cómo se hacen las cosas por aquí, le aclaro que se harán como yo diga. ¿Supone esto algún problema para usted?

Delgado guarda silencio, y los demás esperan a ver su reacción. Nadie se había atrevido a hablarle antes así.

—Espero su respuesta.

—Usted manda, teniente.

—Pónganse en marcha. Esa niña podría estar en peligro.

Patricia regresa a la casa. Marco la está esperando en la entrada, en jarras, con expresión desafiante. María está detrás de él.

—¿Qué hace que no busca a mi hija? —la increpa.

—Mi equipo está en ello, pero tengo que hablar con ustedes. Si no me ayudan, no podré ayudarles.

—Marco, por favor, la teniente quiere lo mismo que nosotros, encontrar a Ginna —dice María, en tono conciliador.

El hombre entra en el salón seguido de las dos mujeres.

—¿Tienen una foto reciente de Ginna?

María extrae una foto de uno de los marcos.

—Aquí tiene. Esta es de hace un mes —precisa dándosela con la mano temblorosa.

Patricia mira la foto atentamente. Bien podría pasar por una niña extranjera; ojos azules y pelo rubio. Con Marco solo comparte la expresión huraña.

—¿Cuándo la vieron por última vez?

—Pregunte a sus compañeros. Ya se lo hemos contado todo —protesta Marco.

—En la comida —aclara María—. Los sábados comemos todos juntos. Hoy hemos celebrado el cumpleaños de Marco. Él volvió por la tarde a trabajar, los chicos salieron por ahí con sus amigos, y yo me quedé en casa con Ginna.

—Sí, para cuidar de ella —la interrumpe Marco—, no para flirtear con el memo de Brais. ¡Hay que joderse!

María está al borde de las lágrimas. Hace un esfuerzo por continuar su relato.

—Mientras recogía la cocina, Ginna veía una película; Natalia se la había puesto en el cuartito de estar antes de irse. Luego llegó Brais, un vecino que quería información acerca de unas casas. Cuando se fue, Ginna había desaparecido. Natalia y Alessandro llegaron al rato, y me ayudaron a buscarla. No la encontraron, así que llamé a Marco. Vino a casa, y luego llamamos a la Guardia Civil.

—Tengo entendido que tiene otra hija, Maruxa creo que se llama.

—Sí, es la mayor. Teníamos la esperanza de que Ginna pudiera estar con ella, pero llegó muy tarde y sola.

—Se te olvida decir que tu hija llegó borracha y colocada —puntualiza Marco.

—¿Saben quién podría querer raptar a Ginna? —pregunta la teniente.

—Nadie, que sepamos —responde Marco.

—Señor Bonanni, ¿tiene enemigos que quisieran hacerle daño?

—Ninguno. ¿Por qué habría de tenerlos?

—Pero, Marco… —empieza María.

—¡Tú no tienes nada que decir! —la interrumpe gritando—. ¡Tenías que cuidar a Ginna! ¡Más te vale que aparezca!

Unos lagrimones recorren las mejillas de María. Se disculpa y sale del salón.

—¿Por qué trata así a su mujer?

—Métase en sus asuntos, señora.

La teniente lo mira fijamente. Intuye que es un maltratador. Tiene un desgarro en el pantalón, a la altura de la rodilla.

—¿Cómo se ha hecho eso?

—Un golpe sin importancia, contra la mesa del salón. Y, ahora, si ya ha terminado con sus preguntas, ¿puede irse a buscar a mi hija?

—No, no he terminado. De hecho, estoy comenzando. Quiero ver la casa.

Marco hace un gesto de desaprobación, suspira y grita:

—¡María!, ¡enséñale la casa a la poli!

La mujer aparece con la cara recién lavada y le pide que la acompañe. Marco se queda en el salón y llama por teléfono.

Patricia sigue a María por la casa. Esta se disculpa continuamente por el estado en que se encuentra. Es una antigua casa señorial, de piedra, con ventanas rematadas con arcos de medio punto. En la planta de abajo, hay un amplio cuarto de estar, donde los chicos ven la televisión. Patricia le dice que quiere hablar con ellos, pero más tarde. Las dos mujeres continúan el recorrido por la cocina, un aseo y el salón, y suben a la segunda planta, donde hay seis dormitorios y tres cuartos de baño. Desde esa planta, por unas escaleras, acceden a una torre almenada.

—Necesitamos pintar la casa y hacer algunos arreglos, pero el restaurante se lleva todo el dinero —aclara María—.

—¿Tienen un restaurante?

—Sí, bueno, solo es de Marco, no es mío. Se llama El Napolitano.

—¿No va bien?

—Nunca ha ido bien del todo, pero, desde hace un año, no levanta cabeza.

—¿Por algún motivo en especial?

—Supongo que alguno habrá —responde María, que agarra el brazo de Patricia con suavidad—. Teniente, la encontrarán, ¿verdad? Si no, me muero.

—Eso espero. Le puedo asegurar que haremos todo lo que esté a nuestro alcance.

En la cocina, la teniente acepta el té que María le ofrece. Cuando la infusión está lista, se sientan a la mesa.

—Necesito que me cuente, en detalle, todo lo sucedido en el día de hoy —le pide la teniente.

María arranca a llorar, y Patricia la tranquiliza.

—Tómese el tiempo que necesite. Imagino cómo se siente.

María empieza a hablar con voz temblorosa.

—Por la mañana, he estado aquí, cocinando un pote gallego, la comida preferida de Marco, para celebrar su cumpleaños.

—¿Quién estaba en la casa?

—Los niños.

—¿Alguien cuidaba de Ginna?

—En teoría, sus hermanos, bueno, hermanastros. Marco siempre se enfada conmigo porque cocino con la puerta abierta. Dice que toda la casa huele a comida, pero así puedo prestar más atención a Ginna y cada poco tiempo la llamo. ¡Dios mío! ¡Qué no le pase lo que a Olaya!

—¿Qué le pasó a Olaya?

—Una desgracia. Ocurrió hace cuarenta años, pero, la verdad, no creo que tenga que ver con Ginna.

—Déjeme juzgarlo a mí.

—Olaya era mi amiga del colegio. Teníamos siete años, y sus padres eran amigos de los míos. Solían visitarnos los sábados, y a los niños nos dejaban en el cuarto de estar mientras ellos charlaban en el salón. Nos tenían prohibido salir de la casa, de esta misma casa donde nos encontramos ahora. A unos quinientos metros hay un acantilado. Aquella tarde, mi hermano, Olaya y yo escapamos por la puerta de la cocina y fuimos al acantilado. Jugamos a ver quién se acercaba más al borde. Olaya tuvo un traspié y cayó al vacío. El accidente me dejó marcada para siempre. Y ahora ha desaparecido Ginna, con la misma edad. Se puede imaginar cómo me siento.

—¿Alguna vez se había escapado?

—Nunca.

—¿A qué hora llegó Marco a comer?

—Tarde, no sé, serían las tres y media o las cuatro.

—¿Cómo fue la comida?

María no puede reprimir unas lágrimas. Hace una pausa y da un sorbo al té.

—Yo hago lo posible por mantener a la familia unida, ¿me entiende lo que le digo?, pero siempre hay peleas. Hice la comida y preparé la mesa con la mantelería y la vajilla que heredé de mis padres. ¿Cree que los chicos me ayudaron? No, ninguno movió un dedo. Marco llegó malhumorado, como siempre, y se tumbó en el sofá.

Patricia percibe que María necesita desahogarse antes con ella, una extraña, que con la gente que la rodea. Ahora son dos mujeres tomando un té en la cocina y charlando, eso sí, de un asunto delicado, en el que una busca la ayuda de la otra. Decide suavizar el tono del interrogatorio y aprovechar la disposición de María por sincerarse.

—Lo siento. ¿Desde cuándo viene malhumorado?

—Ya hace bastante tiempo. No tiene nada que ver con el Marco que conocí hace nueve años. En aquella época, yo vivía aquí con mis dos hijas y era agente inmobiliaria. Él acababa de llegar de Nápoles con su hijo Alessandro, de ocho años. Me pareció un hombre encantador, no como mi exmarido: un maltratador que, un buen día, se fue de casa y ya no volvió. Marco trabajaba de cocinero en un restaurante, estaba ahorrando para abrir el suyo propio. No había día en el que no me trajera flores; estaba muy enamorado y tenía mucha ilusión por comenzar una nueva vida en Galicia.

María mira al techo durante unos segundos, suspira y hace una pausa. Patricia se fija en sus rasgos: ojos azul claro, nariz respingona y la boca pequeña. Su piel es clara y el pelo oscuro. Lo lleva recogido. Transmite una imagen de mujer frágil.

—Al año de novios, nos casamos —continúa María—. Él se vino a vivir a casa con su hijo Alessandro. Le dejé el dinero de mi herencia para que montara su restaurante. Yo veía la posibilidad de rehacer mi vida. Puede imaginarse lo difícil que resulta para una mujer con dos hijas volver a casarse o tener una pareja formal en un pueblo. ¿Me entiende? Yo estaba muy ilusionada. Creía que había encontrado lo que me faltó en mi primer matrimonio, pero ¡qué poco puede durar la felicidad, teniente!

—La entiendo, María. ¿Qué cambió?

—Cuando empezó con el restaurante, se transformó en otra persona o, a lo mejor, empezó a mostrarse como era en realidad. Perdía los nervios por cualquier tontería y los insultos estaban a la orden del día. Me quedé embarazada, y di a luz a un bebé precioso. Ya ha visto las fotos. Confiaba en que el nacimiento de Ginna suavizara el carácter de Marco, pero no fue así. Desde ese momento, solo le han importado dos cosas: su *neniña* y el restaurante.

—Volvamos a la comida. ¿Discutieron?

—Hubo una discusión, siempre las hay; Ginna se había sentado al lado de Marco y le había pedido que le comprase un teléfono móvil. Natalia le dijo que era muy pequeña para tenerlo y Marco le respondió que ese no era asunto suyo. Natalia se rebeló, dijo que ya estaba harta de que la tratara como basura y le diera a la *neniña* todo lo que a ella se le antojara. Recibió un bofetón por respuesta. Se levantó de la mesa sin decir nada, y se fue a su cuarto. Yo sentí pena, dolor y rabia, pero preferí callar.

—¿Cuántos años tiene Natalia?

—Catorce.

Patricia termina su té y se queda pensativa unos segundos.

—¿Cómo reaccionaron los demás?

—Maruxa, mi hija mayor, de diecisiete años, me recriminó por no hacer nada. Le dije que mejor tuviéramos la fiesta en paz. Alessandro no dijo nada, es muy callado. Durante el resto de la comida, Marco contó sus hazañas de cuando jugaba en el equipo de fútbol de su ciudad. De postre, puse una tarta que compré en la pastelería. No soplamos velas ni cantamos el cumpleaños feliz; todos tenían prisa por levantarse. ¿Cree que alguien me dijo una palabra de agradecimiento por la comida? ¡Nadie! Marco se fue al restaurante sin despedirse; Maruxa y Alessandro también desaparecieron; al menos, ellos dijeron adiós; Natalia fue la última en irse, después de ponerle una película a Ginna en el cuarto de estar.

Patricia lamenta en silencio que María se haya resignado a vivir en ese ambiente y su incapacidad para cambiar la situación.

—Recogí la mesa —continúa María— y me quedé en la cocina contemplando el paisaje a través de la ventana. Tenía tarea por delante, pero necesitaba estar sola un rato, para desahogarme, ¿me entiende?

—Perfectamente.

—Pronto iba a anochecer y pensé en Ginna. *Pobriña*, no se quejaba. Estaba viendo la tele.

—¿Cómo lo sabe?

—Porque podía oír la música de la película. Me puse a recoger la cocina rápido para poder estar con ella. Ya ve, ni un momento de descanso. La verdad, no sé por qué le cuento esto.

—Cuénteme todo lo que quiera, María.

—Cuando casi había terminado, llamaron a la puerta.

—¿Recuerda qué hora era?

—Entre las seis y las siete. Vi por la mirilla a mi vecino Brais, dueño de un hotelito cerca de aquí. «Qué pesado y qué inoportuno», me dije; pero, al final, le abrí la puerta.

—¿Por qué es pesado?

—Brais se cree un seductor, capaz de conquistar con su labia y desparpajo. La realidad es que es un pelma cincuentón, bajito y barrigudo.

—¿Por qué le abrió?

—Somos pocos vecinos y vivimos alejados unos de otros. El pueblo está a media hora en coche. Nunca sabes cuándo puedes necesitarles tú a ellos.

—Entiendo —responde Patricia.

—Brais me preguntó si tenía un minuto para hacerme una consulta rápida, y entró en casa sin esperar respuesta. Me pidió un café con un chorrito de *brandy* y fui a la cocina a prepararlo. Se suponía que me esperaba en el salón, pero cuando volví, no estaba allí. Le llamé y apareció enseguida. Me dijo que había ido al baño por sus problemas de próstata. Le respondí a un par de preguntas acerca de las casas que se venden por la zona y me levanté para dar por terminada la conversación. Estaba nerviosa por Ginna.

—¿Recuerda si aún oía la música de la película?

—Sí.

—¿Sí lo recuerda o sí oía la música?

—Sí lo recuerdo y sí oía la música.

—Siga, por favor.

—Brais se había acomodado en el sofá y me dijo: «Venga *muller*, ¿qué prisa tienes?». No hace mucho, nos había invitado a comer a Marco y a mí en su casa rural y me sentía obligada a escucharle.

—¿De qué hablaron?

—Fue él quien habló. Estuvo un rato contando anécdotas de sus huéspedes.

Patricia acusa cansancio y le cuesta seguir con el interrogatorio. Se excusa unos minutos para ir al aseo. Se lava la cara con agua fría para despejarse.

—Disculpe la interrupción —dice cuando vuelve.

—El caso es que yo ya no le prestaba atención a Brais. Estaba intranquila por Ginna; había dejado de oír la música de la película. Seguramente ya había terminado. Miré el reloj; eran casi las ocho. Le acompañé a la puerta y me despedí de él. Fui corriendo al cuarto de estar mientras llamaba a Ginna, pero no respondía. Cuando llegué, no estaba allí. La televisión seguía encendida, pero la película había terminado. La apagué, subí a buscarla a su dormitorio y luego por toda la planta de arriba y por la torre. Había desaparecido.

María se seca las lágrimas con una servilleta.

—¿Por qué no llamó a la Guardia Civil?

—En el fondo no creía que se hubiera ido muy lejos. La llamé a gritos varias veces. Yo estaba muy nerviosa. Incluso la amenacé con castigarla a no ver la tele si no salía de donde estuviera escondida. No respondía. Esperé unos minutos que se me hicieron eternos. Bajé por las escaleras y tropecé en el último escalón. Aterricé en el suelo con las manos. Me hice daño en las muñecas, pero me levanté rápidamente.

María hace una pausa.

—¿Tiene hijos, teniente?

—No; sería muy complicado con mi trabajo.

—Es difícil que entienda la angustia que sentí. El recuerdo de Olaya surgió como un bofetón y tuve un mal presentimiento. Fui a la cocina y me encontré la puerta del jardín abierta. Cualquiera podía haberla abierto desde fuera, bastaba con girar la manija. Yo la cierro con llave por las noches, y la abro por las mañanas cuando salgo a tender ropa. Me pregunté quién se la habría dejado abierta. Los chicos y mi marido entran y salen siempre por la puerta principal.

La teniente se levanta y echa un vistazo por la zona del suelo de la cocina, junto a la puerta, y por la parte exterior, pero no ve ninguna huella.

—Continúe —le pide.

—Salí al jardín por la cocina y recorrí la casa por fuera, llamando a Ginna, pero nada. Era de noche y había niebla. Me horrorizaba pensar que estuviera vagando por ahí y, otra vez, surgió el recuerdo de aquella tarde maldita en la que murió Olaya.

2. Un paseo vespertino

Ignacio Segura conduce de vuelta al puerto. Vuelve al barco donde se esconde desde el miércoles pasado, cuando salió de la cárcel. Le han hecho prometer que no va a salir de la cabina, porque alguien podría reconocerle. Al menos, cuando estaba en la cárcel, podía disfrutar de paseos por el patio una vez al día.

Unas cuantas horas antes de aquella tarde de sábado, había decidido romper su promesa. Necesitaba dar una vuelta, y no esperaba que nadie viniera al barco hasta el domingo. Nada más oscurecer, se coloca una peluca y una gorra, se pone el chubasquero y coge las llaves del coche. Sale a la cubierta y respira hondo, sintiendo el placer de tomar una bocanada de aire fresco que le sabe a libertad. No ve mucho movimiento en el puerto, salta al muelle, y de ahí va hacia el parking.

Al pasar junto a una tasca, se encuentra de frente con un par de marineros borrachos. Uno de ellos tiene un puro apagado en una mano, y una botella de licor de hierbas, medio vacía, en la otra.

—*Boas noites* —le saluda el de la botella, arrastrando las palabras y escupiendo al suelo—. Tómate algo con nosotros.

Ignacio trata de mostrarse relajado, pero se prepara para la pelea. Se ha visto envuelto en muchas trifulcas callejeras y sabe lo peligroso que puede resultar un borracho con una botella y ganas de bronca. Lentamente mete la mano derecha en el bolsillo del chubasquero y acaricia su navaja.

—Otro día. Me espera mi mujer —responde.

—¡Corre, corre, que te va a dar *pal* pelo! —le dice el otro borracho, riendo y mostrando sus pocos dientes.

Los dos hombres sueltan una carcajada y se apartan del camino. Ignacio anda sin parar hasta llegar al coche. Una vez dentro, respira aliviado; solo le han visto un par de borrachos que no se acordarán de nada al día siguiente.

Conduce hacia un sitio aislado, en el monte, donde puede pasear y estirar las piernas con tranquilidad, sin que le vean. De cualquier forma, la noche es oscura y hay niebla. «Solo será un rato, y nadie tiene por qué darse cuenta».

El rato se prolonga varias horas. No le importa; al contrario, cuanto más tarde vuelva, menos gente habrá por el puerto.

Entrada la noche, regresa en medio de una niebla espesa. Aparca el coche y se dirige hacia el muelle. Esta vez no se cruza con nadie. Entra en el barco y deja las llaves, la peluca y la gorra en su sitio.

Se tumba en el camastro. Le recuerda al de su celda en el penal de Alhaurín de la Torre, en Málaga, de donde había salido tres días antes. Le habían condenado a doce años de cárcel por el delito de abusos sexuales a dos niñas de seis y ocho años, pero sus abogados, aludiendo a un trastorno de la conducta, habían conseguido una reducción de la pena de tres años. El anuncio de su puesta en libertad había causado un gran revuelo. Por error, se había comunicado a los medios que iba a salir de la cárcel a la una de la tarde del miércoles, en lugar de a la una de la madrugada del mismo día. Eso dio lugar a la convocatoria de una manifestación a la hora equivocada. Ignacio Segura había abandonado la cárcel por la noche.

Recuerda con agrado el encuentro con su amigo Víctor Mariño. Le estaba esperando con el coche. Le había dado un abrazo y agradecido su silencio en nombre del jefe. «Ahora vamos al puerto de Ortiguña. Vivirás en el barco de mi hermano Manuel. Tiene un buen tamaño; es más grande y lujoso que tu celda. No podrás dejarte ver por una temporada hasta que se olviden de ti», le había dicho. Llegaron al puerto ese mismo miércoles por la mañana. Disfrazado con una peluca y unas gafas, Ignacio había atravesado el muelle y subido al barco sin llamar la atención.

3. Hermanastros

La teniente se levanta de la mesa y da vueltas por la cocina. Se está durmiendo, necesita moverse. Repite lo último que le ha contado María.

—Así que dio una vuelta por fuera de la casa, ¿y qué hizo luego?

—Entré por la puerta de la cocina y oí un ruido en la planta de arriba. Caminé a oscuras por el pasillo, en silencio, hasta llegar al pie de las escaleras. Allí me quedé quieta hasta reconocer el sonido; era una ducha. Encendí la luz de las escaleras y subí. Vi luz por la rendija de la puerta del cuarto de baño de las chicas, y llamé con los nudillos. Me respondió Natalia. Le pregunté si había visto a Ginna. Me dijo que no, que ella acababa de llegar y que se estaba duchando. Volví al cuarto de mi *neniña* y revisé su ropa. No estaban ni su anorak azul ni sus botas en el armario.

—Podemos pensar que, si salió acompañada, alguien se preocupó de que fuera abrigada —trata de animarla Patricia.

—Eso me dije a mí misma, y me consoló por un instante; pero visto que no aparece, no sé qué pensar.

María solloza, le cuesta seguir. Tiene las manos sobre la mesa. Patricia se las acaricia, y le pide que se tranquilice.

—Gracias, ya estoy mejor. En aquel momento, tenía la esperanza de que Alessandro o Maruxa supieran algo. Alessandro llegó enseguida, pero tampoco había visto a Ginna. Sin saber bien la razón, quizá por la fuerza de la costumbre, le dije que se quitara las botas. Siempre acabo limpiando el suelo de restos de hierba y barro. Me desplomé en el sofá. Solo me quedaba la esperanza de que Maruxa se hubiera llevado a Ginna, pero sabía que era poco probable. La llamé al móvil, y escuché el mismo mensaje de siempre: «Teléfono apagado o fuera de cobertura».

—¿Nunca se la ha llevado?

—Nunca. Me armé de valor y llamé a Marco.

—¿Por qué tenía que armarse de valor?

—Temía su reacción.

—¿Y cómo reaccionó cuando le contó que Ginna había desaparecido?

—Me gritó y me insultó. Me tomé un tranquilizante. Cuando llegó a casa, la recorrimos juntos. Luego llamamos a la Guardia Civil.

—Tengo entendido que fue Natalia quien llamó a la Guardia Civil. Un poco raro, ¿no?

—La verdad es que Marco me dio un bofetón. Natalia lo vio y corrió a su cuarto, él fue tras ella y se golpeó la rodilla contra la mesa del salón.

Patricia entiende ahora el desgarro del pantalón de Marco. Cuanto más sabe de él, mayor es la repulsa que siente hacia el individuo.

—Natalia se encerró en su habitación —continua María— y llamó a la Guardia Civil para poner una denuncia por malos tratos. Cuando llegaron los agentes, antes de seguir con la denuncia, decidimos esperar a Maruxa. Llegó sola, en un estado lamentable. Denunciamos la desaparición de Ginna, y eso es todo.

—La teniente observa a María. La tensión la ha dejado agotada y decide terminar el interrogatorio, pero antes tiene que hacerla una última pregunta.

—¿Cómo es Ginna?

—Es nuestra pequeña, la única hija que tenemos en común. Habrá visto en las fotos que es muy guapa. Nos cautivó desde que nació. Nos hemos volcado mucho en ella y me temo que la estamos consintiendo más de la cuenta. Es muy expresiva, tiene un carácter vivaz y alegre, aunque protestona. Participa en todas las conversaciones que tenemos como una más. Se fija en lo que hacen sus hermanas mayores y quiere imitarlas y tener todo lo que tienen ellas.

—Son más de las dos de la madrugada —comenta la teniente—. Me pregunto si los chicos seguirán el cuarto de estar o se habrán ido a dormir.

—Vamos al cuarto de estar. Seguramente sigan allí.

Los adolescentes están tumbados en los sillones viendo la televisión. Al pasar junto a Maruxa, la teniente percibe un fuerte olor a vómito proveniente de su camiseta. No los ve preocupados.

—Hola. Soy la teniente Patricia Montenegro —se presenta—. Estoy investigando la desaparición de vuestra hermana.

Nadie responde.

Patricia se coloca delante de la televisión y la apaga. Maruxa es la primera en reaccionar.

—¡Joder con la poli! —exclama.

—¡Maruxa!, un respeto —exige su madre.

La teniente guarda silencio, los examina de uno en uno: Alessandro parece tranquilo, es alto para su edad, parecido a su padre, moreno y de complexión atlética; Maruxa es guapa, morena, con la cara ovalada, lleva *piercings* en nariz y en orejas. Tiene el brazo derecho tatuado y viste una camiseta y unos pantalones del ejército que parecen sacados de un contenedor de basura; Natalia es la más parecida a su madre, salvo que sus ojos son pardos. Lleva ropa de andar por casa.

—¿Qué quiere de nosotros? —pregunta Natalia molesta.

—Vuestra hermana ha desaparecido. ¿No os importa?

—Hermanastra, querrá decir —apunta Maruxa.

—Ya aparecerá —responde Alessandro.

Patricia siente un ligero temblor en la mano izquierda. Le pasó un par de veces en Madrid, y no le dio importancia. No quiere que lo noten; se sienta en un viejo butacón junto a la tele.

—Tengo algunas preguntas. Podemos hablar aquí o en el cuartel, vosotros decidís.

Nadie responde.

—Quiero que me digáis si habéis visto a Ginna después de comer.

Obtiene una respuesta negativa de todos, salvo de Natalia, que explica que la dejó en el cuarto de estar, viendo una película antes de irse.

—Bien, ahora decidme dónde habéis estado esta tarde. Primero tú, Alessandro.

—¡Yo lo flipo! —exclama Maruxa.

—Trato de descartaros como sospechosos, pero necesito vuestra colaboración —aclara la teniente.

—Yo tenía partido de fútbol con los del colegio —responde el chico.

—Yo estuve toda la tarde con mi amiga Julia Torres —explica Natalia—. Si quiere, la puede llamar.

—Lo haremos —asegura la teniente—. ¿Qué me dices de ti, Maruxa?

—¡Que no me des la brasa más! ¡Que me he pillado un *jari* con mis *coleguis*, y estoy muerta!

Natalia y Alessandro se ríen.

—¿Y esos *coleguis* tienen nombre?

—Raúl y Lucas, pero no voy a delatarles, ¿lo pillas?

—Gracias por los nombres. ¿Son tus camellos?

—¡Qué chunga la tía esta! —exclama Maruxa.

—Mañana, cuando se te pase el *jari*, seguiremos hablando.

María oye un carraspeo a sus espaldas. Es Marco; está apoyado en el quicio de la puerta en actitud desafiante.

—Ya es suficiente. Déjenos en paz y no vuelva a mi casa sin una orden judicial.

—Señor Bonanni, mi obligación es investigar todas las posibilidades. Sé que me oculta información, y comete un grave error. Voy a interrumpir la búsqueda por esta noche, y la reanudaremos mañana al amanecer.

—¿Podemos acompañarlos? —pregunta María.

—Por supuesto. Un agente se pasará a las ocho de la mañana por aquí. Los que quieran pueden unirse al dispositivo de búsqueda. Solo les pido que no comenten nada acerca de cómo iba vestida Ginna.

Pasadas las dos de la madrugada, Patricia llama a Delgado. Tampoco han encontrado rastro alguno de la niña. Le ordena suspender la búsqueda por esa noche, le pide que convoque en el cuartel a todos los agentes a las seis y media de la mañana, y que solicite refuerzos a la comandancia de La Coruña para la búsqueda.

Patricia suele tomar pastillas para dormir; a veces, acompañada de alguna que otra copa de vino para conciliar el sueño. Esa noche no se toma nada. Está muy cansada, y apenas quedan tres horas para que suene la alarma del móvil. Cree que se dormirá enseguida, pero su cerebro está en ebullición pensando en la niña desaparecida. No para de hacer elucubraciones acerca de si la han raptado y, en tal caso, si es del entorno familiar o alguien ajeno a la familia, quizá relacionado con Marco. Su mujer iba a decir algo acerca de posibles enemigos cuando él la mandó callar. Por otra parte, le resulta extraño que se haya llevado el anorak y las botas, lo que le induce a pensar que Ginna salió de la casa sola, o con alguien conocido. Luego está lo de Olaya, la amiga de María que cayó por acantilado. Patricia se duerme media hora antes de que suene la alarma de su teléfono.

Los tres agentes están en el cuartel tomando un café de máquina. Delgado los ha emplazado a reunirse media hora antes de la convocatoria de Patricia.

—Gracias por la puntualidad —les saluda—. Quería hablar con vosotros antes de que llegue la teniente. No sé qué pensáis de ella, pero esto no ha empezado bien. Esta mujer solo quiere dejar claro quién manda, no escucha y no tiene ni idea de cómo funcionan las cosas por aquí. Ha llevado ella sola el interrogatorio con la familia sin compartirlo con nosotros. Llevo más de veinte años en el cuerpo, y no había visto nada igual.

El cabo calla esperando la reacción de los demás.

—Estoy con usted, jefe —dice Ruiz.

Delgado sigue callado. Se limita a mirar a la agente Urriaga, que es la líder de los tres. Después de dar un trago a su café, esta responde:

—Acaba de llegar a Ortiguña. Deberíamos darle una oportunidad.

—¿Y usted qué dice, Melgar?

—Yo soy el nuevo, pero creo que tiene razón.

—La Policía Judicial de Coruña debería haber asignado agentes de esta demarcación. No sé por qué nos envían a los de la UCO de Madrid, pero si las cosas no cambian, voy a hacer un informe negativo, y les pido su respaldo. Claro que eso solo será posible si Urriaga también está a favor.

—Cabo —responde la aludida—, sé que la teniente ha sido borde con usted, pero no veo que podamos hacer nada por ahora.

—Tenemos a dos desaparecidas, una de ellas es una niña, y me temo que cuando las encontremos, sea tarde. Quiero que los que estamos aquí volvamos a tener otra reunión en una semana y revisemos la situación. Espero poder contar con todo el equipo.

Patricia llega al cuartel cuando aún no ha amanecido. Observa desde la calle su nuevo lugar de trabajo. Está en una plaza del pueblo, escasamente iluminado por unas farolas de pared. Es de color blanco desvaído, vetusto, de dos plantas, con la cubierta de teja naranja. La comparación con su anterior cuartel de Madrid le resulta un tanto deprimente.

Patricia saluda al agente que está en la entrada, detrás del mostrador de madera de atención al ciudadano. Este le indica que la esperan en el último cuarto, a la izquierda. Ella le pide que pongan la calefacción.

Cuando entra en la habitación, observa al cabo y a los tres guardias sentados alrededor de la mesa, con sus tazas de café medio vacías. Ruiz le ha preparado uno para ella.

—Buenos días, mi teniente. Espero que haya descansado. ¿Lo quiere con azúcar o sacarina? —pregunta.

—Buenos días —saluda Patricia—. Gracias por el café, agente Ruiz. Lo tomo sin sacarina ni azúcar. Supongo que ya han tenido la oportunidad de intercambiar opiniones acerca de mí. Me alegro, así podemos ir directo a lo importante.

Los agentes la miran sorprendidos, y la teniente se sienta.

—Tenemos hora y cuarto antes de que amanezca. Para entonces, la búsqueda debe haber empezado. ¿Alguna idea, pista o pregunta que pueda servirnos para avanzar?

—Cuanto más tardemos en encontrarlas, menor es la probabilidad de que estén con vida —responde Ruiz.

Patricia está a punto de comentar que eso es una obviedad, que no ayuda al caso, pero lo piensa mejor y les pregunta si tienen alguna otra aportación que ofrecer. Se produce un silencio incómodo.

—Yo tengo una pregunta para empezar —dice la teniente—. ¿Hay alguna conexión entre Leticia y la niña?

—Claro, todo el mundo lo sabe —aclara Urriaga—. El padre de Ginna tiene un restaurante donde trabaja Leticia. Se llama El Napolitano, y está a las afueras del pueblo.

—¡Vaya! Eso debieron decírmelo ayer, antes de que interrogase a Marco.

—No nos lo preguntó —responde el cabo Delgado.

—¿Hay algo más que deba saber y que yo no les haya preguntado?

Se cruzan las miradas, pero no dicen nada. Patricia aprovecha para dar un sorbo a su café.

—¿Qué me pueden contar de Ginna y de Leticia?

—Leticia Fábregas es colombiana —aclara Delgado—. Llegó hace algo más de un año. No se ha integrado con la gente del pueblo ni cae bien a sus compañeros del restaurante. Yo creo que se ha vuelto a su país. En cuanto a Ginna, es la hija preferida de Marco. Tiene adoración por ella, al contrario que con sus hijastras.

—¿Puede ser más claro?

—Digo que no parece tener mucho cariño a las hijas de su mujer— aclara Delgado.

—¿Sospechan que las puede maltratar? —pregunta la teniente.

De nuevo todos callan.

—¿Y qué me dicen de María?

—Todos en el pueblo conocen su historia —explica Delgado—. Su padre fue una persona muy querida, y alcalde de Ortiguña durante muchos años. Desafortunadamente, falleció cuando María era una adolescente. Tres años más tarde, murió su mujer, la madre de María. Ella se casó con un maltratador, con quien tuvo a sus dos hijas. Las abandonó cuando Natalia era un bebé. La gente del pueblo le tiene cariño. María es una mujer auténtica, como son las mujeres de aquí.

Patricia piensa que al cabo solo le falta añadir: «No como usted, teniente».

—¿Y qué hay de Marco?

—Se casó con María al año de llegar de Nápoles, y montó el restaurante.

—¿Saben si tiene enemigos? —pregunta Patricia levantándose.

Sin esperar la respuesta, se dirige hacia la ventana y les da la espalda
deliberadamente; quiere que se lo piensen. A través del reflejo del cristal, los ve intercambiándose gestos. El día va a ser gris y lluvioso, muy
probablemente como la mayoría de los días por esas latitudes. Se pregunta si podrá adaptarse a ese clima. Se da la vuelta y se queda mirándolos.

—Marco tampoco es muy popular en el pueblo, sobre todo después
de haber contratado a la colombiana. —responde Urriaga.

—¿Eso es todo?

Nadie responde.

—A Ginna la puede haber raptado algún enemigo de Marco Bonanni —especula la teniente—. Su mujer iba a contarme algo cuando él
la mandó callar. Me cuesta creer que no sepan más al respecto.

Ruiz combate el sueño doblando y desdoblando el sobre de azúcar.
Su mirada está perdida en la taza de café.

—¡Vamos! —dice la teniente subiendo la voz—. ¡Hay una menor y
una chica desaparecidas! ¡A ver, Ruiz, dígame lo que sabe!

El agente, sorprendido, da un pequeño bote sobre el asiento.

—Le han visto discutiendo en más de una ocasión con Nuno Roibas
en el restaurante —responde Ruiz.

—¿Quién es Nuno Roibas?

—Tiene fama de mafioso, pero hasta ahora nadie le ha denunciado
—aclara Delgado.

—¿Quién más puede querer hacerle daño a Bonanni?

—Quizá algún camarero. Últimamente, dicen que está de un humor
de perros y que la paga con los empleados —dice Melgar.

—Y con su mujer, ¿no es así? —pregunta Patricia.

De nuevo nadie responde, pero los agentes dirigen su mirada a Delgado.

—No sabemos lo que ocurre de puertas adentro en la casa de María
—responde este.

—¡Vamos, no me venga con esas! ¿A santo de qué compartían ayer
unos chupitos de orujo con Bonanni? No es difícil darse cuenta de que
es un maltratador. ¿Ha habido alguna denuncia de maltrato? Quiero una
respuesta clara.

Noa Urriaga mira a su jefe y responde.

—Sí, hubo una denuncia, pero era un error.

—Explíquese mejor.

—Ayer recibimos una llamada de Natalia, la hija de María, denunciando malos tratos de Marco hacia ella y hacia su madre. Cuando llegamos a la casa, tanto Marco como María dijeron que se trataba de un error, que la denuncia era por la desaparición de Ginna.

—Ya, y ustedes se lo tragaron y a beber con Bonanni, que no pasa nada.

Patricia hace una pausa larga.

—Cabo, ¿qué hay de los refuerzos para la búsqueda?

—Ha sido muy complicado. Tenga en cuenta que estamos en la madrugada del sábado al domingo. Por suerte…

—Al grano, cabo.

—Viene una patrulla de refuerzo con un colaborador, un especialista en drones.

—Perfecto. Usted se encargará de coordinar a los agentes de refuerzo. Asegúrese de examinar a fondo la zona del acantilado. La familia quiere unirse a la búsqueda —explica Patricia—. No es lo que más me gusta, pero no podemos impedírselo. De cualquier manera, van a buscar a la niña. Ruiz, usted irá a recogerlos. Centre la búsqueda por los alrededores de la casa o donde ellos le digan, y no se le ocurra acercarse al acantilado. Manténgalos ocupados. Que los de criminalística busquen huellas en la cocina de la casa y en el cuarto de la niña. Quiero que también investigue a fondo a Marco Bonanni: ¿Por qué vino a Galicia? ¿Qué fue de su exmujer? ¿Cómo es su relación con los padres? ¿Dónde estudió? Si tiene caries o se depila. Quiero saberlo todo de él, lo que ha hecho aquí y en su vida pasada antes de venir. Urriaga, usted compruebe las coartadas de la familia, especialmente, la de Maruxa. Melgar, usted se viene conmigo a visitar a los vecinos de la zona. A las ocho de la tarde, nos reuniremos aquí; quiero ver las grabaciones del dron. Una advertencia para todos: no comenten a nadie cómo iba vestida la niña.

4. La búsqueda

María está sola en el dormitorio. Ha pasado la noche en vela sin parar de llorar, pensando dónde podría estar su hija; Marco se fue a dormir al sofá del salón, no sin antes insultarla un par de veces más. Se encuentra débil y con el ánimo por los suelos. Haciendo un esfuerzo, se asoma a la ventana y contempla el amanecer más triste de su vida. ¿Dónde habrá pasado la noche Ginna?

Son casi las ocho de la mañana del domingo. Lleva un rato dándole vueltas: no sabe si debe hacer esa llamada. Ha pasado mucho tiempo, no le ve el sentido, o quizá sí. Marco le grita, desde la entrada, que ya ha llegado la Guardia Civil a recogerlos, y le ordena que baje de una vez. Por fin se decide; hace la llamada desde el móvil.

—Hola —saluda susurrando—. Tengo poco tiempo para hablar, y no quiero que me oigan. Ginna desapareció ayer por la tarde. Como puedes imaginarte, estoy muy angustiada.

—¿Habéis llamado a la Guardia Civil?

Al oír su voz, algo se remueve en su interior.

—Hemos puesto una denuncia. Están esperándome para buscarla. Ahora te tengo que dejar.

María cuelga y baja.

—¿Se puede saber qué hacías? —pregunta Marco.

—Arreglarme.

Antes de subir al furgón, el agente Ruiz se reúne con toda la familia menos con Maruxa, que está en cama y no quiere unirse al resto. Revisan los puntos señalados por Marco en el mapa. Añaden dos más y establecen un itinerario. El agente les explica que cuentan con refuerzos que ya están peinando la zona.

Nada más ponerse en marcha, Marco empieza a insultar a María.

—Eres una sinvergüenza. A saber lo que habrás estado haciendo con ese gilipollas de Brais.

—Si no se calla ahora mismo, tendré que pedirle que se baje —le advierte el agente Ruiz.

María derrama unas lágrimas y hace un esfuerzo por reponerse.

—Ya ajustaré cuentas con ese memo, y contigo también —sigue Marco.

—Es suficiente —dice el agente—. Señor Bonanni, bájese del coche.

—¡Mira el gordo este! *Vaffanculo!* —le insulta Marco en su idioma.

—¿Qué me ha dicho? —pegunta Ruiz.

—¡Que se vaya a tomar por culo! —le grita Marco y sale del vehículo dando un portazo.

Ruiz reanuda el viaje, ahora solo con María, Natalia y Alessandro.

El cabo Delgado ha cuadriculado un mapa de la zona y ha asignado áreas de búsqueda a las patrullas de refuerzo. Él se ha quedado cerca del acantilado con Fernando, el especialista en drones. El chico tendrá poco más de veinte años y es un colaborador habitual de la Guardia Civil. No tiene vértigo; se queda embelesado mirando las vistas abiertas al mar. Delgado le dice que espabile, que tienen mucho trabajo por delante; aunque, en realidad, tanta impaciencia se debe a su curiosidad por ver volar esos aparatos.

—He traído dos drones, varios juegos de baterías intercambiables y un cargador —explica Fernando desplegando toda la parafernalia en una mesa portátil—. Mientras el dron está en el aire, recargamos las otras baterías.

Delgado está intrigado; eso de los drones es nuevo para él.

—¿Qué alcance tienen?

—Son drones chinos. No son de última generación, pero no están mal. Estos tienen una autonomía de veinte a treinta minutos. Hoy apenas hace viento, pero tenemos esta llovizna intermitente que ralentiza el vuelo. Calculo que podremos hacer vuelos de tres a cuatro kilómetros, ida y vuelta. Todo depende de lo recto que volemos.

—Tenemos que grabar unos diez kilómetros de costa por la zona de los acantilados, y deberíamos terminar antes de las seis.

—No hay problema. He traído algo que le gustará.

—Puedes tutearme, pero solo cuando no haya nadie más.

Fernando hace un esfuerzo por tutearle. Delgado anda recto como una vela y no parece haber sonreído en su vida.

—Vale —responde el joven—. Ponte estas gafas; podrás verlo todo como si estuvieras en la cabina de un avión. La calidad es muy buena. El dron lleva una cámara 4K con estabilizador de tres ejes. Lo voy a controlar con el iPad.

El experto pone en marcha el aparato y lo eleva a unos diez metros en vertical. Luego sobrevuela el acantilado y hace un descenso hasta situarlo a unos veinte metros por encima del nivel del mar. A Fernando le hace gracia ver la cara de vértigo que pone el cabo, que está sorprendido por el detalle de las imágenes.

—¡Oye, Fernando! ¡Esto es como en las películas!

—Te gusta, ¿eh? Pues espera, que voy a hacer un vuelo a ras del mar.

Para delicia del cabo, el chico hace una pasada sobrevolando la rompiente.

—¡Alucinante! —exclama Delgado—. ¡Súbelo un poco! Me parece haber visto algo.

El chico eleva el dron a unos cuarenta metros.

—¡Ahí!, ¡míralos! Son dos mariscadores furtivos. Estos no dejan un percebe vivo. Acaban de sumergirse. Luego avisaré al Seprona.

—¿Quieres que vuele el dron por encima de ellos?

—No. Tenemos una misión que llevar a cabo. Vas a volar el dron hacia el este lo más lejos posible. Asegúrate de grabar el recorrido. En el trayecto de ida, enfoca la cámara hacia al pie del acantilado y, en el de vuelta, hacia la pared.

Hace tiempo que han perdido de vista el dron y tampoco pueden oírlo; pero, a través de la pantalla del iPad y de las gafas, pueden ver las imágenes que transmite y saber su localización exacta en cada momento.

—Quiero pedirte un favor, cabo.

—Tú dirás —responde distraído, sin dejar de mirar por las gafas.

—Ha salido un dron muy guapo, con una autonomía de vuelo de cuatro horas y cámara termográfica, fabricado por una empresa gallega. Imagínate los kilómetros de costa que podríamos recorrer sin movernos de aquí.

—¿Y de qué estamos hablando?

—De cuarenta mil pavos. La Benemérita no se merece menos.

—Fernando, olvídalo, y concéntrate en el vuelo. A ver si vas a *escarallar* el aparato y tenemos un problema.

No muy lejos de allí, la teniente Montenegro le pregunta a Melgar por los vecinos más cercanos de Ginna.

—Ahora mismo recuerdo a tres: Javier Garmendia, escritor, vive solo a un kilómetro hacia el este de la casa de María; el matrimonio Brais y Lucía González, que hace diez años montaron un hotel rural no muy lejos; y Lucrecia García, que vive sola y tiene una pastelería cerca del acantilado, junto a un antiguo faro abandonado. Lucrecia tiene fama de adivina, muchos del pueblo le cuentan sus intimidades en busca de consejo. La llaman la Meiga de Ortiguña.

—Perfecto. Vamos a ver a Lucrecia en mi coche. Prefiero no llamar la atención con un vehículo oficial, pero póngase usted al volante. Supongo que conoce bien la zona.

—Sí, teniente.

Melgar conduce el coche por debajo de la velocidad máxima permitida. Tanta prudencia la pone nerviosa a Patricia; se pregunta si el chico ha equivocado la carrera. No se lo imagina persiguiendo a otro coche.

—Puede ir más rápido, Melgar, el coche aguantará.

Patricia quiere aprovechar cada ocasión que se presente para conocer a su equipo, así que durante el trayecto interroga a Melgar.

—¿Cuánto tiempo lleva en el cuerpo?

—En diciembre hará seis meses que terminé el año de prácticas.

—¿Y cuántos años tiene?

—Veinticinco.

—¿Qué ha estado haciendo hasta que entró en el cuerpo?

Melgar suspira. Se siente incómodo.

—Estudié derecho en Salamanca. Cuando terminé la carrera, me presenté a las oposiciones para ser guardia civil.

—¿Y para qué estudió derecho? ¿No quería ser abogado?

Melgar se lo piensa antes de responder.

—Estudié derecho sabiendo que no iba a ejercer de abogado, como deseaba mi padre. Él fue el que se empeñó. Tiene un bufete y quiere que trabaje allí. Me llama todas las semanas para insistir en que deje de perder el tiempo y vuelva ya.

—¿Y usted qué le responde?

—Que no es el momento.

Patricia cataloga a Melgar como un chico de familia acomodada, algo inmaduro y pusilánime. Es del tipo de personas con las que ella debe de tener cuidado para no perder la paciencia.

—Ya casi llegamos, teniente. Disculpe los botes, pero este último tramo debemos hacerlo campo a través.

5. Vecinos

Varias personas forman cola frente a la puerta de la pastelería. Casi todos visten chubasqueros y llevan botas de montaña. Empieza a lloviznar.

La pastelería es una vieja casa de color ocre, de dos pisos y tejado de pizarra. No muy lejos, al borde del acantilado, se erige un faro que parece abandonado. Por un momento, Patricia tiene la sensación de estar de vacaciones.

—Sorprendente —comenta—. Son las nueve de la mañana del domingo, todavía no han abierto, y ya hay gente esperando.

—No se extrañe —aclara Melgar—, la pastelera está especializada en productos artesanales; su tarta de Mondoñedo la ha hecho famosa. Mucha gente viene de lejos para comprar aquí.

La teniente se salta la cola y llama al timbre; la puerta tiene colgado un letrero: LUCRECIA – PASTELERÍA ARTESANAL y el horario. La gente murmura y Melgar, a pesar de ir uniformado, se siente en la obligación de aclarar que están de misión.

Después de esperar varios minutos, una mujer de unos cincuenta años abre la puerta lo justo para asomar la cara.

—*¡Carallo!* ¿Es qué no han leído el cartel? El horario en domingo es de nueve y media a una y media.

—Soy la teniente Montenegro y este es el agente Melgar, de la Guardia Civil. ¿Es usted Lucrecia García?

—La misma. ¿Qué quieren?

—Necesitamos hablar con usted.

—Ha elegido el peor día. Estoy sola y, como puede ver, tengo clientes esperando —responde—. Vuelva *mañá*.

Lucrecia intenta cerrar la puerta y Patricia se lo impide metiendo el pie.

—Es un asunto urgente. Podemos tener una charla aquí y ahora, o en el cuartel. Usted decide.

—No nos llevará mucho tiempo —dice Melgar, intentando ser conciliador.

La teniente le dirige una mirada de reprobación al agente, que se encoge de hombros. La pastelera anuncia a los clientes que no podrá abrir hasta las diez por causas ajenas a su voluntad. La gente protesta, y dos personas abandonan la cola. Patricia y Melgar entran con la pastelera.

De las paredes cuelgan grandes espejos con marcos de roble envejecido. Los pasteles y las tartas están perfectamente ordenados y expuestos sobre los estantes de las vitrinas refrigeradas.

—Mejor pasamos al obrador —dice Lucrecia.

El obrador es una habitación grande, equipada con electrodomésticos que parecen de última generación; en el centro hay una mesa metálica y dos sillas. Al fondo se ven unas escaleras que comunican con el piso de arriba. Hay restos de harina por el suelo con huellas de pisadas. El aroma de la repostería recién horneada despierta el apetito del agente Melgar.

Patricia esboza una sonrisa al pensar en toda la maquinaria que hace falta para elaborar la *pastelería artesanal*.

—Ustedes dirán —apremia la pastelera.

—Quería preguntarle por Ginna Bonanni, una niña de siete años. ¿La conoce? —pregunta Patricia.

Melgar saca un cuadernillo y empieza a tomar notas.

—¿Es que le ha pasado algo?

—Si no le importa, las preguntas las hago yo —responde la teniente.

—Conozco a la familia de Ginna desde hace años. Son buenos clientes. Precisamente, ayer por la mañana vino la madre con la pequeña. ¡Qué *neniña* más mona! Se llevaron una tarta de Santiago.

—¿No la ha vuelto a ver?

—No.

—¿Observó algo que le llamara la atención cuando estuvieron en la pastelería?

—Nada de particular. Pero dígame ¿qué ha pasado?

—Por el momento, solo tengo preguntas. ¿Conoce a Leticia Fábregas?

—Creo que no. ¿Tienen una foto?

Melgar le enseña una foto de Leticia. La pastelera la mira un momento.

—¡Ah, *carallo*! ¡Ya sé quién es! La he visto un par de veces rondando el faro. *Traballa* en el restaurante del padre de Ginna. Eso es todo lo que puedo contarles.

—¿Puede decirnos qué hizo usted ayer?

—Me levanté de madrugada para poner el horno en marcha y preparar los pasteles y las tartas. Abrí a las nueve y estuve despachando hasta las seis; puede ver el horario en el cartel de la puerta.

Melgar se limita a escuchar y a tomar notas. El ruido de sus tripas interrumpe, por unos segundos, la conversación. Se disculpa y dirige su mirada al cuaderno.

—¿Trabaja usted sola? —pregunta la teniente.

—Sí y no; depende.

—¿De qué depende? —pregunta Patricia mirando al techo.

—Del día. Normalmente, viene un aprendiz a ayudarme. Ayer sábado vino desde las siete de la mañana hasta la una. Y ahora, si me permiten, tengo clientes que atender.

—¿Qué hizo ayer después de las seis de la tarde? —continúa la teniente impasible.

—Limpiar el obrador y retirarme al salón, en el piso de arriba, que es donde vivo. Vi un rato la tele y me acosté pronto, a eso de las nueve.

—¿Vive usted sola?

—Sí, aunque no me vendría mal la compañía de un hombre —dice mirando a Melgar, que no sabe dónde meterse. La pastelería da mucho trabajo.

—¿Vio ayer algo que le llamara la atención?

—No. Fue un día normal.

—Bueno, no la entretenemos más. Le agradezco su tiempo.

Cuando la teniente y el agente Melgar están saliendo del obrador, Lucrecia les comenta algo.

—Aunque, ahora que lo pienso... es una tontería. No creo que tenga importancia.

—Cuéntenos —dice Patricia.

—Pues nada, es que ayer por la mañana se pasó por aquí otro guardia civil a comprar unos pasteles. También es cliente habitual.

—¿Le conoce?

—Sí, ya se lo he dicho.

La paciencia de Patricia está llegando al límite.

—¿Y cómo se llama el agente?, si se puede saber.

—Antón Delgado.

—¿Es verdad que es usted *meiga*? —le pregunta a bocajarro.

Lucrecia sonríe.

—Habladurías de la gente —responde—. Lo dicen por mis recetas secretas.

—Eso es todo por el momento. Gracias por su colaboración.

—Ya que estamos aquí, ¿podría llevarme una tarta de Mondoñedo? —le pregunta Melgar—. Pagando, por supuesto.

—Por supuesto, pagando, y poniéndose a la cola como todos —responde Lucrecia.

Cuando están a la altura de la puerta, la teniente se da la vuelta.

—Una última pregunta. ¿El faro es suyo?

—Sí, lo compré con la casa. Está cerrado, pero me sirve para llamar la atención de los turistas y para orientarles.

Al salir de la pastelería, Patricia se acerca al faro. Tiene forma cónica y unos cuantos ventanucos. Se puede apreciar que anteriormente estaba pintado a franjas de colores blanco y rojo, ahora ya descoloridos. En la parte alta, hay un balcón circular, del que se han desprendido partes del suelo. Está rodeado por una barandilla herrumbrosa y descolgada en algunos tramos. La vidriera y la cúpula no parecen estar en mal estado.

—En Madrid tenemos el Faro de Moncloa —le comenta sonriendo a Melgar—, pero no se ve el mar. Me gustaría subir y ver las vistas que tiene este.

Patricia rodea la base del faro. El único acceso al interior es por una puerta metálica verde con tres cerraduras y un cartel para disuadir a los curiosos que intenten entrar. Golpea la puerta con el puño; parece maciza. Se dirige al borde del acantilado, a unos pocos metros del faro.

—¡Tenga cuidado, teniente! ¡Hay una buena caída! —le avisa Melgar desde una distancia prudencial.

Patricia respira hondo y se recrea con las vistas. Desde esa atalaya puede ver, a su izquierda, la desembocadura de la ría y contemplar el contraste del color claro de la arena de sus playas con la vegetación. Al frente y a la derecha, unos pequeños islotes rocosos emergen del mar. La vista del paisaje la reconforta. Da un pequeño paseo bordeando el acantilado, sin importarle la lluvia.

De vuelta al coche, le pide a Melgar que conduzca a la casa del escritor.

—He tomado nota de todo —comenta el agente.

—¿Hay algo que le haya llamado la atención?

—La repostería —responde.

—¿Qué le pasa a la repostería?

—¿Se ha fijado en los pasteles y las tartas? Me hubiera llevado una bandeja.

—No veo cómo eso nos ayudará con el caso.

Melgar se queda callado.

—¿No se ha fijado en que había harina en algunas zonas del suelo del obrador? —pregunta Patricia.

—Ahora que lo dice, sí.

—¿Y no ha visto que había huellas de pisadas de dos tamaños diferentes?

—Supongo que serán de la pastelera y de su ayudante —responde Melgar.

—Algo no encaja; sabemos que el ayudante se fue ayer a la una. Lucrecia dijo que después de cerrar a las seis, estuvo limpiando el obrador y, a juzgar por cómo tiene la zona de clientes, debió dejarlo impoluto. Si ese es el caso, la harina que hemos visto en el suelo es de esta mañana, lo mismo que las huellas. Alguien más ha estado hoy en el obrador.

—¿Para qué iba a mentirnos?

—No lo sé. Lo que sí puedo decirle es que había pisadas de un pie pequeño y otras de gran tamaño, quizá una talla cuarenta y seis o más grande, probablemente de un hombre de alrededor de uno noventa.

—¿Quiere que la vigile?

—Sí, vuelva hoy a partir de la una y media y esté atento a quién entra y sale de la casa. Vigile también el faro. Para estar en ruinas, se ha tomado muchas molestias para que nadie pueda entrar. Procure que no le vean.

Javier Garmendia está recostado en un sofá junto al ventanal que da al jardín. Acaba de imprimir el último capítulo de su novela y se dispone a releerlo, cuando oye aproximarse un coche. Sale a su encuentro y le hace indicaciones al conductor para que aparque junto a la puerta.

Patricia le observa a través de la ventanilla. Medirá 1,80 cm y le sobra algún kilo. Lleva gafas y un libro en la mano, y le llama la atención su pelo rubio. Calcula que rondará los cincuenta.

El escritor le abre la puerta del coche y se presenta.

—Buenos días, soy Javier Garmendia, pero imagino que eso ya lo saben —dice mirando al uniforme de Melgar.

—Hola. Somos de la Guardia Civil. Yo soy la teniente Montenegro y este es el agente Melgar.

—Por favor, pasen por aquí —responde Javier.

Hay algo en el escritor que le resulta agradable a Patricia. Quizá sea la forma de hablar, despacio, en tono bajo, o la forma de moverse, como si nunca hubiera tenido prisas.

Entran directamente en un salón-comedor con chimenea, que tiene una cocina semiabierta, separada en parte por una vinoteca de cristal. Patricia se fija en una gran mesa de madera, repleta de papeles y libros que rodean una pantalla de ordenador.

—Disculpen el desorden —se excusa Javier—. Por favor, siéntense. Ustedes me dirán en qué puedo ayudarles.

Melgar ya ha tiene su cuaderno de notas en la mano.

—¿Conoce a Ginna Bonanni? —pregunta Patricia.

—No, creo que no.

—Es una niña de siete años, hija de María Mosqueira y Marco Bonanni, sus vecinos.

Melgar le da la foto de Ginna. Javier la mira con detenimiento y hace un gran esfuerzo por no expresar ninguna emoción. Es la primera vez que ve a su hija biológica.

—No me relaciono mucho con mis vecinos ni tampoco con la gente del pueblo —responde, devolviendo la foto a Melgar—. No conozco a Ginna, aunque quizá nos hayamos cruzado en el pueblo o en la pastelería.

—¿Supongo que tampoco conocerá a Leticia Fábregas?

—Por el nombre, no.

Melgar le enseña una foto de la chica.

—Esa cara me resulta familiar —afirma Javier—. Creo que trabaja en el restaurante El Napolitano.

—Usted no es de por aquí, ¿verdad? —continúa la teniente.

—No, soy de Madrid.

El móvil de Patricia emite un pitido. Acaba de recibir un SMS.

—Discúlpeme un momento.

—Puede ir a mi dormitorio si lo desea. Es ese cuarto de la derecha.

Patricia va a la habitación y lee el mensaje dos veces: «43.743194, -7.752131». Se trata de un SMS anónimo. Llama al cabo.

—Delgado, ¿me ha enviado usted un SMS?

—No, teniente.

—Acabo de recibir un mensaje anónimo. Se lo reenvío. Avíseme cuando lo haya leído.

A los pocos segundos, el cabo responde.

—Aquí lo tengo. Ya lo he leído.

—¿Qué le parece?

—Yo creo que los números corresponden a unas coordenadas.

—Lo mismo pienso yo. Calcule a qué distancia se encuentran del lugar y me llama.

Patricia se queda en el dormitorio esperando la llamada de Delgado. Oye cómo Melgar le está pidiendo consejo a Javier para ser escritor y este le recomienda no ir por ese camino.

El móvil emite un tono y Patricia responde.

—Estamos a menos de un kilómetro de esas coordenadas—dice Delgado.

—Vaya ahora mismo y llévese al especialista en drones. No digan nada a nadie. Si encuentran a Leticia, me llama al momento, y si no, también.

Patricia sale de la habitación pensativa. Por lo general, se envían coordenadas para indicar la posición de algo que no se va a mover. Si ese algo es una persona, la cosa pinta mal.

—Ha surgido un imprevisto, tenemos que irnos. Continuaremos en otro momento —le dice al escritor.

—Cuando usted quiera, teniente —responde Javier acompañándolos a la puerta.

6. Lo que el mar devuelve

Delgado llama de nuevo. Se cumple el peor de los pronósticos. Ha aparecido el cadáver de una mujer en la base del acantilado.

—Vamos de camino —le dice Patricia—. Manténgalo en secreto y asegúrese de que nadie contamine el escenario.

—No se preocupe, que aquí difícilmente se puede acceder —responde Delgado con cierto sarcasmo.

Aparcan el coche lo más cerca posible, en una pequeña explanada cerca de la orilla. Desde ese punto, hay que recorrer a pie unos doscientos metros con el agua a la altura de las rodillas para llegar donde está Delgado. La teniente le ordena a Melgar que espere en el coche y que se asegure de que nadie pasa.

Patricia camina con pasos cortos en dirección al cabo. Las olas rompen con fuerza, y ella se agarra como puede a la pared rocosa del acantilado. Está empapada. La lluvia arrecia y la visibilidad disminuye. Delgado le está gritando algo, pero ella no puede oírle. Está haciendo gestos para que se dé la vuelta, pero la teniente sigue avanzando. Jadeando y con algunos cortes en las manos, consigue llegar a una diminuta playa de guijarros, a resguardo de las olas. El cabo la saluda y señala el cadáver.

—La encontramos a unos veinte metros de aquí, por donde usted ha venido. Las olas la han golpeado una y otra vez contra las rocas, que aquí cortan como cuchillos afilados. Estamos casi convencidos de que es Leticia Fábregas. La hemos amarrado a esa roca como hemos podido. No va a ser fácil sacarla de aquí.

Patricia examina el cuerpo. El cráneo tiene un boquete en el hueso parietal, causado probablemente por una caída, que permite ver restos de masa gris en su interior; los ojos han desaparecido, y la nariz y la boca están desfigurados. El cuerpo está blanco, reblandecido y tiene heridas por todas partes, algunas bastante profundas. Los cortes dejan ver trozos de hueso de las extremidades. No hay restos de ropa ni de ningún objeto personal.

—Lleva varios días a remojo —comenta el cabo—. Los cadáveres de los ahogados suben a la superficie a partir del cuarto o quinto día.

Al especialista en drones le entran arcadas y vomita.

—Ya van tres veces —dice Delgado mirándole.

—Cabo, mire si hay algún objeto alrededor que pudiera pertenecer a la víctima. Prepare el atestado y me lo envía. Que le ayuden Ruiz y Urriaga y no comenten nada por el momento. Yo daré cuenta al juzgado de guardia y al fiscal. Espero que no pongan objeciones para que el médico forense lleve a cabo el levantamiento del cadáver. Vendrán también los de criminalística. Pida ayuda a Servicio Marítimo para trasladar el cuerpo.

Fernando está sentado sobre una roca limpiándose los restos del vómito.

—¡Usted! ¡El especialista de drones! ¿Cómo se llama? —pregunta en voz alta la teniente.

—Fernando, señora.

—Le veo muy pálido, Fernando. ¿Está en condiciones de volar el dron?

—Sí, señora. Ya me encuentro mejor.

—Bien. Quiero que sobrevuele la cornisa del acantilado, un kilómetro a cada lado de donde nos encontramos. Buscamos huellas o cualquier objeto que pueda encontrar. Grábelo todo.

—Me pongo a ello.

El cabo le sonríe para animarle.

Patricia siente un mareo repentino. Ha dormido poco y no ha comido. Se agacha sujetándose a una roca y se echa agua por el cuello. Delgado le ofrece su cantimplora, la teniente bebe un buen trago.

—¿Se encuentra mejor? —pregunta.

—Sí. Me vuelvo al coche con Melgar. Envíeme fotos y el atestado cuanto antes.

—La acompaño. Es peligroso que vuelva sola. El oleaje la puede arrastrar mar adentro.

—Ya estoy mejor y le necesito aquí. Mandaré que les traigan agua y comida.

—Con todos mis respetos, es usted muy terca.

—Lo tomaré como un cumplido. Recuerde que nos vemos en el cuartel a las ocho.

A las dos de la tarde, Nuno Roibas recibe una llamada.

—*Debe ser importante para que me llames en domingo* —responde.

—*Lo es; ha aparecido el cuerpo de Leticia al pie del acantilado, no muy lejos del faro. Sospechamos que alguien debió de empujarla.*

Marco lleva intentando contactar con Nuno Roibas desde la noche anterior. Esa tarde tiene más suerte.

—Hola, Marco. ¿Para qué me llamas con tanta insistencia en domingo? ¿Has pensado en mi oferta?

—¿Dónde tienes a mi hija, *stronzo*?

—No sé de qué me hablas.

—Solo te lo diré una vez: ¡suéltala ahora mismo! —le grita.

—Lo primero, a mí no me insultes y lo segundo, ¿para qué iba yo a tener a tu hija?

—Lo sabes de sobra. Para hacerte con mi restaurante. Primero secuestraste a Leticia y ahora a Ginna.

—Tranquilízate, Marco. Sabía lo de la desaparición de Leticia, lo sabe todo el pueblo, pero no tenía ni idea de que hubieran secuestrado a tu hija. Créeme —se defiende Nuno.

—No te creo, y te aseguro que voy a llegar al fondo del asunto. Si me entero de que has tenido algo que ver, *giuro che ti ammazzo*.

Marco habla con voz entrecortada. Nuno se lo imagina con la cara desencajada y agradece no tenerlo en frente.

—¡Eh! ¡Para el carro, espagueti, y no me amenaces! Piensa un poco. Si yo hubiera secuestrado a alguna de las dos con intención de hacerte chantaje, ya te lo habría dicho. ¿No te parece?

—Roibas, tú tienes a cuatro desgraciados que te hacen el trabajo sucio; yo tengo a la camorra que me apoya, y hará lo que yo les diga. No lo olvides.

—Ya está bien de amenazas que no conducen a nada. Te repito que no sé dónde están ni tu hija ni Leticia. No me hace falta recurrir a esos métodos. Firmaste un contrato avalando con la mitad del restaurante el préstamo que te hice. El plazo ha expirado, y yo sigo sin ver el dinero. Me has dado largas varias veces y lo he intentado por las buenas. Te guste o no, ahora somos socios de El Napolitano al cincuenta por ciento. Acéptalo de una vez. Te he ofrecido una generosa suma para comprar el otro cincuenta por ciento, pero nada te parece suficiente.

—*Fligio di puttana*! El Napolitano nunca será tuyo —afirma Marco.

—Ya lo veremos —replica Nuno—. He puesto una denuncia reclamando judicialmente la venta del restaurante. Saldrá a subasta por muy poco, y adivina quién va a pujar para llevárselo.

—Tienes hasta mañana para que aparezca Ginna.

A las ocho, la teniente Montenegro se reúne con su unidad en el cuartel. Han descansado poco y el día ha sido intenso. Espera a que todos se callen para empezar a hablar.

—Les presento a Manuel Gómez, cabo de la UCO de Madrid. Se incorpora hoy al equipo.

Manuel tiene cuarenta y cinco años, es moreno, tiene el pelo corto y rizado y mide un metro setenta y cinco. En su juventud entrenó varios años para participar en competiciones de natación y tiene unas espaldas anchas que le obligan a hacerse las camisas a medida. Es consciente de que su aspecto podría parecer intimidatorio y lo contrarresta con una sonrisa agradable. Manuel les saluda. Sus compañeros le dan la bienvenida. La teniente continúa.

—Tenemos confirmación oficial de que estamos al mando de la investigación de los dos casos de desaparición, o, mejor dicho, de un cadáver y de una desaparición. El cabo Gómez establecerá el puesto de mando. Hemos activado la alerta de menores desaparecidos. La mala noticia es que no hemos encontrado a Ginna, y la peor es que, desgraciadamente, hemos encontrado el cadáver de una mujer.

Patricia nota cómo vuelve otra vez ese temblor en la mano izquierda, y trata de disimularlo metiéndosela en el bolsillo.

—Delgado, cuéntenos lo que sepa del cuerpo que hemos encontrado.

El cabo espera unos segundos antes de hablar.

—Parece que se trata de Leticia Fábregas. La causa de la muerte es un traumatismo craneoencefálico. El cuerpo no tenía ningún objeto personal, como anillos, pulseras o restos de ropa. La hipótesis que manejamos es que alguien la golpeó y la arrojó por el acantilado; estamos a la espera del informe definitivo de la autopsia. Todo apunta a que murió hace varios días.

—¿Algún sospechoso? —pregunta la teniente.

—Aún es pronto. La chica llegó de Bogotá hace poco más de un año. Entró en el país por Barajas, como turista. Que sepamos, no tiene familia en España. Marco la contrató de camarera y, a los pocos meses, la promocionó a jefa de sala. En cuanto a la búsqueda de pistas, las otras patrullas no han encontrado nada. Hemos visualizado las imágenes grabadas por el dron, y no hemos visto nada relevante.

—Melgar, ¿qué ha averiguado usted? —pregunta Patricia.

Melgar está distraído mirando a su compañera Urriaga. No se ha enterado de lo que acaba de decir la teniente. Los demás se ríen y Urriaga le mira enfadada.

—¿Puede contarnos los avances que ha hecho? —insiste Patricia.

—Sí, claro, por supuesto. Usted y yo hemos interrogado a Lucrecia, la pastelera. No hemos visto nada raro, ni parece sospechosa, aunque, en realidad, sí hemos visto algo, o, mejor dicho, lo ha visto usted. Había unas huellas de zapatos de talla grande y otras más pequeñas, en el suelo de la pastelería, bueno, en la zona del obrador, para ser más precisos. Usted me pidió que por la tarde vigilara la pastelería y el faro. No he visto movimientos sospechosos. También hemos estado con Javier Garmendia, pero tuvimos que interrumpir el interrogatorio por el SMS que recibió. Eso es todo por mi parte.

—Urriaga, ¿alguna pista? —pregunta Patricia.

—He comprobado las coartadas y parecen ciertas; Alessandro estuvo con sus compañeros jugando al fútbol toda la tarde; la amiga de Natalia ha confirmado que la acompañó toda la tarde, y Maruxa estuvo con varias personas en momentos diferentes.

—Ruiz, ¿cómo ha ido la búsqueda con la familia?

—No hemos encontrado nada. Marco empezó a insultar a su mujer y le hice bajar del coche. Maruxa se quedó durmiendo, así que al final, solo vinieron María, Natalia y Alessandro. Yo creo que el chico le gusta a Natalia.

—¿Cree que eso tiene relevancia para el caso? —pregunta la teniente.

—No sé, las mujeres, quiero decir las chicas enamoradas… nunca se sabe de lo que son capaces.

—¿Qué relación podría tener eso con la desaparición de Ginna?

Ruiz mira al techo y se queda pensando.

—Bueno, no lo sé, yo solo digo lo que veo por si sirve de algo.

—Continúe, por favor —le apremia la teniente.

—Hemos estado hasta las tres de la tarde recorriendo la zona y nada. También envié el atestado de Leticia Fábregas con todos los detalles y las fotos.

—¿Qué ha averiguado de Bonanni?

—¡Ah, sí!, eso es lo más importante. Es un elemento de cuidado.

Ruiz lee sus anotaciones, escritas a mano, en tono monótono.

—Marco nació en Salerno, una pequeña ciudad portuaria, al sur de Nápoles. Es hijo único. Acabó con dificultades el equivalente al bachillerato, y aprendió a cocinar en el restaurante de sus padres. Conoció a Brina, una chica napolitana de buena familia, con quien se casó a pesar de la negativa de los padres de ella; ellos estaban en contra del matrimonio por el mal carácter de Marco. Tuvieron un hijo, Alessandro.

—Ruiz, póngale un poco de garbo a la telenovela, que nos dormimos —le espeta Patricia.

—Sí, mi teniente. Parece ser que Marco discutía mucho con su mujer; era muy celoso y apenas le dejaba salir de casa. Creía que tenía un amante. ¡Atención, que aquí viene lo interesante!

Patricia le mira con resignación.

—Brina murió al despeñarse su coche por un barranco cuando iba a visitar a sus padres. El vehículo se incendió. A los peritos les pareció muy extraño que no hubiera huellas de frenado en la curva por donde se salió. El informe dice que iba a noventa por hora en una curva limitada a cuarenta.

—Tome aire, Ruiz, que se va a ahogar.

—Si, teniente. Pues, como iba diciendo, hay quien cree que Brina se durmió al volante, y hay quien cree que alguien manipuló los frenos. La gente de Salerno que conocía a Marco sospechaba que él podía haber causado el accidente. Por si fuera poco, los padres de su mujer decían que tenía relación con la mafia Calabresa, pero eran solo conjeturas. Los clientes dejaron de ir al restaurante, y los padres de Marco le dieron dinero para que empezara una nueva vida en otra ciudad. Así fue como vino aquí.

Todos se quedan callados.

—¿Por qué Galicia? —pregunta el cabo Gómez.

—Hay rumores de conexiones de la mafia italiana con los narcotraficantes gallegos, pero esto es pura especulación.

—¿Han comentado los padres algo a la prensa? —pregunta Patricia.

—No.

—Delgado, mañana investigue las últimas llamadas al móvil de Leticia y posibles localizaciones. Urriaga, usted y yo iremos al restaurante a hablar con los camareros. Por la tarde, interrogue a Brais y a su mujer. Ya sabemos que él estuvo con María, pero, precisamente, por su culpa, ella no estuvo con su hija.

—Tenga cuidado con el energúmeno de Marco —advierte Delgado—; no le va a hacer ninguna gracia que interroguen a sus empleados. Seguramente los camareros no se atrevan a hablar con libertad en su presencia.

—Aquí es donde el cabo Gómez y Melgar entran en juego —dice Patricia—. Citen a Marco Bonanni por la mañana en el cuartel. Pregúntenle por Leticia Fábregas. Él fue quien puso la denuncia de su desaparición. No sabe que hemos encontrado su cadáver, y no se lo comenten hasta el final, a ver cuál es su reacción.

—Delgado, usted y Ruiz reúnanse con María y le cuentan que hemos encontrado el cuerpo de Leticia sin entrar en detalles. Mejor que lo sepan por nosotros que por la prensa. Cabo Gómez, usted y yo le pondremos al tanto al alcalde. Coordine con el Gabinete de Prensa el comunicado para los medios. Importante, esto va por todos: la noticia causará revuelo en el pueblo, y debemos de estar preparados para lo que pueda venir. Sean muy prudentes con lo que dicen y eviten especular. Limítense a decir donde apareció Leticia, y que no podemos proporcionarles más información hasta no tener el informe final del forense. Si no hay preguntas, hemos terminado.

Los agentes se levantan para irse.

—Delgado, quédese un momento.

Cuando se quedan a solas, Patricia le interroga.

—Hoy ha ocurrido algo que me tiene intrigada.

—Usted dirá.

—Como sabe, he recibido un SMS anónimo en mi móvil indicando las coordenadas donde se hallaba el cadáver de Leticia.

—Sí, me parece raro.

—Hay dos cosas que me llaman la atención: la primera es que alguien envíe las coordenadas donde se encuentra el cadáver, en vez de denunciarlo directamente a la Guardia Civil; y la segunda es que envíen un SMS anónimo a mi móvil. No hago más que preguntarme cómo sabían mi número, que es nuevo. Usted era la única persona con quien había hablado por teléfono.

—¿Me está acusando de algo?

—Me limito a exponer los hechos. No creo que usted me haya enviado el SMS. No le veo ningún sentido, pero es posible que alguien haya conseguido mi número de teléfono a través de su móvil.

—Tenga mi móvil —dice, mientras lo desliza sobre la mesa—. Verá que no he enviado ningún SMS.

La teniente lo analiza durante unos segundos y comprueba que hace mucho que no envía mensajes de texto.

—Lo tiene desprotegido.

—No; está protegido, pero la protección tarda quince minutos en activarse.

—¿Recuerda haberlo dejado fuera de su vista desde que le llamé el jueves?

—Pues no, la verdad.

—El asunto es serio; quien envió el mensaje pudo ser testigo del crimen. De lo contrario, no creo que anduviese con tanto secretismo ¿Recuerda dónde estuvo el sábado por la mañana?

—Ahora mismo no, pero sospecho que me lo va a decir.

—En la pastelería de Lucrecia. ¿Lo recuerda ahora?

—Ahora sí.

—Supongo que iría de paisano, ¿me equivoco?

—No se equivoca.

—¿Qué compró?

—Varios pasteles y una tarta.

—¿Fue solo o con su mujer?

—¿Qué clase de pregunta es esa? Fui solo.

—Algunos maridos dan a sus mujeres las llaves del coche, el móvil, la cartera, las gafas de sol, las de ver o cualquier cosa para que se lo lleven en el bolso. ¿Dónde los llevaba usted?

—Cuando no llevo chaqueta, llevo mis cosas en los bolsillos o en la mano. Antes de que me lo pregunte, ya le digo que iba sin chaqueta.

—¿Es posible que perdiera de vista el móvil durante unos minutos, quizá mientras elegía los pasteles? ¿O quizá se le olvidó en la pastelería? Con tantas cosas en las manos, los pasteles, la tarta, las llaves, la cartera…

—Ahora que lo menciona, recuerdo que Lucrecia me llevó al obrador para mostrarme las tartas, y dejé mis cosas sobre la mesa donde prepara sus productos. Volvimos a la zona de clientes donde estuve varios minutos eligiendo los pasteles. Al ir a pagar, eché de menos la cartera y las demás cosas que llevo conmigo, entre ellas el móvil, y volví al obrador a recogerlas.

7. Pesadilla

Hacia la medianoche, Patricia llega a su habitación. Está agotada. No deja de pensar en el cadáver de Leticia y en la desaparición de Ginna. La idea de que la niña pueda correr la misma suerte que la chica le horroriza. Se pregunta si hay algo que debiera hacer y que no esté haciendo. Al día siguiente le espera otro día complicado, necesita descansar. Cena ligero y se toma un par de pastillas para dormir. Pone la televisión y, a los pocos minutos, cae rendida.

Es de noche y Patricia es una niña aterrorizada. No puede dormir pensando en que él aparezca. «Por favor, que no venga esta noche», se repite una y otra vez para sus adentros. Cuando está a punto de dormirse, oye el picaporte de la puerta de su dormitorio. «No, no, no, que no sea él, por favor». Oye unos pasos. Patricia se gira para quedarse acostada sobre el lado opuesto a la puerta. Se hace la dormida. Está paralizada por el miedo. El hombre se sienta en el borde de su cama, la empieza a acariciar. Ella quiere gritar, pero se ha quedado muda. El hombre le dice en voz baja que se tranquilice, pero el corazón le late a toda velocidad. «¿Dónde está mamá?», pregunta en un susurro. El hombre la acaricia por ahí, y ella cierra las piernas. Le oye jadear a su espalda durante un rato, nota como el colchón se mueve. Al cabo de un rato, el hombre suspira, le da las buenas noches y se va de la habitación cerrando la puerta. Patricia llora hasta que cae dormida.

La teniente se despierta angustiada, temblando, con sudores fríos. ¡El sueño ha sido tan real! Se levanta a beber un vaso de agua y da una vuelta por la habitación. Ha tenido otra de sus pesadillas recurrentes. Las tiene desde los siete años, cuando la pareja de su madre empezó a visitarla por las noches. La maldice por no haberlo impedido. Ella se lo contó en una ocasión, al principio, y la respuesta de su madre fue que eran imaginaciones suyas, que Pablo la quería mucho y que nunca le haría daño. Se sintió avergonzada y aprendió a callar. Nunca se ha atrevido a hablarlo con nadie más. Con el tiempo, fue construyendo un muro alrededor de sus sentimientos, un muro que le proporcionaba la sensación de protección.

Cuando tenía doce años, el hombre murió de un infarto. Ella esperaba que sus pesadillas terminasen, pero no fue así. En su adolescencia no tuvo amigas en las que pudiera confiar y compartir sus temas más íntimos. Tampoco podía contar con su madre, que nunca le había prestado mucha atención. En las reuniones con sus compañeros apenas hablaba. Pasaba la mayor parte del tiempo observando el comportamiento de la gente. Se fijaba en pequeños detalles en los que nadie prestaba atención. Así desarrolló su capacidad de análisis. Cuando cumplió dieciocho años, se presentó a las oposiciones para Guardia Civil. Era su forma de responder a los abusos sufridos de pequeña; se concentraría en hacer cumplir la ley e iba a ser implacable con los criminales. Esperaba que eso le ayudase a curar sus heridas y a que no volvieran los sueños intrusivos, pero esto no ocurrió.

Se tumba en la cama, piensa en Gonzalo y en sus anteriores relaciones sentimentales. Por una vez, tiene el valor de reconocer lo que tanto le duele: no han funcionado porque tiene un bloqueo emocional que le impide entregarse. En los momentos más íntimos con su pareja, a veces llega a sufrir ataques de ansiedad. A lo único que se entrega es a su trabajo. Patricia no quiere pensar más en eso. Se acuesta viendo la televisión, tratando de olvidar. Son las cuatro y cuarto de la mañana.

8. Nuno Roibas

En el primer piso de la casa de Nuno Roibas, Óscar vigila la calle desde el balcón. Podría hacerlo a través de las cámaras instaladas en la fachada, pero el guardaespaldas no acaba de fiarse de la electrónica y prefiere vigilar en persona.

Nuno Roibas y sus subalternos, Lois Alonso y Víctor Galindo, están en la cocina contando paquetes de tetrabrik de una conocida marca de leche, solo que el contenido de esos envases es mucho más valioso que el líquido blanco.

—En total treinta paquetes —confirma Víctor.

—¿A qué hora vuelve la chica? —pregunta Lois.

—No nos tenemos que preocupar por ella. Le he dado libre hasta las doce, y son las ocho —responde Nuno.

No le gusta haber quedado en su casa, pero ha tomado todas las precauciones a su alcance. Su topo en la Guardia Civil le ha confirmado que no le vigilan.

Suena el móvil de Nuno. Es Óscar, que le comunica que la visita que esperaba está aparcando, y que no se ve a nadie más por la calle. Lois sale a recibir a los invitados y los acompañe a la cocina. Son Roberto Duarte y su socio, Juan Arribas, que vienen en chándal con sendas bolsas de deportes.

—¡Querido primo! —exclama Nuno dirigiéndose a Roberto.

Los hombres se saludan con un abrazo.

—Os he citado en casa porque hemos tenido problemas con el alquiler de la nave. Estamos buscando otra —aclara Nuno—. Pero no es cuestión de emplear más tiempo del necesario, así que empecemos.

Roberto y Juan abren dos bolsas de deporte y desparraman fajos de billetes sobre la mesa. Lois los pasa por la máquina de conteo y detección de billetes falsos.

—Está bien —confirma Lois.

—Podéis comprobar la mercancía —le dice Nuno a sus invitados—. Treinta kilos. Lo acordado.

Juan practica un ligero corte en un paquete elegido al azar, extrae una muestra y prueba la droga. Repite la misma operación con otro tetrabrik y asiente. Luego pesa los paquetes.

—La misma calidad que la anterior entrega —le dice a Roberto.

—Es lo bueno de hacer negocios con la familia: no hay sorpresas —comenta Nuno—. Esperamos en breve un cargamento importante.

—Si es de la misma calidad, nos la quedamos toda.

Roberto y Juan guardan quince paquetes en cada bolsa de deportes, se despiden y abandonan la casa.

9. El escritor y la psicóloga

Ana Velasco espera a su primer paciente a las cinco. Son las doce de la mañana del lunes, así que aún le queda tiempo para dedicarse a su afición preferida: su jardín. Lo ha limpiado de hojas con el soplador, y ahora está plantando crisantemos y pensamientos. Nacho, su marido, salió temprano a la oficina, así que está sola.

Suena el timbre y abre la puerta creyendo que son los repartidores de Amazon. Su sorpresa es grande cuando se encuentra con Javier.

—¡Pero bueno! ¡Mira quien se ha dignado a visitarme!

—Buenos días, Ana.

La mujer le da un fuerte abrazo, y el escritor le responde.

—Sigues siendo la misma de siempre —dice riéndose.

—Perdona las pintas. Estaba con mis plantas, pero pasa, pasa.

—Te sienta bien la jardinería.

—Y tú sigues igual de adulador.

—Disculpa que me presente sin avisar. No te entretendré más de lo necesario.

—No te preocupes, tengo tiempo. ¿Cuánto ha pasado desde la última vez?

—Unos cuantos años.

—Vamos a la cocina y me cuentas mientras hago un café.

Javier conoce la casa y le ayuda a prepararlo.

—¿Quieres algo de comer? —le pregunta Ana.

—No, gracias. Un café está bien —responde sacando la leche de la nevera.

—Si te parece, lo tomamos aquí. Desde esta mesa disfrutamos de las vistas al jardín. Nacho y yo hacemos vida en la cocina.

—Precisamente quería hablarte de su hermana.

—¿De María?

—Sí.

Con los cafés ya preparados, se sientan a la mesa.

—Mira qué crisantemos más bonitos acabo de plantar.

—Tienes el jardín más bonito de Ortiguña —reconoce Javier mirando a través del ventanal.

—Bueno, cuéntame. ¿Qué pasa con María?

Javier respira hondo.

—Ayer por la mañana me llamó para decirme que Ginna había desaparecido el sábado por la tarde.

—¿Cómo que ha desaparecido? No me han dicho nada, es más, no creo que Nacho esté al tanto.

Javier da un sorbo a su café.

—La Guardia Civil la está buscando. Supongo que saldrá en las noticias de hoy.

—Me dejas helada.

—Así me quedé yo.

—Creía que ya no tenías contacto con María.

—Y no lo tenía hasta que me llamó. No sé nada de su vida desde hace siete años.

—¿Y por qué te llama? ¿Qué espera que hagas?

—No lo sé. A lo mejor se creía en la obligación de contármelo a pesar de lo que ocurrió.

Ana no sale de su asombro; la sobrina de su marido ha desaparecido, y viene a enterarse por Javier, su paciente en otros tiempos.

—No conozco a Ginna —prosigue Javier—. Sé qué aspecto tiene porque la Guardia Civil ha estado en casa y me han mostrado una foto suya y otra de Leticia, la camarera de El Napolitano, que, por lo visto, también ha desaparecido.

Ana enciende un pitillo.

—¿Te molesta que fume?

—Faltaría más.

Javier da otro sorbo al café y se toma unos segundos antes de seguir.

—Lo único que sé de María, a través de terceros, es que Marco no la trata bien. Como puedes imaginarte, me duele, pero no puedo hacer nada. Ella eligió quedarse con él.

Ana le mira con cara de circunstancias.

—¿Y qué querías que hiciera? Este es un pueblo pequeño y muy tradicional. De haberse ido contigo, habrían caído en desgracia ella y sus hijas.

—Si yo no se lo reprocho, pero estoy fuera de su vida o, mejor dicho, nunca fui parte de su vida; así que su llamada me dejó perplejo.

—Seguramente eres la única persona que la puede entender —dice Ana.

Javier se levanta y mira por el ventanal. En cualquier momento empezará a llover. A pesar del clima, o gracias al clima, no sabe qué tiene esa tierra que le atrapa.

—¿Te acuerdas cuándo llegué a Ortiguña? Había perdido mi trabajo en Madrid y mi mujer me había abandonado. Buscaba un lugar para olvidar y empezar una nueva vida.

—Sí, y también recuerdo que encontraste a María.

—No sé quién encontró a quien. Ella trabajaba en una inmobiliaria enseñando viviendas, mientras sus hijas estaban en el colegio.

—No era lo único que hacía —dice Ana sonriendo.

—Anoche la pasé en vela, rememorando cómo la conocí. Le dije que era escritor, algo que entonces solo era un deseo, y que buscaba una casa en un lugar tranquilo, aislado, donde poder encontrar la inspiración. Durante un par de meses, me enseñó varias casas y tuvimos la ocasión de compartir más de un café y varias confidencias. Llevaba un año casada con Marco, que solo vivía para su restaurante. Si la relación sobrevivía, era porque ella era generosa y conciliadora.

—Y porque ella quería. No lo olvides, Javier.

—Por supuesto. Los dos atravesábamos momentos difíciles. En parte eso lo que nos unió. Hacíamos bromas y nos entendíamos solo con mirarnos. Cuando íbamos a alguna casa, especulábamos acerca de cómo serían los propietarios. Entre visita y visita, no hacía más que pensar en ella. Me enamoré.

—Ya sabes lo que pienso al respecto. Aún no habías pasado el duelo de tu separación y conociste a María: encantadora, cercana, guapa, solo que sus circunstancias eran muy distintas a las tuyas. Te tiraste a una piscina sin agua.

—El amor no entiende de piscinas. No elegimos cuándo ni de quién nos enamoramos. Lo único que hice bien, fue pedirte ayuda; gracias a ti lo superé. Luego el tiempo se encargó de cicatrizar las heridas.

—El tiempo y tu actitud—afirma Ana.

—María encontró la casa que buscaba, convenientemente alejada del pueblo y sin vecinos cerca. La acababan de poner a la venta, así que, cuando me la enseñó, le dije que me la quedaba. Sus dueños no se habían tomado la molestia de vaciar la nevera. Encontramos varias botellas de Albariño y nos las bebimos para celebrar la operación. Le dije: «Menos mal que no bebías»; y le dio un ataque de risa.

Javier sonríe.

—Veo que te gusta recordarlo —le dice Ana.

—Sí, para qué negarlo. No hablamos nada más, no hizo falta. Intercambiamos miradas, sonrisas, y dimos rienda suelta a nuestra pasión contenida. Nos entregamos sin reservas. Fue una locura, lo sé, pero no pudimos evitarlo.

—Di más bien que no quisisteis evitarlo —puntualiza Ana.

—¡A veces pareces una *maestrona*! —se queja Javier—. Le dije lo que sentía por ella, le pedí que se divorciara, que no desperdiciase su vida con Marco y que viviéramos juntos.

—Ya lo hemos hablado, era una locura.

—Eso debió de parecerle. Cortó por lo sano. Me pidió que dejáramos de vernos, que no podía cambiar su vida, que nos lleváramos el secreto a la tumba. Compré la casa y ya no supe de ella hasta unos meses más tarde, cuando me llamó para decirme que estaba embarazada de mí. Me pregunto cómo sabía que yo era el padre de la criatura. En cualquier caso, puedes imaginar mi sorpresa.

Javier lo recuerda como si acabara de suceder y sigue hablando.

—No sé porque me lo contó. Si esperaba alguna reacción por mi parte, no la hubo. Le deseé que le fuera bien, y ya no supe de ella hasta el domingo pasado.

—¿Cómo te sientes ahora? —pregunta la psicóloga.

—Bien. Nunca te agradeceré lo suficiente que me ayudaras a salir del hoyo.

—Sé que has escrito un par de novelas que te han dado cierto prestigio. Te felicito, estoy orgullosa de ti, aunque algo enfadada; en todos estos años, no te has molestado en visitarme o llamarme.

—Sabía que me lo ibas a echar en cara. No tengo excusa. Me declaro culpable. En cualquier caso, tú también puedes estar orgullosa de ti; hiciste un gran trabajo conmigo.

Hacen una pausa para beberse el café.

—¿Qué piensas hacer ahora? —le pregunta Ana.

—He estado dándole vueltas. Me da miedo que Marco se entere de que no es su hija, y cometa alguna barbaridad. Quizá María tiene el mismo temor o quizá quiere que la ayude a encontrar a Ginna, no sé.

—Ya, ¿pero que pintas tú en esta historia? Hace años que te desentendiste de María y no sabes nada de Ginna.

—No me preguntes por qué, pero, de alguna forma, me siento en la obligación de buscar a la niña.

—¡Estás loco! Esa no es tu guerra. ¿Puedo hacerte una pregunta delicada?

—Claro.

—¿Qué sientes por María?

El escritor se pone de pie y se acerca a la ventana. La vista al jardín le relaja.

—Aún quedan algunos rescoldos —confiesa Javier.

—Solo tú puedes decidir lo que quieres hacer, pero ten mucho cuidado si vas a meter las manos en ese pastel. No tienes ni idea de lo que puede estar pasando en esa familia.

—Algo me dice que tú sí.

Ana enciende otro cigarrillo. Mira a Javier exhibir esa sonrisa seductora, tan suya, con la que suele conseguir lo que quiere.

—Lo que te voy a decir debe quedar entre nosotros.

—Tranquila, no se lo contaré a nadie.

—La familia entera está de diván. Marco es una persona inmadura, agresiva, incapaz de aguantar la frustración, habla y actúa de manera impulsiva sin pensar en las consecuencias de sus actos y reacciona violentamente cuando se le lleva la contraria o no consigue lo que quiere; María lo lleva como puede, toma tranquilizantes con frecuencia; Maruxa lo tiene todo: es bipolar y adicta a la cocaína, y su madre tiene verdaderas batallas con ella para que se tome la medicina. Yo hablo de vez en cuando con ella: es la sobrina de Nacho. De la otra hija, Natalia, solo puedo decirte que es la lista de la familia, muy reservada, nunca la he visto sonreír y apenas habla: mi impresión es que tiene un bloqueo emocional y tengo la sensación de que es un volcán a punto de explotar; Alessandro discute con su padre con frecuencia y luego hace lo que quiere. De Ginna, siento decirlo, pero es un pequeño monstruo, una niña malcriada, madura para su edad, lista y manipuladora, consciente del poder que tiene sobre Marco y lo utiliza. Conoce sus encantos y juega bien el papel de criatura inocente cuando la situación lo requiere.

—¿Cómo les va con el restaurante?

—Hace un año, nos invitaron para celebrar el cumpleaños de la niña. Nacho se enfrentó a Marco por la forma en que trataba a su hermana. Nos fuimos en mitad de la comida. Varios meses después, Marco se presentó en casa sin avisar. Venía a disculparse y a pedirle un préstamo a Nacho de cincuenta mil euros para salvar el restaurante. Nacho le pidió las cuentas de los dos últimos años. La conclusión fue que El Napolitano atravesaba una mala racha. Le denegó el préstamo y Marco no se lo perdonó. Parece ser que un tal Roibas le ha dejado el dinero. Ahora le pide que le traspase el restaurante. Un asunto turbio; Nacho me ha contado que Roibas se dedica a blanquear dinero de la coca.

—¿María sigue trabajando?

—No. Marco es muy celoso y apenas la deja salir de casa, si no es para ir a la compra o para recoger a Ginna.

—Tengo que hablar con ella.

—Ten cuidado. Marco es muy violento.

10. El Napolitano

El Napolitano está a media hora en coche de la casa rural donde se aloja la teniente. Ella y la agente Urriaga llaman a la puerta del restaurante, que aún no ha abierto al público. Les abre un hombre calvo, delgado y con barba recortada. Patricia se identifica y pide hablar con el encargado.

—Yo soy el encargado.

—¿Su nombre?

—Lois Alonso. Entren.

El establecimiento se encuentra en buen estado; paredes lisas pintadas de colores cálidos, cuadros de motivos culinarios y el suelo de madera. Los camareros están preparando las mesas para la comida.

—Siempre colaboramos con la Benemérita, pero, como verán, ahora estamos muy liados —comenta Lois—. Abrimos en media hora, así que les pido que sean breves.

—Eso dependerá de usted, señor Alonso —le dice la teniente.

—Llámeme Lois. Acompáñenme.

Lois los conduce a un reservado.

—¿Cuántas personas trabajan en el restaurante? — pregunta Patricia.

—Depende del momento. Entre camareros y personal de cocina, somos entre quince y veinte empleados.

Patricia calcula que la nómina mensual de El Napolitano es elevada; si el restaurante va mal, ¿cuánto tiempo puede aguantar Bonanni?

—Usted es el camarero más antiguo del restaurante, ¿no es así? —pregunta Patricia.

—Así es. Lo inauguré con el jefe, el señor Bonanni. Ya son más de seis años trabajando juntos.

—¿Qué nos puede decir de Leticia Fábregas? —pregunta Urriaga.

—Me temo que nada que ustedes no sepan ya.

—Haga un esfuerzo —le pide Patricia.

—Esa chica entró a trabajar hace un año. Acababa de llegar de Colombia y le cayó en gracia al jefe. Enseguida la nombró jefa de sala. Se encarga de saludar a los clientes y de vigilar que los camareros hagamos nuestro trabajo.

—¿A qué cree que se debe la carrera fulgurante de la señorita Leticia? —pregunta Urriaga con cierto tono burlón.

Lois la mira con cara de pocos amigos.

—Eso debe preguntárselo al señor Bonanni, ¿no le parece?

—No debió sentarle bien que, después de tantos años trabajando, le pusieran de jefa a una recién llegada —le provoca Urriaga.

Oyen un estruendo de cristales rotos.

—Esperen un momento —dice Lois saliendo del reservado.

Patricia y Noa oyen desde el reservado los gritos del encargado: «¿Otra vez tú, Gloria? No ganamos para copas. Anda, recoge este desastre cuanto antes y ten más cuidado. Y vosotros, ¿qué hacéis mirando? ¡A lo vuestro!».

Lois vuelve con ellas.

—¿Por dónde íbamos?

—Le preguntábamos que cómo se tomó que le pusieran a Leticia de jefa —le recuerda Patricia.

—La respuesta me parece obvia, pero aquí estoy.

—¿Cuándo fue la última vez que la vio? —pregunta la teniente.

—No recuerdo bien… hará una semana. El martes no vino a trabajar porque libraba y el miércoles ya no volvió.

Urriaga ha dejado su móvil sobre la mesa. Recibe una llamada con un tono poco frecuente. Patricia ve las letras RM en la pantalla, y deduce que puede ser Raúl Melgar. La agente se apresura a rechazar la llamada. Deja el móvil en la mesa con la pantalla boca abajo.

—¿Sabe si Leticia tiene enemigos? ¿Alguien que quisiera hacerle daño? —pregunta la teniente.

Lois sonríe.

—¿Está de broma?

—No bromeo cuando estoy de servicio.

—Teniente Montenegro, aquí trabajamos doce camareros, el que menos tiene cinco años de experiencia. Llega la colombiana, perdón, quiero decir la señorita Leticia Fábregas, que lo más parecido que ha conocido a un restaurante es el rancho de su aldea, y la ponen de jefa. Trata mal a los camareros, supongo que cree que hay que tener mano dura para que no se note su inseguridad, pero lo peor es su trato con los clientes; es una *bolboreta* que no para de ir de mesa en mesa diciendo tonterías. Desde que entró, el restaurante ha caído en picado. Como entenderá, no es candidata al premio de popularidad.

—¿*Bolboreta*? —pregunta la teniente.

—Quiere decir mariposa en gallego—aclara Urriaga.

—¿Por qué cree que desapareció?

—Ni idea. Solo hablaba con el jefe. Pregúntenle a él.

—¿Cree que su mujer sospecha que son amantes? —pregunta Patricia.

—¡Oiga! ¡Qué yo no he dicho en ningún momento que fueran amantes!

—Respóndame a la pregunta.

—¡Yo qué sé!

—¿Conoce a Nuno Roibas?

—No he tratado con él. Se ha dejado caer por aquí en alguna ocasión.

—Parece que Roibas y su jefe han tenido alguna que otra disputa.

—Si usted lo dice, será.

—¿Nunca los vio discutir?

—¡*Carallo!* ¿A qué llama discutir? Aquí, a veces, hablamos alto. ¿Eso es discutir? Depende.

—¿Sabe si tienen alguna relación comercial?

—¿Por quién me toma? Yo soy un simple camarero y no me meto en los negocios del señor Bonanni.

—Hemos encontrado a Leticia Fábregas muerta —anuncia la teniente.

Lois pone cara de sorpresa.

—Esa chica no podía acabar bien. Ya lo decía.

—¿Quién lo decía?

—Yo y todo Ortiguña. Tenía mala fama.

—La encontramos muerta al pie del acantilado, cerca del faro —precisa la teniente.

—Le daba a la bebida. No me extrañaría que se emborrachase, se resbalase y se cayese por el acantilado. No sería la primera persona en caer ni será la última.

—Nadie ha dicho que se cayera; solo que la encontramos al pie del acantilado.

—No me líe. Si alguien aparece muerta al pie del acantilado es que se ha caído o la han tirado.

—¿Tiene alguna información que nos sea de utilidad?

—Ya les he contado más de lo que debía.

La teniente y la agente Urriaga regresan al cuartel. Entran en la sala donde el cabo Gómez y Melgar están interrogando a Marco. Nadie dice nada, pero el lenguaje corporal de Marco habla por sí mismo; tiene los codos apoyados en la mesa y se tapa la cara con las manos. Está abatido, derrotado. Patricia supone que le acaban de comunicar la muerte de Leticia.

—Hola, señor Bonanni —le saluda—, ¿tiene idea de quién querría asesinar a Leticia Fábregas? —pregunta la teniente.

—Ese *figlio di puttana* de Roibas. Estoy seguro de que ha sido él.

—¿Por qué iba a querer asesinar a Leticia?

—Para joderme. Porque no le quiero vender el restaurante. Lo de Leticia ha sido un aviso. Estoy seguro de que tiene a Ginna.

—¿Ha hablado con él?

—Sí, y dice que no sabe nada.

Patricia decide provocarle.

—¿Y usted no tenía ningún motivo para asesinarla?

Marco se pone colorado de ira, da un puñetazo en la mesa y se incorpora dirigiéndole una mirada de odio.

—¿Pero qué cojones está diciendo? ¿Por qué iba yo a querer matar a Leticia?

—Tranquilito, ¿eh? —le advierte el cabo Gómez.

Patricia decide que es el momento de lanzar un anzuelo a ver si se corroboran sus sospechas.

—¿Quizá porque era su amante y le chantajeaba con contárselo a su mujer?

—¡*Vaffanculo!* —responde Marco gritando.

—Gómez, enciérrelo en el calabozo hasta que se tranquilice —ordena la teniente.

Marco le asesta al cabo un puñetazo en el pecho que lo deja sin aire. Sin esperar, lanza otro puñetazo a Urriaga, que le tiene justo en frente; la agente lo esquiva y responde con un gancho en la boca del estómago que lo dobla, seguido de un golpe en la mandíbula y un rodillazo en la entrepierna. Patricia y Melgar se quedan impresionados por la rapidez con la que ha reaccionado Urriaga. Marco cae al suelo de rodillas. Melgar le lleva los brazos a la espalda, lo esposa y se lo lleva al calabozo.

—¿Por qué me encierran? ¿De qué se me acusa? —grita—. ¡Quiero un abogado!

—Por el momento, se le acusa del delito de atentado contra la autoridad. Luego ya veremos si añadimos otros —responde la teniente.

Cuando Gómez y Melgar se quedan solos con la teniente, le confirman que no parece que supiera nada de la muerte de Leticia.

11. Leticia Fábregas

Martes anterior.

La chica está contando en voz baja, de uno en uno, y va por cincuenta y seis. Cuando llegue a cien, no esperará más y volverá a su apartamento de Ortiguña. Los martes libra y suele hacer senderismo hasta el faro abandonado junto a la pastelería. Es su sitio preferido por las vistas. No hay más casas en la zona y las vistas al mar abierto, desde la cornisa del acantilado, le recuerdan al Parque Tayrona, no muy lejos de su pueblo, en Colombia.

Ha visto la puesta de sol y hace rato ha oscurecido. Está lloviznando. No se ve un alma por los alrededores. Confía en que la espera merezca la pena, en que Marco aparezca y le dé lo que le corresponde.

Por fin ve unos faros aproximarse por la pradera. Ella hace gestos con los brazos, da saltos y no para de sonreír. El vehículo se detiene y se baja un hombre.

—Pero ¿qué haces tú aquí? ¿Dónde está Marco? —pregunta, entre enfadada y decepcionada.

—Te espera cerca, en un sitio más discreto.

—Pues dile que por mí puede esperar toda la noche.

—Vamos, *rapaza*, no te pongas así. Sé que te tiene una sorpresa preparada. Te va a gustar. Algo que por lo visto llevas esperando tiempo, pero quiere hacerlo a su manera. No sé qué os traéis entre manos, pero esta tarde me dijo que necesitaba comprar algo especial para alguien especial.

Marco es muy suyo y es verdad que le gusta hacer las cosas a su manera. A la chica se le pasa el enfado y se dirige hacia el todoterreno.

—Vamos andando —le dice él—. Es más fácil llegar y no está lejos. Además, ha dejado de llover.

Por el camino, el hombre le va contando historias acerca de barcos naufragados en esa costa escarpada, a causa de los temporales.

—¿Sabes cuál es la sorpresa? —pregunta ella, curiosa.

—No seas impaciente. Ya casi llegamos.

Él sigue con su relato; nombra algunos de los barcos cargueros con sus valiosos cargamentos, que ahora yacen en el fondo de esas aguas esperando a que alguien los encuentre.

—Me dijiste que Marco nos esperaba cerca, y llevamos más de media hora andando —protesta la chica.

El hombre se detiene con brusquedad, gira y se coloca frente a ella. Le saca más de una cabeza. Apoya las manos en los hombros de ella y la mira a los ojos.

—La sorpresa soy yo, querida.

—¡Ni en el mejor de tus sueños, imbécil! —le grita.

Él le propina un bofetón, seguido de un golpe en el estómago que la deja sin respiración. Está ahogada por el dolor e intenta recuperar el aliento, cuando el hombre le asesta un bofetón en la cara. Se tambalea durante un par de segundos y cae al suelo.

Está aturdida, todo le da vueltas. Se percata de que el hombre la está desnudando de la cintura para arriba. Hace acopio de sus fuerzas para defenderse, pero apenas consigue arañarle el brazo. La respuesta es otro bofetón.

—No sabes las ganas que te tenía —le susurra él al oído.

Ella solo oye un pitido. Abre la boca para intentar responderle y nota un sabor metálico; tiene el labio partido y sangra con profusión. Está tendida bocarriba, mareada y no puede impedir que le baje los pantalones por debajo de las rodillas y culmine la violación. Luego él le inmoviliza la cara con las dos manos y la besa. Ella le escupe sangre, y él se limpia con las mangas del chubasquero.

—Tengo un recadito para tu jefe, guapa; dile que lo que te ha pasado hoy es solo un aviso, y que acepte la generosa oferta que ha recibido. Y tengo otro, este es personal, de mí para ti: si estás pensando en ir a la Policía, olvídate; antes de que cursen la denuncia, estarás muerta.

El hombre se incorpora y se sube los pantalones. Se gira para mirar al faro mientras se abrocha el cinturón. Está pensando en si dejarla tirada allí mismo o llevarla con él.

Ella aprovecha la distracción para subirse la pernera derecha. Saca una navaja retráctil de una funda atada alrededor de la pantorrilla. Oprime el botón que libera la cuchilla, y se incorpora lentamente.

Él se da la vuelta y la mira, pero no llega a ver lo que esconde en la mano.

—Vístete de una vez si no quieres volver andando —le ordena.

Empieza a llover con fuerza. La chica se pone de pie haciendo un gran esfuerzo, le mira de frente y sonríe.

—¿Qué te hace gracia? Te ha gustado, ¿verdad? Sí, yo sé que te va la marcha —dice el hombre en tono jocoso.

La hoja de la navaja le entra por el costado izquierdo. Aún no ha empezado a sentir el dolor en su plenitud cuando ve que ella se dispone a clavársela otra vez. Él le lanza un derechazo a la nariz y la chica cae de espaldas sin conocimiento. Se golpea la nuca contra una piedra. Él se queda mirándola mientras se lleva la mano a su herida. Parece poco profunda y no le duele mucho, pero sangra. Se agacha para coger la navaja y comprueba la respiración y el pulso de la colombiana; está muerta.

—¡Hay que joderse! —exclama en voz baja.

Con la navaja, corta un trozo de la camisa de la chica y lo pliega varias veces para hacer una venda. Se quita el cinturón y se lo vuelve a atar a la altura de la herida para sujetar el apósito improvisado.

Mira alrededor y se cerciora de que no hay nadie. Debe hacerlo rápido. Le quita a la chica todo lo que lleva encima, arrastra su cuerpo al borde del acantilado y lo empuja al vacío. Hay marea alta; confía en que la corriente se lleve el cuerpo lejos. Recoge todas las pertenencias de la chica, destruye su móvil y vuelve al vehículo sin dejar rastro alguno. Ha cumplido con lo que le habían encomendado; eso sí, a su manera. Arranca el todoterreno y se dirige hacia la carretera.

No se le pasa por la cabeza que alguien haya podido presenciar la escena.

12. El alcalde

El Ministerio Fiscal y los padres de Ginna han dado su consentimiento para emitir el comunicado sobre la desaparición. Gómez mantiene una conferencia con el Gabinete de Prensa para ultimar los detalles de la nota que van a enviar. También revisan otro comunicado referente a la aparición del cadáver de Leticia Fábregas.

La teniente Montenegro convoca en una reunión de urgencia al alcalde de Ortiguña, Hipólito Reyes. Este acepta verla porque sabe que no le queda más remedio. La cita a las cinco, pero ya le avisa de que dispone de poco tiempo.

Patricia llega al ayuntamiento diez minutos antes, acompañada de Gómez. Les llama la atención ver tanta actividad en un lunes por la tarde.

—Le agradezco su disponibilidad, alcalde. El cabo Gómez también es de la Policía Judicial de la Guardia Civil, y participa en la investigación de la desaparición de Leticia Fábregas y de Ginna Bonanni.

—Un *pracer* —saluda mientras les estrecha la mano.

—El placer es nuestro —responde la teniente—. Lamento que tengamos que conocernos en estas circunstancias.

—Estoy al tanto de las desapariciones —aclara el alcalde—. Lo siento mucho, pero solo *teño* media hora; estamos muy ocupados organizando los preparativos de un importante evento. ¿Qué es tan *urxente*? ¿Han hecho avances con la investigación?

—Lamento comunicarle que hemos encontrado el cuerpo sin vida de la señorita Fábregas, al pie del acantilado, no muy lejos del faro.

El alcalde se lleva las manos a la cabeza.

—¡Madre mía! Es una triste noticia y lo siento por la rapaza. ¿Saben cómo murió?

—Esperamos el informe del laboratorio de criminalística. Por el momento, puedo decirle que se ha confirmado su identidad y que cayó desde lo alto del acantilado.

—Ortiguña es *unha pequena cidade*, tranquila, con menos de dos mil habitantes censados; nunca habíamos tenido este tipo de sucesos y, en dos días, aparece una chica muerta y desaparece una *rapaziña*. Espero que resuelvan ambos casos pronto. Esa *nova* causará revuelo y no nos ayudará con el turismo. Tenemos programado para finales de este mes un importante festival de música: *O Percebe Rebelde.*

Patricia cruza una mirada cómplice con su compañero; los dos intentan contener la risa, se tapan la boca con la mano y al final, estallan en una carcajada acompañada de lágrimas.

—¡Oigan! ¡*Non rían*! ¡Esto es muy serio! Vamos a celebrar que hemos tenido un año récord en capturas de este apreciado molusco y de ahí el nombre. Vendrán grupos de distintos países, y estamos orgullosos de tener como anfitrión a la Escola de Gaitas de Ortiguña.

Patricia y Gómez intentan calmarse, pero la tensión y el cansancio acumulado les traiciona; explotan con un segundo ataque de risas incontenibles.

—¡Carallo! ¡Qué falta de respeto! Falarei cos seus superiores.

La teniente se enjuga las lágrimas con un clínex y consigue serenarse.

—No es necesario que hable con nuestros superiores —le dice la teniente—. Le pedimos disculpas, alcalde. Créame que lo tomamos en serio. Es que el nombre del festival nos ha hecho gracia.

Patricia intenta no mirar a su compañero, que se tapa la boca con la mano en un intento de sofocar esa risa tan inoportuna.

—¿Qué nos puede decir de la señorita Fábregas? —pregunta Patricia, ya seria.

—Yo no la conocí personalmente, pero no era muy popular.

—¿Conoce al señor Nuno Roibas?

—Todo el pueblo lo conoce. Nació aquí y es un hombre hecho a sí mismo, que ha trabajado duro para montar sus dos restaurantes. Contribuye con donaciones a diversas causas, como las celebraciones de festivales de música y las fiestas del pueblo. Más de una vez ha cedido sus restaurantes para apoyar alguna causa. ¿Por qué me lo pregunta? ¿Es sospechoso de algo?

—No sabría decirle.

—¿Cuándo desapareció Ginna? —se interesa el alcalde.

—El sábado por la tarde. La niña estaba viendo la televisión en el cuarto de estar, mientras su madre atendía a un vecino en el salón. Cuando la visita se fue, la pequeña había desaparecido. Desde entonces, la estamos buscando.

—Hay que hacerlo público cuanto antes.

—Saldrá en los medios esta tarde. Queríamos informarle antes a usted. No queremos robarle más tiempo. Esto es todo por nuestra parte.

Patricia llama al cabo Delgado para ordenarle que libere a Marco. Cree que es mejor que esté en su casa cuando los medios se hagan eco de la desaparición de su hija.

Ruiz abre la puerta del calabozo y le entrega a Bonanni la denuncia por el delito de atentado contra la autoridad.

—Si de mi dependiera, te pasarías una temporadita encerrado —le dice.

Marco abandona el cuartel blasfemando.

Del Gabinete de Prensa de la Guardia Civil se emiten dos comunicados a los principales medios. La primera nota va encabezada por una foto de Ginna y un teléfono de contacto.

«El sábado 14 de noviembre, Ginna Bonanni, una niña de siete años, desapareció de su casa en el municipio de Ortiguña. La Guardia Civil y la Policía Local han establecido un dispositivo de búsqueda y activado las alertas correspondientes para la localización de la menor...».

La segunda nota se refiere a Leticia Fábregas:

«El domingo 15 de noviembre apareció el cuerpo sin vida de Leticia Fábregas, de veinticinco años, en el municipio de Ortiguña. Leticia era colombiana y hacía dieciséis meses que había llegado a España...».

La teniente se reúne con la unidad a última hora de la tarde. Les informa acerca del interrogatorio de Lois, de la visita al alcalde y de cómo este apoya a Nuno Roibas.

—Me cuesta creer que ninguno de ustedes estuviera al tanto —comenta.

Todos se quedan callados hasta que Urriaga se decide a hablar.

—Nuno Roibas financió la última campaña del alcalde para las elecciones municipales. También le ha cedido uno de sus restaurantes para celebrar la comunión de sus hijas.

—¿Hasta cuándo van a dejar que siga averiguando por mi cuenta lo que ustedes ya saben?

—No pensamos que fuera relevante —se defiende Delgado.

—Pues sí que lo es. Por si no lo tienen claro, todo lo que tenga que ver con Roibas, con Marco y su familia o con Leticia es relevante.

—La última señal del móvil de Leticia la localiza el martes pasado a las ocho y cuarenta y siete de la noche, al borde del acantilado, a unos cien metros al oeste de donde la encontramos —comenta Delgado—.

Tiene varias llamadas a un móvil, cuyo titular es un tal José García. Nos tememos que es una identidad falsa. Lo estamos investigando.

—Sabíamos el sitio. Ahora ya sabemos el día y la hora. ¿Vieron a María?

—Sí, el agente Ruiz y yo le informamos de la aparición del cadáver de Leticia, y la mujer sufrió un ataque de nervios —cuenta Delgado—. También hemos revisado la grabación del dron, y no hemos encontrado rastro de la niña.

—Urriaga, cuéntenos sus progresos.

—Fui al hotel de Brais y de Lucía. Él se mostró muy cooperativo, y aseguró que no vio ni oyó nada extraño mientras estuvo reunido con María. Abandonó la casa a eso de las ocho. Su mujer estuvo toda la tarde atendiendo a los clientes del hotel, y dice que no vio nada extraño. Confirma que su marido volvió a las ocho y media.

—Gómez, Melgar, ¿Algún comentario más del interrogatorio a Bonanni?

—Nada especial. Se pasó todo el rato culpabilizando a Roibas. Quedó muy afectado cuando le comunicamos la muerte de Leticia —resume Gómez.

—Tenemos un cadáver y una niña desaparecida y no veo que avancemos —se queja la teniente.

—Señora, digo… mi teniente, estamos haciendo lo que podemos. Es de manual —dice Ruiz.

—No es suficiente. Como bien dijo usted: «Cuanto más tiempo pase, menor es la probabilidad de encontrar con vida a la niña». Ahora les pido que me den nombres de posibles sospechosos.

Se produce un silencio incómodo.

—Está bien. Empezaré yo —dice la teniente—. Nuno Roibas o alguien a sus órdenes; tiene motivos, medios y oportunidad: sabemos que quiere quedarse con el restaurante de Marco y que dispone de recursos y personal para asesinar a Leticia y raptar a Ginna.

—Pero, teniente —objeta Urriaga—, Marco asegura que Nuno no le ha chantajeado.

—Para ser precisos, Marco dice que Nuno no sabe nada —puntualiza Patricia. Ahora les toca a ustedes. Delgado, denos un nombre.

—¿Cómo le voy a dar nombres con lo poco que tenemos?

—Necesitamos nombres; un nombre es una posibilidad, no una certidumbre. Es una línea de investigación. ¿O prefiere que esperemos a que se produzcan nuevos acontecimientos?

—María Mosqueira.

—¿Puede explicarse?

—María podría haber sabido lo de Leticia y Marco por lo que se habría vengado de la chica. En cuanto a la desaparición de Ginna, coincido con usted, creo que fue alguien de la banda de Nuno.

—Quiero más nombres —reclama Patricia.

—Maruxa —aventura Urriaga—. La hija mayor de María. Esa chica está pasada de vueltas. Odia a su padrastro; pudo matar a Leticia y raptar a Ginna para vengarse.

—Es una posibilidad. Melgar, su turno.

—La pastelera.

—No sé por qué sospechaba que iba a apuntar en esa dirección. ¿Qué móvil puede tener la pastelera?

—No lo sé. A lo mejor Leticia descubrió algo y la hizo desaparecer.

—¿Algo como qué? —pegunta Patricia.

—¡La receta de su famosa tarta! —dice Ruiz en un tono jocoso que ocasiona una carcajada general.

Patricia les deja desahogarse un par de minutos. El equipo sigue haciendo bromas acerca de la pastelera hasta que la teniente le pide a Melgar que responda.

—Ahora no se me ocurre, pero esa mujer oculta algo —se defiende abrumado.

—Cabo Gómez, usted acaba de llegar. Quizá pueda aportar algo de luz al caso.

—Yo tengo más preguntas que respuestas: primero, ¿la persona que asesinó a Leticia es la misma que ha raptado a Ginna? Suponiendo que de verdad la hayan raptado… Segundo, ¿no deberíamos buscar más sospechosos de la desaparición de Ginna en el entorno familiar? Además de los hermanastros, están Nacho, el hermano de María y su cuñada Ana. Y tercero, falta terminar con el interrogatorio de Javier Garmendia.

—No puedo estar más de acuerdo. Delgado y Ruiz, interroguen al hermano de María y a su mujer. Hablen también con el director del colegio de Ginna. Yo quiero tener una charla a solas con María; creo que sabe más de lo que dice. Los demás, atentos a la reacción que se producirá esta noche cuando se anuncie la noticia; me temo que se colapsará la centralita con llamadas de la prensa y de la gente del pueblo. Delgado, envíe una patrulla a casa de María. Si no tienen preguntas, hemos terminado.

Los agentes abandonan la sala y Patricia le pide a Urriaga que se quede.

—¿Le apetece un café? —le ofrece la teniente.

—No, gracias.

—La forma en la que redujo a Marco en la sala de interrogatorios es propia de un boxeador. ¿Dónde aprendió a boxear?

—Aquí, en Ortiguña. En Galicia, cada vez somos más las aficionadas al boxeo femenino. Yo entreno todas las semanas y participo en competiciones.

—Quiero felicitarla por su actuación ayer con Marco.

—Gracias. Solo cumplí con mi obligación.

—Tenía un comentario que hacerle.

—Usted dirá.

—No quiero entrometerme en su vida privada, pero no creo que sea buena idea tener relaciones sentimentales entre compañeros.

Urriaga pone cara de sorpresa, pero no lo niega. Eso confirma las sospechas de Patricia.

—¿Me ha estado espiando? —responde indignada.

—En absoluto. Solo me limito a observar. Ayer la llamó el agente Raúl Melgar a su móvil cuando estábamos en el restaurante interrogando a Lois. ¿Me equivoco?

Urriaga calla.

—Pude ver las iniciales *R. M.* en la pantalla, y el tono asociado a ese número era un tanto peculiar. Se apresuró a cortar la llamada y dejar el móvil con la pantalla boca abajo.

—Mi teniente, si no tiene más preguntas, me retiro —dice Urriaga en tono solemne.

—Puede retirarse.

13. Un mal trabajo

Lois Alonso tiene dos trabajos, cada uno con jefe distinto; pero solo uno de ellos, Nuno Roibas, sabe de su doble actividad. Cuando recibe una llamada de este, ya sospecha de qué va el tema.

—Lois, vente a casa.

—¿Qué ha pasado, jefe?

—Eso es lo que quiero que me cuentes —responde Nuno.

Lois se despide de su mujer. Ella está acostumbrada a que su marido no tenga horario. A veces desaparece por las noches, otras, los fines de semana. Él le cuenta que es por trabajo, que no pregunte, y ella no lo hace.

Media hora más tarde, Lois llega a casa de Nuno. Le abre Óscar, su guardaespaldas. Cuando lo reconoce, intenta congraciarse con él gastándole alguna broma, pero esa mole de músculos de uno ochenta y cinco de alto, que siempre viste de negro, no le ríe las gracias. Óscar le acompaña al salón, donde está Nuno sentado en el sofá fumándose un puro.

—Pasa Lois. Siento haberte molestado en domingo.

—No importa, jefe —responde.

Óscar se queda de pie junto a la puerta, custodiando la salida con los brazos cruzados.

—¿Quieres algo de beber? —le ofrece Nuno.

A Lois le pone nervioso esa amabilidad que precede a la tormenta.

—No, gracias.

—¿Quizá un puro? Tengo un amigo piloto que me trae mazos de Cohibas cuando vuela a la Habana.

—No fumo.

—¡Pero siéntate de una vez! ¿Verdad que nuestro amigo tiene buen aspecto, Óscar? —le pegunta Nuno a su guardaespaldas.

—Sí, señor. Se ve que le gustan los paseos al aire libre —responde con voz ronca.

Lois se sienta en un sillón. Ya no tiene dudas de por dónde va a ir la conversación.

—¿Qué tal van las cosas por El Napolitano?

—Ahora que no está Leticia, Marco me ha nombrado encargado.

—Hablando de Leticia, ¿recuerdas el encargo que te hice la semana pasada? —pregunta Nuno.

—Sí, claro. Ya te dije el martes que lo terminé.

—¡¿Lo terminaste?! Bien. ¿Puedes recordarme qué fue lo que te dije?

—Que le diera un susto a la chica —responde Lois.

—También te conté por qué te mandé ese encargo, ¿no? —Nuno da una calada al puro.

—Recuerdo que me dijiste algo acerca de Marco y de su restaurante.

—Te refresco la memoria: Leticia es la amante de Marco. El susto era un aviso para meterle presión al italiano y que, de una puta vez, me firmase el traspaso del restaurante.

—Sí, ahora lo recuerdo.

Nuno se levanta y apoya una mano en el hombro de Lois.

—Bien. ¿No tienes nada que decirme?

—¿A qué te refieres?

—No juegues con mi paciencia.

—Te cuento lo que pasó: los martes libra Leticia; la llamé por la tarde para decirle que Marco quería verla a solas. Le dije que fuera a la pastelería del faro a eso de las ocho.

—¿Y?

—Fuimos, dando un paseo como de media hora, hasta que me aseguré de que no había nadie en los alrededores; entonces, le dije que Marco no iba a venir, pero que me había dado un recado para ella.

—Esa parte nos interesa, ¿verdad, Óscar?

—Desde luego —responde este sin moverse de la puerta.

—La abofeteé, y me clavó una navaja en el costado. No lo vi venir.

—¡Vaya! Te pilló de sorpresa.

—Sí, no me lo esperaba.

—O sea tú, que mides metro ochenta, estabas abofeteando a una chica que tienes en frente, y que medirá... ¿cuánto?, ¿metro sesenta?, porque la colombiana está buena, pero es bajita, y resulta que saca una navaja y te la clava sin que te enteres.

—Así fue.

—¿Y qué hiciste?

—Se volvió loca. Me la iba a clavar de nuevo. Yo estaba dolorido, y no me quedó más remedio que darle un derechazo en la cara. Cayó al suelo y se dio un golpe en la nuca con una piedra. No se movía, no tenía pulso ni respiraba. Intenté reanimarla, pero fue inútil.

—¡Qué desafortunado incidente, Lois! Te imagino herido y sin saber qué hacer. ¿O sí sabías qué hacer?

—Pensé que lo mejor sería borrar las huellas, desnudarla, quitarle la navaja, el móvil, el anillo y las pulseras, y…

—¡Déjame que lo adivine! —le interrumpe Nuno—. ¡La tiraste por el acantilado!

—Pues sí; creí que era lo mejor dadas las circunstancias.

—Vaya, vaya —dice Nuno dando una calada profunda a su puro. ¿Qué te parece la historia que nos cuenta nuestro amigo Lois, Óscar?

—No me cuadra.

—A mí tampoco. Te voy a dar una última oportunidad y quizá puedas ver a tu familia esta noche. Mi versión es que la abofeteaste, sí, y a continuación, ella te dijo que podías darle el recado de Marco sin necesidad de que la pegaras. Se te insinuó, quizá se bajase ese top que suele llevar y se acercase a ti. Incluso, a lo mejor, le diste otro bofetón, pero tus ojos no estaban atentos a lo que tenían que estar y ahí fue cuando te pilló por sorpresa. Esa es la versión *light*. Óscar, ¿tú tienes otra versión?

—Creo que directamente fue a violarla; la chica le clavó la navaja por sorpresa, y él la tiro por el acantilado.

Lois se revuelve en el sofá.

—¿Y bien? —pregunta Nuno—. Tenemos tres versiones y una chica muerta. ¿Qué tienes que decir?

—Pasó como lo has contado tú, Nuno.

—Nos vamos entendiendo. La cuestión es qué hacemos ahora.

—Nadie sabe cómo ocurrió ni lo relacionarán contigo —dice Lois, nervioso.

—Ahí te equivocas. Hay quien ya lo relaciona conmigo. Será cuestión de tiempo que la Guardia Civil venga a visitarme. Aunque tengo coartada, los de criminalística hacen milagros con los muertos. Si encuentran restos de tu ADN en el cadáver, te detendrán y te interrogarán. Te ofrecerán una rebaja en la condena si colaboras y, si tú hablas, a mí me acusarán como inductor del asesinato. Tenemos un problema, Lois.

—Pero Nuno, llevo contigo desde que éramos chavales. Sabes que nunca te delataría.

—Precisamente porque te conozco sé que te tiras a todo lo que se te pone por delante. Vamos a hacer una cosa: ahora te vas al gimnasio con Óscar, abajo en el sótano; ahí tenemos todo tipo de aparatos. Te va a enseñar unas técnicas de cómo dar una paliza a alguien sin dejar huellas. Te vendrá bien para la próxima vez.

—Nuno, ¡te lo pido por favor! ¡Joder, no es necesario! Es la primera vez que cometo un error, y no volverá a pasar.

Nuno Roibas recibe la llamada que esperaba.

—Es la noche perfecta. Han soltado a Bonanni, han emitido dos comunicados de prensa y es el momento de dar carnaza a los medios. La Guardia Civil va a estar muy entretenida. El italiano ya no levantará cabeza; me juego lo que quieras a que ese te traspasa el restaurante en un par de días.

—No perdáis de vista el puerto. Atracarán de madrugada. Ya sabéis lo que tenéis que hacer. ¿Comprobaste lo de mi móvil?

—Sí. Por el momento, no hay ninguna petición al juez para que autorice grabaciones de llamadas de móviles, salvo las de Leticia Fábregas. En cualquier caso, lo tendrían difícil: ni tu contrato con el operador ni tu dispositivo están a tu nombre.

—Está bien. Mantenme informado.

La desaparición de Ginna y el anuncio de la muerte de Leticia Fábregas son titulares en las noticias de la noche y colocan a Ortiguña en el mapa. El hecho de que ambos sucesos hayan ocurrido en una localidad tranquila da lugar a encabezamientos del tipo: «¿QUÉ ESTÁ PASANDO EN ORTIGUÑA?». El relato de cómo la pequeña fue secuestrada mientras su madre atendía una visita, que va acompañado de su foto junto a una descripción de la ropa que llevaba puesta y unas imágenes del pazo, sirven para alimentar todo tipo de especulaciones y establecer un paralelismo con otros casos mediáticos de menores desaparecidos.

La muerte de Leticia Fábregas tiene especial repercusión por la conexión que se establece con el caso de Ginna. Los medios especulan con que el denominador común es el italiano Marco Bonanni, padre de la niña y dueño del restaurante El Napolitano, donde trabajaba Leticia Fábregas. De él llegan a decir que había salido de la cárcel esa misma tarde, que la chica asesinada era su amante y que es un maltratador capaz de cometer cualquier atrocidad en un momento de ira. Publican una foto suya, con su peor aspecto, del momento en que abandonaba el cuartel.

Los locutores se preguntan en voz alta por qué encerraron a Bonanni y por qué lo dejaron libre.

Una cadena de televisión local improvisa un programa especial con invitados que conocen en persona al «napolitano», como llaman a Marco, y que no dudan en afirmar que es el principal sospechoso. Una emisora de radio ha invitado a supuestos expertos en casos de sociópatas asesinos; se especula con la posibilidad de que Bonanni sea uno de ellos. Todos ponen el foco en Ginna y el misterio que rodea su desaparición.

Las redes se incendian con *fake news* sobre que el napolitano ha asesinado sin duda a su amante y que no sería extraño que hubiera hecho lo mismo con su hija; posiblemente, en un ataque de cólera incontrolada o para vengarse de su mujer.

Patricia está en su habitación, viendo las noticias. No da crédito a la información que poseen los medios ni a su capacidad de especular. Las notas de prensa que habían enviado eran muy escuetas. «¿De dónde han sacado el resto de información en tan poco tiempo?», se pregunta.

El teléfono del cuartel no para de sonar. Dos agentes atienden las llamadas sin descanso. Patricia teme que la situación pueda complicarse, y convoca a los cabos Gómez y Delgado.

—Supongo que habrán oído las noticias.

Los cabos asienten.

—Alguien se ha encargado de echar gasolina al fuego; la opinión pública pide un culpable, y la prensa se lo ha dado: Marco Bonanni —dice Gómez—. Nos culpabilizan por haberlo puesto en libertad.

El móvil de Delgado suena. Patricia le pide que responda.

—Precisamente, estábamos hablando de eso. ¿Cuántas personas calcula? Bien. Le llamo en seguida—. Era Melgar —aclara Delgado—. Está con la agente Urriaga patrullando por la casa de María. Dice que hay más de doscientas personas manifestándose, y que siguen llegando más a cada minuto que pasa. La gente corea: «Bonanni, asesino», y piden su encarcelamiento. También está la televisión. No saben por cuánto tiempo podrán contenerlos.

Ahora el teléfono que suena es el de Patricia. Es el capitán Montero.

—Dígame que no me he equivocado, teniente.

—No se ha equivocado.

—Viendo las noticias, parecería que el caso se le ha ido de las manos.

—Esperábamos una respuesta ciudadana, pero le confieso que no de esta magnitud.

—¿Al menos tienen algún sospechoso?

—Varios. Los estamos investigando.

—Proteja a la familia Bonanni. Lo último que queremos es un linchamiento.

—En eso estoy.

—¿Algún progreso con su misión especial? Los de la UDYCO me preguntan si han averiguado algo.

—Tengo un nombre y una sospecha.

—Entiendo que no puede hablar ahora. Ya me contará.

—Le mantengo informado.

Patricia cuelga, y vuelve a sonar su móvil; es el alcalde. Ella le pide que espere un momento. Tapa el micro con una mano y le ordena a Delgado que vaya con los agentes disponibles y con la Policía Local a casa de María.

—Alcalde, ¿en qué puedo ayudarle?

—¡¿Está de broma?! ¡¿Ha visto usted la que ha liado en mi pueblo?!

—Me temo que el *lío*, como lo llama usted, ya estaba en marcha antes de que yo llegara. Ahora estoy muy ocupada intentando retomar el control de la situación.

Del exterior se oyen unos gritos y alguien arroja un adoquín a una ventana. Patricia se asoma y ve gente congregada frente al cuartel.

—Lo siento, alcalde, pero tengo que dejarle. Le mantendré informado.

La teniente cuelga y le pide al cabo Gómez que la acompañe a la puerta. Hay unas treinta personas gritando que encierren a Marco. Patricia les hace un gesto con los brazos, pidiendo que la dejen hablar.

—¡Les puedo garantizar que el peso de la justicia caerá sobre los culpables! —grita— ¡Pero no hay ninguna prueba que apunte al señor Bonanni! ¡Si de verdad quieren ayudar, busquen a su hija!

—¿Tienen algún sospechoso? —grita uno.

—¡Les informaremos en el momento oportuno! ¡Ahora les pido que vuelvan a sus casas! ¡Si hablo con ustedes, no puedo hacer mi trabajo!

El grupo es reacio a disolverse. La teniente y el cabo se acercan a la gente. Con voz tranquila, les piden su colaboración. Poco a poco, vuelven a sus casas, la mayoría andando, porque vive cerca. Patricia pide a un agente que haga guardia en la puerta del cuartel y que no permita más concentraciones. Ella y Gómez vuelven al cuarto.

—La prensa no ha tenido tiempo de recabar toda esta información —comenta Gómez—. Alguien se la ha tenido que proporcionar.

—Esto estaba planeado —especula Patricia—. Me llama especialmente la atención la foto que han publicado de Bonanni saliendo del cuartel. Por el ángulo del que está tomada, diría que alguien la sacó desde dentro del cuartel y eso me preocupa. En adelante trataremos la información confidencial entre nosotros.

Patricia conoce a Gómez desde hace muchos años; se tratan de tú cuando están solos.

—La pregunta que nos podemos hacer es quién saldría beneficiado si a Bonanni le pasara algo —comenta el cabo.

—Sin duda, Nuno Roibas; va siendo hora de hacerle una visita. Mañana me pasaré por su casa.

—Déjame acompañarte —le pide Gómez.

—Te necesito para otra misión. Tenemos un cadáver, una niña desaparecida, un pueblo que quiere hacer un linchamiento, un alcalde que no nos apoya y los medios que no ayudan. Seguro que mañana vendrá gente de otros municipios a sumarse al escrache. Tenemos que tomar la iniciativa.

—¿Por qué no organizamos una concentración con los padres de Ginna? —propone Gómez—. Podríamos lavar la imagen de Marco y de paso montar una batida de búsqueda con voluntarios. Eso apaciguaría a la gente y nos podría ayudar con la búsqueda.

—Buena idea. Tendríamos que haberlo hecho ya. Vamos a casa de María y Marco. Necesitamos contar con ellos.

Patricia y Gómez llegan a casa de María cerca de la media noche y se encuentran con un grupo de veinte personas; la mayoría son borrachos que cantan y vociferan lo primero que les viene a la cabeza; los agentes los están mandando a su casa.

—Buen trabajo —les felicita la teniente por haber despejado la zona—. Delgado, cuando terminen, deje una patrulla vigilando. El resto se puede ir.

Patricia y Gómez se reúnen en el salón con la familia, que acaba de vivir la dura experiencia de un escrache; han oído a una turba de gente que gritaba a coro: «Marco, asesino, ¿qué has hecho con Ginna?». Un exaltado ha llegado a traspasar el cordón policial y aporreado la puerta de la entrada durante varios minutos; otro ha roto una ventana del salón de una pedrada.

María tiene la cara demacrada y está temblorosa. Marco no dice nada pero se le nota afectado. Los chicos están algo nerviosos, salvo Maruxa, que se ha tomado algo.

—¿Están todos bien? —se interesa Patricia.

—¿Usted qué cree? —pregunta Marco—. A mí me han jodido la reputación. A ver quién va a ir ahora a comer a mi restaurante. Y Ginna sigue sin aparecer.

—Estamos asustados y preocupados por si esto se repite mañana —dice María.

—Una patrulla vigilará la casa. Ahora tengo una propuesta que hacerles para evitar más escraches, pero necesito la colaboración de todos.

Patricia se queda mirándolos. María responde que harán lo que haga falta; los chicos asienten con la cabeza y Marco calla.

—Señor Bonanni, usted es la causa por la que se ha llegado a esta situación y quien más tiene que perder.

—¿Me está acusando de algo? —responde aludido.

—Se ha granjeado la enemistad de los empleados del restaurante; le acusan de llevarlo al desastre al nombrar a Leticia jefa de sala. En el pueblo tiene fama de maltratador. El bulo que corre es que usted asesinó a la chica porque le hacía chantaje.

—¡Eso no es cierto! Leticia no me chantajeaba.

—Sí, Marco —responde María—. He callado por el bien de la familia, pero no aguanto más; ha llegado el momento de hablar claro.

María habla con la voz entrecortada. Lo que va a decir a continuación puede romper definitivamente la familia.

—Leticia me llamó el martes de la semana pasada —continúa—. Me dijo que erais amantes, que tú te ibas a divorciar de mí y que la ibas a hacer socia del restaurante. Me aseguró que no me querías. Me contó con detalle vuestros encuentros sexuales en los reservados del restaurante; me dijo que todos los camareros lo sabían. Al final, me amenazó con hacerme la vida imposible si no accedía a hipotecar la casa para salvar el negocio.

—¡Serás hijo de puta! —le insulta Maruxa, dirigiendo a su padrastro una mirada de odio.

Natalia le mira con rabia y desprecio.

—Te lo puedo explicar, María —intenta justificarse Marco.

Marco está sorprendido del cambio producido en su mujer desde la noche en que desapareció Ginna. El maltrato sufrido la ha llevado a un punto en el que se ha rebelado contra su propia sumisión.

—A mí no me tienes que explicar nada. Te he puesto una demanda de divorcio —dice María desafiante.

—No te creo.

—No hace falta; ya la recibirás.

Marco se queda sin palabras. Está abatido, derrotado; no sabe qué es de Ginna, su amante ha muerto, su mujer se va a divorciar de él y va a perder el restaurante.

Patricia piensa que no puede ser peor el momento para pedirles lo que tienen que hacer al día siguiente, pero no queda más remedio.

—Como les decía, tengo una propuesta que hacerles —continúa la teniente—. Vamos a convocar una concentración para mañana a las cuatro, en la explanada que hay junto al ayuntamiento. Es conveniente que estén todos. Sé lo difícil que puede resultar, pero deben parecer un matrimonio unido; tenemos que cambiar la imagen que la gente tiene de Marco. Hay dos mensajes que deben transmitir con claridad; el primero irá dirigido a quienes hayan raptado a Ginna: les rogarán que la liberen. El segundo mensaje será pedir la colaboración ciudadana para organizar una marcha con los vecinos del pueblo. Delgado ayudará a coordinar esta acción, y les preparará una lista de preguntas y respuestas para que estén listos. Por favor, aténganse al guion.

Ahora es el cabo Gómez quien toma la palabra.

—Marco, es de suma importancia que mañana controle sus arranques de genio. El recibimiento no va a ser caluroso; aparte de la prensa, habrá gente acusándole e insultándole. Es su oportunidad de demostrarles a ellos y a todos los que vean su intervención que usted no es el hombre que creen. Si le abuchean, tenga paciencia y espere a que se callen. Le harán preguntas referentes a Leticia, del tipo: «si era su amante», «si usted la mató» o «si le chantajeaba». Limítese a contestar que no sabe nada, que está colaborando con la Guardia Civil para esclarecer los hechos, pero que su prioridad es encontrar a su hija Ginna.

—En cuanto a usted, María —continúa Gómez—, no entre en mucho detalle de cómo desapareció. Basta con que diga que cuando fue al cuarto de estar, donde se suponía que su hija estaba viendo la televisión, no la encontró; que la buscó por toda la casa, y que no apareció. Pida que liberen a su hija mirando directamente a las cámaras. Y los chicos, no hace falta que habléis. Vuestra mera presencia es suficiente.

—Para terminar —concluye Gómez—, cuando acabe la rueda de prensa recorrerán el pueblo con pancartas con el lema «Por la vuelta de

Ginna» y una foto suya de gran tamaño. Esperamos que se les unan muchos vecinos. ¿Alguna pregunta?

Nadie responde.

—Bueno, pues si lo tenemos todos claro, vamos a descansar. Mañana vendrá el cabo Gómez a ayudarles con la preparación y los llevará al pueblo —concluye Patricia.

Patricia llega cansada a su habitación de la casa rural. Ha sido un día largo, complicado, y tiene la sensación de que se le escapa algo. La prensa ha comentado con todo lujo de detalles cómo iba vestida Ginna. ¿De dónde han sacado esa información? La filtración tiene que venir de alguien de la familia o de alguien de su unidad. La segunda posibilidad le preocupa a más no poder; significaría que tiene un topo que trabaja para Nuno Roibas, el cerebro que ha conseguido presuntamente que los medios y la opinión pública culpabilicen a Marco. La Guardia Civil y la Policía Local han necesitado emplear todos los recursos disponibles para controlar el escrache frente a la casa de María, y evitar que los manifestantes entrasen a ella; así como para disolver la concentración formada ante el cuartel. Se pregunta si todo esto forma parte de un plan de distracción.

14. Atraque del Yako25

Falta poco para el amanecer. Algunos barcos de pesca retornan a puerto. La mayoría ha faenado en el caladero del Cantábrico-Noroeste, en aguas de jurisdicción española. No es el caso del Yako25, de diez metros de eslora y dotado de un moderno equipamiento. Ha navegado durante dos días a una velocidad de crucero muy superior a la de un pesquero normal y ha sobrepasado con creces el límite de las veinte millas de la costa.

—Ya estamos cerca, Ignacio —dice el patrón, Manuel Galindo—. Mira allí, a lo lejos. Es el faro de Ortiguña.

La luz de la luna recorta su silueta sobre el acantilado.

—Me parece haber visto a alguien en lo alto de la torre, detrás de la cristalera.

—Sí, claro, y en cualquier momento se pondrá en funcionamiento —comenta jocoso Manuel. Víctor le ríe la gracia. El patrón lleva siempre unos prismáticos en el puente. Se los da a Ignacio, que, después de enfocar el faro durante un rato, reconoce que no ve nada.

La tripulación del Yako25 está satisfecha con las capturas; las bodegas están cargadas con merluza, jurel, sargo y abadejo. Pero la mejor pesca está guardada con cautela en paquetes de diez kilos en un falso depósito de combustible.

Manuel hace una llamada a tierra. «Todo tranquilo —le dicen—. Víctor y tú tenéis la furgoneta lista para ir al albergue. Luego volvéis a puerto y, cuando abran la lonja, desembarcáis la pesca».

Es pronto y no hay gente en el puerto. Se espera la llegada de otros pesqueros, pero más tarde. El atraque se lleva a cabo sin incidencias y transportan la droga a una nave industrial sin levantar sospechas.

Nuno Roibas recibe una llamada.

—Todo en orden —dice Víctor.

—Buen trabajo. Recuérdale al malagueño que no se deje ver. Ya te llamaré.

15. Repercusión mediática

Delgado se presenta temprano en casa de María, con un guardia civil especializado en comunicación que tiene experiencia en casos similares. Explica al matrimonio la fuerza que tienen los medios y cómo influyen en el sentimiento colectivo. Primero acuerdan qué mensajes deben transmitir a quienes puedan tener retenida a Ginna. Crean una cuenta de Facebook: «Devolvednos a Ginna»; una de Twitter: @ginnalibre; y una dirección de correo electrónico: conginna@gmail.com. A continuación, graban un video de María, con Marco al lado y los hijos detrás. La madre cuenta unas anécdotas de Ginna, muestra una foto suya y agradece de antemano la asistencia a las cuatro de la tarde a una concentración en la explanada de la entrada al pueblo; de ahí partirá una marcha que lo cruzará. Llega el turno de Marco. Se muestra emocionado, suplica a quien tenga a su hija que la libere. Pide que quienes le escuchen manden sus mensajes de apoyo a las cuentas que han creado. Es la primera vez que María ve a Marco al borde de las lágrimas.

El alcalde y algunas personalidades políticas de la Xunta de Galicia y del Gobierno central han confirmado su asistencia a la marcha.

A pesar de la lluvia fina, a las tres y media no cabe nadie en la explanada. Las estimaciones de la Policía Local hablan de unas mil personas. Han tenido que pedir refuerzos a agentes de otros pueblos y a la Policía Nacional. Están repartiendo camisetas con la foto de Ginna y el mensaje POR TU LIBERTAD. Patricia le pide a Delgado grabar a la familia mientras dure el acto.

A las cuatro y diez, María, Marco y los hijos están cogidos de las manos junto a un atril, frente a la muchedumbre. Detrás de ellos se encuentra una comitiva de cargos políticos; delante, un nutrido grupo de periodistas, a punto de saltarse el precinto, que compiten por colocarse lo más cerca posible de la familia. De la explanada llegan las voces y risas impacientes de la gente, esperando que empiece la función.

María se siente desbordada. Tiene la sensación de que todo eso es un espectáculo mediático, montado a costa de su querida hija, y considera la posibilidad de irse, pero los recuerdos de Ginna le vienen a la memoria y se lo piensa mejor: «Debo seguir adelante».

A las cuatro y media, María se acerca al micrófono y empieza a hablar.

—Quiero daros las gracias por acompañarnos en estos momentos tan terribles—dice con la voz quebrada—. Estamos todos aquí por lo mismo: pedir la liberación de Ginna.

La emoción hace que se interrumpa. Se enjuga las lágrimas y continúa.

—Dos días sin nuestra hija y no os puedo explicar la angustia y el vacío que sentimos. A quienes la tengáis retenida, os lo suplico, dejadla libre.

María hace una pausa, y la gente se calla. Ha dejado de llover, y los paraguas se cierran. Prosigue.

—Sí, dejadla libre, es una criatura inocente que no ha hecho ningún mal a nadie.

Detrás de la familia, Patricia observa una casa vieja de tres pisos, medio derruida. En estos momentos, cree que es más interesante observar a la multitud que a la familia; al fin y al cabo, ya podrá ver las grabaciones de las intervenciones de María y de Marco. El acceso a la casa está precintado y un agente lo custodia. La teniente bordea la explanada hasta llegar a la entrada de la vivienda, presenta sus credenciales al guardia para poder entrar, sube al tercer piso y se queda a medio metro de la ventana para evitar que la vean desde fuera. Desde la penumbra de la habitación, está en una posición privilegiada para observar a la multitud.

María habla durante diez minutos y termina diciendo: «Y ahora os paso a mi marido, que, junto conmigo, es la persona que más quiere a Ginna».

Marco ajusta el micrófono a su altura, se oye un pitido de acople. Algunas personas le abuchean hasta que empieza a hablar.

—Ginna es la persona que más quiero en este mundo y no soportaría su pérdida. A quienes la tengan prisionera, sabed que estoy dispuesto a todo por su liberación.

Marco necesita parar; está emocionado y no puede articular palabra. La explanada está en completo silencio y, al fondo, pueden oírse las olas rompiendo y los graznidos de algunas gaviotas. Se recupera y continúa su emotiva charla durante cinco minutos.

Desde el piso, Patricia hace un recorrido visual con los prismáticos; busca a Nuno Roibas, al que solo ha visto en una foto. Cuando está a punto de desistir, lo reconoce: se encuentra en un lateral derecho, al fondo de la explanada. No lo pierde de vista, toma nota de qué personas están a su lado y de quiénes se acercan a hablar con él. Está claro que es una persona de influencia en el pueblo. Patricia llama a Gómez.

—Estoy en el edifico que hay detrás de la comitiva. He visto a Roibas y a alguien corpulento que debe de ser su guardaespaldas. Están al fondo de la explanada, a mis dos. Que le vigile un agente y asegúrate de que no se acerque a Marco.

—Entendido, teniente.

El acto termina con la intervención del alcalde, quien agradece la solidaridad de los asistentes, les pide su colaboración para encontrar a Ginna y ruega que respeten la intimidad de su familia, que está pasando por un doloroso trance.

María, Marco y los hijos se ponen en marcha, a la cabecera de la comitiva. Los medios se acercan a entrevistar a los padres y a los políticos. Estos últimos prometen movilizar todos los recursos necesarios para que liberen a la pequeña. María actúa de portavoz de la familia y se centra en la desaparición de Ginna. Algunos periodistas le preguntan a Marco sobre la muerte de Leticia; su repuesta es siempre la misma: «Yo no sé nada».

Patricia se reúne con Delgado.

—Ha acudido mucha gente del pueblo, incluso han venido de fuera —comenta Delgado—. Tenemos agentes en la cabecera de la manifestación, protegiendo a la familia y otros mezclados con un grupo de exaltados que fueron al escrache de ayer. Están controlados.

La marcha discurre sin incidentes y termina de manera pacífica con un nuevo agradecimiento de María hacia los asistentes, y con alguna que otra intervención de políticos.

La familia regresa a casa. La teniente y los dos cabos se reúnen con ellos. Están satisfechos por el giro tan favorable que le han dado a la situación. Gómez dice que, por precaución, dejarán una patrulla que vigile la casa, más que nada para evitar la presencia de curiosos o de la misma prensa. María y Marco están más confiados en que liberen a Ginna.

Debido a la concentración, pocos clientes se han pasado por la pastelería. Lucrecia alberga la esperanza de que los manifestantes foráneos se pasen a hacer compras de última hora, por lo que ha prolongado el horario. Por el momento, nadie parece estar interesado. Javier entra al local de Lucrecia pasadas las seis de la tarde. La conoce de otras veces, han mantenido alguna que otra charla acerca de sus novelas.

—Hola, Lucrecia. Quería comprar algo para llevar a casa de María, y desearles que Ginna aparezca pronto.

—Pasa por aquí. Tengo unos pasteles recién hechos.

Entran en el obrador, y el escritor comenta lo limpio y recogido que tiene todo.

—¡A ver! Intento mantenerlo limpio porque soy así y porque eso les da confianza a mis clientes.

Lucrecia le muestra orgullosa su maquinaria y le explica para qué sirve cada aparato.

—Si no fuera por esto, necesitaría más personal —comenta.

—Parece que te las apañas muy bien.

—No me quejo. Por cierto, el otro día vino la Guardia Civil a interrogarme. ¿Han ido por tu casa? —pregunta la pastelera.

—Sí. No me he librado, y creo que volverán porque tuvieron que irse sin terminar el interrogatorio.

—No he podido ir al pueblo. ¿Cómo ha ido la concentración? —se interesa Lucrecia.

—Bien. Han conseguido una gran difusión. Ahora falta que quien tenga a Ginna la libere, suponiendo que no le haya pasado nada. Le he dado muchas vueltas, y me pregunto si no se la habrá llevado alguien ajeno al pueblo.

—Esa familia estaba rota antes de la desaparición de Ginna.

—¿Qué quieres decir?

—Lo que digo; se odian unos a otros. María es una bendita que hace lo que puede por mantenerlos unidos, pero esa mujer va a acabar mal.

—¿Conoces a Ginna?

—De verla por aquí.

—¿Cómo es?

—Te va a parecer duro lo que te voy a decir; es muy guapa, pero es una malcriada y no cae bien a nadie. Espera un momento, que debo llevar esta bandeja al expositor.

Lucrecia sale del obrador, y Javier se da una vuelta curioseando por la habitación. En un rincón de difícil acceso, ve unas estanterías con diversos objetos que parecen recuerdos. Hay dos fotos enmarcadas, una de un niño y otra de una niña. Se acerca a mirarlas cuando aparece la pastelera.

—¿Qué haces? —le pregunta ella; y rápidamente atraviesa el obrador, coge las fotos y se las guarda en el delantal.

—Disculpa, no creí que te molestara.

—Soy muy celosa con mis temas personales. Son las fotos de mi hijo y de mi sobrina.

—No sabía que tuvieras un hijo.

—¿Por qué ibas a saberlo? Nunca me lo has preguntado.

—Cierto.

Javier le nota nerviosismo en la voz.

—Vive en Madrid —aclara Lucrecia—. Ya no es un niño; ahora trabaja en una consultora de esas que no paran y viaja todo el tiempo.

—Yo no tengo hijos —dice Javier.

—¿Estás seguro?

—¿Qué insinúas? —pegunta el escritor sorprendido.

—Tú ya sabes de lo que hablo.

Javier se queda pensativo.

—No te olvides de que por algo me llaman la Meiga de Ortiguña —dice Lucrecia sonriendo.

Javier opta por quedarse callado. Paga los pasteles y conduce de vuelta a casa mientras piensa en lo que acaba de pasar.

Esa noche aparecen las imágenes de la concentración en casi todos los medios. El foco ya no es Marco Bonanni, sino las especulaciones sobre qué le puede haber pasado a Ginna. Uno de los escenarios planteados es que alguien ajeno a la familia, por ejemplo, un pederasta, la haya raptado. Debaten sobre el elevado índice de reincidencia de los abusadores de menores. Un canal de televisión muestra la foto de Ignacio Segura cuando entró en prisión, y explica que «recientemente ha sido puesto en libertad y se encuentra en paradero desconocido».

—Habéis hecho un buen trabajo —comenta Patricia a su equipo en tono relajado—. La concentración ha sido un éxito. Ahora todo el pueblo pone el foco en encontrar a Ginna, y ya no se habla tanto de la muerte de Leticia, pero debemos seguir investigando qué le pasó a esa chica.

—Mañana esperamos el resultado del análisis forense —dice el cabo Gómez.

— Llámeme en cuanto llegue el informe. Yo haré una visita a Nuno Roibas.

—¿Quién la acompañará, teniente? —pregunta Delgado.

—Iré yo sola.

—¡Puede ser peligroso! ¿Qué necesidad hay de que vaya sola? —pregunta Gómez.

—Tranquilo. No se atreverá a hacerme nada. Quiero provocarle. Si voy sola, es más fácil que cometa algún error.

16. Patricia y el escritor

Cuando sale del cuartel, la primera intención de Patricia es ir a la casa rural donde se hospeda. Sin embargo, al subirse en el coche piensa en el escritor y el interrogatorio que no pudieron terminar; y decide hacerle una visita sorpresa. En su fuero interno, reconoce que se está dejando llevar por un impulso; siente atracción por él.

Cuando Javier llega a su casa, se encuentra a Patricia esperándola en el coche.

—¡Teniente Montenegro! ¡Qué sorpresa tenerla por aquí de nuevo! Ya creía que no me iba a interrogar.

—Precisamente a eso vengo —responde algo cortante.

—Por favor, pase —la invita el escritor.

—Veo que viene de la pastelería —comenta Patricia.

—Así es. He comprado unos pasteles para la familia Bonanni. Quería desearles suerte con Ginna y decirles que me uno a su búsqueda. Me ha conmovido el acto de hoy.

—Exactamente, ¿qué es lo que le ha conmovido?

—Póngase cómoda, teniente —dice mientras mete los pasteles en la nevera.

Patricia se sienta en el sofá.

—Yo no sé usted, teniente, pero yo necesito una copa de vino blanco. Ha sido un día cargado de emociones. ¿Me acompaña?

—No bebo estando de servicio.

Javier descorcha una botella y sirve dos copas. Se acerca a Patricia.

—No va de uniforme y ya no son horas de trabajar. Si quiere interrogarme, adelante, pero le advierto que me sacará más información con una copa.

Patricia se le queda mirando. Javier está de pie frente a ella, con una copa en cada mano y una sonrisa en la boca. Este hombre le resulta atractivo y tiene la virtud de hacer que se sienta a gusto con él.

—Está bien —concede cogiendo una copa.

—Le propongo un brindis, teniente.

Patricia piensa que está fuera de lugar brindar.

—Señor Garmendia, no le conozco ni veo ningún motivo por el que debamos brindar. Hay una niña desaparecida y una joven muerta.

El escritor se sienta frente a ella.

—En estos momentos no podemos hacer nada por ninguna de las dos. Le propongo que brindemos por la conexión —insiste Javier.

—¿La conexión?

—Esa conexión inexplicable que raras veces se produce entre dos personas que acaban de conocerse.

—¿No va usted muy rápido?

—Teniente, ¡solo es un brindis! Le voy a responder a lo que me pregunte y no voy a hacer nada que usted no quiera.

Patricia se siente vulnerable. Nota la falta de sueño.

—¡Por la conexión! —brinda Javier mientras choca su copa con la de Patricia.

Ella no dice nada. Bebe un trago.

—¿Ahora puede responderme a la pregunta que le he hecho?

—No me he olvidado. Quiere saber qué me ha conmovido de la concentración de hoy. Pues le diré que ver a unos padres angustiados por la desaparición de su hija me ha emocionado.

—¿Qué me dice de sus otros hijos?

—Que parecían estar más por obligación que por interés. No los vi muy afectados por la desaparición de su hermanastra.

Javier bebe otro trago y Patricia le acompaña. Habitualmente, cuando la teniente lleva a cabo un interrogatorio, pone los cinco sentidos, algo que ahora le resulta muy difícil. Apoya la cabeza en el reposacabezas del sillón y cierra los ojos por un instante. Siente todo el cansancio acumulado.

—Permítame —dice Javier acercando un escabel a los pies de la teniente. Con esto se sentirá mejor.

Patricia mira al escabel con desconfianza.

—Vamos, teniente. Apoye los pies. Verá como el interrogatorio fluye.

Ella no le hace caso y aparta el escabel. Está a punto de preguntarle qué más ha observado en los chicos, pero Javier se anticipa.

—Quieres saber lo que he visto en los chicos, ¿verdad?

Javier la trata ahora de tú.

—Pues sí. Lo has adivinado —le sigue el juego.

—Lo que yo pude ver, y tú no porque estabas de espaldas a ellos, eran sus caras, sus expresiones, su lenguaje corporal. Observé algo muy interesante, pero eso mejor lo ves tú en el vídeo que grabaron tus agentes.

Patricia va a preguntarle cómo sabía dónde estaba ella. Javier sonríe y responde antes de que formule la pregunta.

—Vi cómo pasabas detrás de la comitiva de políticos y entrabas en la casa abandonada. Luego me pareció verte detrás de una ventana.

Patricia va a hacer otra pregunta, pero Javier se adelanta.

—También vi a Nuno Roibas. Estaba medio oculto en un extremo de la explanada, con su gorila. Se le acercó Lois, el camarero de El Napolitano, y luego uno de tus agentes habló discretamente con Lois. Pero tú también viste todo esto, y te preguntarás qué hablaron entre ellos. Ahí no te puedo ayudar.

Patricia no sabe qué decir.

—Creo que esa es la información que querías. ¿Ahora entiendes a lo que llamo conexión? —pregunta Javier.

—Me hago una idea —responde ella sonriendo.

—Por fin te veo sonreír, teniente. ¿Podemos brindar por ello?

—¿Por qué no? —dice Patricia. Ahora está relajada, y se siente muy a gusto con él. Tiene la sensación de que le conoce de toda la vida.

—Yo me siento como tú —asegura el escritor—. Sabía que esto iba a pasar.

Ella se le queda mirando.

—Me cuesta creer que pudieras saberlo.

—No sé bien cómo explicarlo, pero cuando te vi la primera vez, sentí algo parecido a un *déjà vu*. ¿Sabes lo que es?

—Creo que se refiere a sentir que ya has vivido algo, pero en realidad es la primera vez que pasas por esa situación.

—Así es. Digo que sentí algo parecido a un *déjà vu*, aunque lo correcto sería decir que tuve un presentimiento de que esto iba a pasar y que cuando lo viviera, yo iba a sentir que era un *déjà vu*.

—Creo que pasas mucho tiempo solo, Javier.

—Eso es cierto, pero afortunadamente tiene arreglo.

Javier deja su copa en la mesa y se sienta a su lado. Es la primera vez que ella no experimenta la angustia que le producía estar cerca de un hombre. Se miran a la cara y el la besa. Ella le responde con un beso profundo, intenso, y siente una corriente que recorre su cuerpo.

Unos minutos más tarde, Javier la coge de la mano, y van al dormitorio.

Patricia no sabe si es por Javier, por el vino, por el cansancio acumulado o por las tres cosas juntas, pero está flotando en una nube; el mundo exterior ha dejado de existir.

Se desnudan despacio el uno al otro. Recorren sus cuerpos intercambiando caricias. Se abrazan y se besan apasionadamente. Patricia sonríe. Está excitada como nunca antes lo había estado. Sus fantasmas han desaparecido. Hacen el amor, y ella siente, por primera vez, lo que es llegar al clímax.

Las horas pasan volando, y saben que ha llegado el momento de separarse cuando las primeras luces del alba se filtran por el visillo de la ventana.

La teniente vuelve temprano a la casa rural. Conduce con una sonrisa; nunca se había sentido tan bien. Está cansada, pero le da igual. Nada más llegar, se mete en la ducha; necesita espabilarse. Aprovecha que está bajo el agua para reflexionar sobre lo que ha pasado. Dejando sus emociones aparte, el hecho es que se ha acostado con un posible sospechoso. Suena su móvil, sale mojada a responder la llamada; es Gómez.

—Teniente, tienes que venir enseguida. Ha llegado el informe forense de Leticia Fábregas.

—Hazme un resumen —dice mientras se coloca la toalla.

—Se confirma que murió el martes pasado. Han encontrado en su cuerpo restos de ADN de Lois Alonso, el camarero de El Napolitano, y parece que tuvo relaciones sexuales no consentidas con ella. Hay signos de lucha.

—Cursa inmediatamente una orden de búsqueda y localización para Lois. ¿Quiénes estáis en el cuartel?

—Delgado, Ruiz y yo. Urriaga y Melgar han pasado la noche vigilando la casa de María.

Patricia se imagina cómo habrá sido esa vigilancia.

—No han reportado incidencias más allá de un par de periodistas buscando entrevistarles. Marco salió temprano; seguramente al restaurante. Por cierto, se me olvidaba: se presentó una pareja aterrorizada que aseguró haber visto a un hombre lobo cerca del acantilado. No parecían haber bebido ni que estuvieran drogados.

—Ya me contarás lo del hombre lobo con más detalle. Ahora lo más urgente es detener a Lois. Envía una patrulla a casa de María para que releve a Urriaga y a Melgar, otra patrulla que vaya a casa de Lois y tú vete con Ruiz al restaurante.

Una de las cosas que más le pueden molestar a Nuno es que le interrumpan cuando está desayunando. Suele tomar huevos fritos, cruasanes recién hechos, uno o dos cafés y un zumo. Pone música clásica y come sin prisa. Es su momento "burbuja", en el que desconecta del negocio. Aquella mañana, su móvil suena con insistencia. Se levanta protestando y va a la mesa donde lo ha dejado. Responde a la llamada.

—Malas noticias —dice una voz—. Han encontrado restos del ADN de Lois en el cadáver de Leticia Fábregas. Una patrulla va a ir a su casa y otra al restaurante. ¿Qué hacemos?
—¿Has intentado localizarle?
—Sí, claro, pero no responde al móvil. Debe estar en el restaurante.
—Enviaré a Víctor para que le avise. A ver si llega a tiempo. Intenta retrasar las salidas de las patrullas.

El cabo Gómez y el agente Ruiz llegan al restaurante. Aún no han abierto, pero oyen voces en el interior. Tienen que esperar un rato hasta que por fin les abre el propio Marco.
—¿Qué quieren ahora?
—¿Está aquí Lois?
—¿Qué pasa?
—Tenemos que hablar con él.
—No le entretengan mucho; tenemos trabajo.
Entran en el comedor. Hay varios camareros trajinando, pero ninguno es Lois.
—No lo entiendo. Estaba aquí hace un momento preparando las mesas con los demás —dice Marco, y llama a un camarero—: Oye Julián, ¿sabes dónde está Lois?
—Ha ido al baño.
El cabo Gómez va corriendo al baño y no ve a nadie.
—Aquí no está. Ruiz, vamos a la cocina —ordena el cabo.
En la cocina hay seis personas trabajando en un espacio angosto, con los fogones y fregaderos en un lado y una mesa alargada en el centro, encima de la cual cuelgan sartenes y ollas. Gómez observa, al fondo de la cocina, una puerta abierta que da al exterior. Pregunta a gritos si alguien ha visto a Lois, y no le responden. Atraviesa la cocina a la carrera, abriéndose camino a costa de dar empujones al personal y tirar algunas cacerolas. Le siguen Ruiz y Marco; este pregunta que qué demonios pasa. Cuando sale Gómez, solo ve a dos pinches que están

fumando. El cabo oye el sonido de un coche derrapando al otro lado del restaurante y corre hacia el aparcamiento.

—¡Vamos, Ruiz, que se escapa!

— ¿Me quieren decir que pasa? —pregunta Marco.

— Ya le informaremos —responde el cabo.

Gómez llega al coche antes que su compañero. Le grita que se dé prisa mientras ve desaparecer un coche por la carretera. Ruiz se sube jadeando. El cabo pisa a fondo el acelerador y sale en su persecución con las luces y la sirena puesta.

—Ruiz, llame a la Policía Local. Que pongan controles.

Gómez conduce por una carretera comarcal a gran velocidad, acortando distancias.

Ruiz habla con la Policía Local. Sostiene el móvil con una mano y con la otra se sujeta firme del asa superior de la puerta.

—Cabo, una patrulla les va a cortar el camino —comenta—. No tiene escapatoria.

Ruiz está pálido del miedo a tener un accidente; no sabe cómo decirle a Gómez que no es necesario jugarse la vida para detenerle. Después de veinte minutos de persecución, avistan, a unos doscientos metros más adelante, el coche que perseguían parado en un control policial. Un hombre tiene las manos apoyadas en el capó y las piernas abiertas; le están cacheando.

Gómez aparca y se identifica con los agentes. Cuando el detenido se da la vuelta, se percata de que no es Lois.

—¿Se puede saber por qué me han detenido?

—Su carnet, por favor.

El hombre se lo entrega. Se llama Víctor Galindo.

—¿Por qué huía, señor Galindo?

—Yo no huía.

Gómez saca de la guantera los papeles del coche. El vehículo está a nombre de Lois Alonso.

—¿Puede explicarnos por qué conducía el coche del señor Alonso?

—Claro, agente. Me lo ha prestado.

Gómez llama a la teniente.

—Nos la han pegado. Hemos perseguido un coche que huía del restaurante creyendo que era Lois, pero el conductor es un tal Víctor Galindo. Ha sido una maniobra de distracción para darle a Lois tiempo de escapar.

—Ordena que pongan controles en la carretera e investiguen todas las llamadas que ha hecho Lois en el último mes y su localización del martes pasado. Detén a Galindo.

—¿Con qué cargo?

—Elige tú; se me ocurre obstrucción a la justicia o conducción temeraria. Yo salgo ahora a casa de Roibas. Envíame una foto del tal Galindo a mi móvil y avísame si localizas a Lois. Nos vemos en el cuartel a las dos. Quiero interrogar a Galindo.

17. En casa de Nuno Roibas

Patricia conduce a casa de Roibas, aunque no espera encontrar a Lois allí. Enfila una calle empinada hasta llegar al final del pueblo. Enseguida reconoce la casa; es una villa moderna, grande, formada por varios cubos blancos superpuestos y ventanales tintados. Unos árboles flanquean el sendero que conduce a la entrada, donde están aparcados un todoterreno y un deportivo. A la teniente le resulta una vivienda muy impersonal, que desentona con las casas de la zona.

Cuando va a llamar al timbre, un hombre de mediana estatura, pelo blanco y de unos cuarenta y cinco años le abre la puerta. Es Roibas. Ahora que lo ve de cerca por primera vez, se fija en sus ojos vivaces y en la amplia sonrisa que deja ver unos dientes amarillentos. Viste un *blazer* azul marino y unos vaqueros.

—Hola. Soy la teniente Patricia Montenegro. Necesito hablar con usted.

—Nuno Roibas, a su disposición —saluda—. *Benvida* a mi casa. Me han *falado* mucho de usted, pero, viéndola al natural, resulta aún mejor de lo que me habían contado.

—Ahórrese los halagos, señor Roibas.

—Por favor, llámeme Nuno. Aquí todos lo hacen.

—Ya, pero yo no soy todos.

—Como desee. Acompáñeme al porche. No son muchos los días que salen buenos en esta época y hay que aprovecharlos.

El porche está amueblado con tres grandes sofás de ratán beige y cojines de distintos colores, una mesa cuadrada de mármol, un mueble bar y grandes macetas con arbustos. Cuatro radiadores de pie mantienen una temperatura agradable.

—Siéntese aquí. Así podrá disfrutar de las vistas.

La casa está situada en un prado en lo alto del monte. Desde el porche se puede contemplar el colorido follaje del sotobosque con el mar al fondo.

Patricia se sienta y se queda mirando un tablero de ajedrez sobre la mesa. Es una partida empezada.

—¿He interrumpido algo? —pregunta.

—Nada que no pueda esperar. Soy aficionado al ajedrez; estaba analizando una pequeña obra de arte; una partida corta que jugaron, en

1858, Paul Morphy contra el conde de Isouard y el duque de Brunswick en París. ¿Le gusta el ajedrez, teniente?

—Me temo que no va con mi carácter.

Una chica morena, con buen tipo y vestida con una ropa más apropiada para el verano sale al porche.

—¿Se les antoja algo de beber? —pregunta.

—Los madrileños que vienen a Galicia piden orujo, queimada, aguardiente de hierbas, pacharán —explica Roibas—, pero pocos conocen el licor de guindas. Yo le puedo ofrecer uno artesano que hacemos aquí. Le aseguro que no le decepcionará.

—Un vaso de agua estaría bien —responde Patricia.

—¿Con o sin gas?

—Con gas.

—Elizabeth, traiga una botella de Cabreiroá y otra de Godello, en una cubitera de hielo y algo de picar.

La chica marcha diligente a la cocina.

—Mire, Patricia...

—Teniente, si no le importa —le interrumpe.

—Mire, teniente, Galicia es una tierra única, especial, que cautiva a los visitantes, pero hay que conocernos para entender nuestra idiosincrasia. Aquí seguimos las tradiciones de muchas generaciones y nos movemos por unas reglas no escritas que hacen que seamos como somos, más allá de las leyes que hace el Gobierno central o la Xunta.

—¿Me quiere decir que las leyes no van con usted?

—No, no es eso, teniente. Lo que trato de decirle es que, si un visitante no pone un poco de su parte por entendernos ni es flexible, la vida en esta tierra no le será fácil.

—Eso me suena a amenaza.

—No era mi intención.

Elizabeth vuelve con una bandeja que apoya en la mesa. Se inclina para servir las bebidas, mostrando un generoso escote, y derrama parte del vino.

—Lo siento, señor, ahorita traigo una bayeta para limpiarlo.

—Déjenos solos, Elizabeth.

—Como guste el señor.

—¿Qué puedo hacer por usted, teniente? —reanuda Roibas.

—Para empezar, me gustaría saber dónde estuvo el martes pasado.

—Depende.

—¿Cómo que depende?

—De la hora.

—¿Me toma el pelo? Quiero saber dónde pasó todo el día.

—¡Ah!, ¡ya veo por dónde va! Ese día desapareció Leticia, ¿no? ¿O fue antes? ¿Sabe que esa chica llegó de Colombia hace poco más de un año? Y mire la carrera que ha hecho, sin estudios ni experiencia. Ahora es —o, mejor dicho, era— la encargada del restaurante italiano de Marco. ¿Sabía que eran amantes?

—Sí, estoy al tanto.

—No me extraña. Lo sabía todo el restaurante, incluso los clientes. Imagínese la cara que se les debió de poner a los camareros que empezaron con Marco y que esperaban subir en el escalafón cuando, de repente, aparece la colombiana, sin ninguna preparación, y su jefe la pone a dirigir el cotarro. No imagino el daño que eso puede haberle hecho al negocio. Pregúntele a Lois o a Demetrio; son los que llevan más tiempo.

—Ya lo he hecho. Y, ahora que menciona a Lois, ¿no sabrá dónde se encuentra?

Nuno se lleva a la boca un puñado de frutos secos y bebe un trago de vino. Se toma su tiempo para responder.

—¿Por qué habría de saberlo? Imagino que estará en el restaurante, donde trabaja. Yo no sé de la vida de los empleados del señor Bonanni. Pero volviendo a la señorita Fábregas, ¿sabía que la rapaza le chantajeaba con contárselo a su mujer, si no se separaba para casarse con ella y la hacía socia del restaurante? Era insaciable. No tenía principios ni escrúpulos. Puso contra las cuerdas a Marco y luego, pasó lo que pasó. Si alguien tenía motivos para hacerla desaparecer, ese era él.

—¿Ahora puede decirme donde estuvo el martes? —insiste la teniente.

—Veamos —dice Nuno poniéndose de pie. Anda lentamente de un lado al otro, como si eso le ayudara a recordar—. Ese día me desperté tarde y estuve en casa hasta las cuatro. Pregunte a Elizabeth si quiere. Luego fui a ver jugar al Celta, mi equipo, con un grupo de amigos.

—¿Qué tipo de relación tiene usted con Marco?

—Depende. ¿Me está preguntando si mi relación era buena o mala?

—Le pregunto si tiene negocios con él o solo mantiene una relación de amistad.

—Esto le va a interesar, inspectora —responde Nuno—. Marco no lo sabe, pero nos conocimos gracias a María, su mujer. Me la encontré tirada en la carretera, con el coche *escarallado* y sin batería en el móvil. La llevé al pueblo y por el camino se me echó a llorar. Sabía quién era yo porque nos conocemos desde pequeños; los dos somos de aquí. Me pidió que le echara una mano a su marido, que tenía problemas económicos. ¡Qué mujer! Virtuosa, fuerte, positiva, fiel a su esposo, de buena familia; su padre fue el alcalde durante muchos años, toda una institución. En el pueblo la apreciamos mucho. La pobre ha tenido mala suerte con sus matrimonios.

—Roibas, no tengo todo el día. ¿Puede responder a mi pregunta?

—Paciencia, teniente, déjeme terminar. Aquella noche fui al restaurante de Marco. Me lo encontré en la barra, con una copa de vino en la mano. Leticia no paraba de dar órdenes a los camareros, insultándolos delante de los clientes. *¡Una trapallada!*

—Roibas, no hablo gallego. ¿Qué es una *trapallada*?

—¡Ah!, disculpe. Una *trapallada* es un desastre. Bueno, como le iba contando, me senté al lado de Marco y pedí un albariño. Él me conocía de vista y enseguida nos pusimos a hablar. Después de tomarnos varias copas, me confesó que necesitaba efectivo urgentemente. Había pedido un crédito a varios bancos, pero todos se lo habían denegado. Yo le dije que a lo mejor podía ayudarle. Me llevó a un reservado donde continuamos la conversación. Me dijo cuánto necesitaba y yo que podía dejárselo con unas condiciones. No llevó mucho tiempo llegar a un acuerdo.

—¿Puede contarme en qué consiste el acuerdo? Y, por favor, no me diga que depende.

—Le dejé un préstamo, que él avaló con la mitad del restaurante.

Patricia se levanta y mira hacia el horizonte. Bajo esa fina pátina de buenos modales impostados sabe que hay un delincuente. Se pregunta hasta dónde sería capaz de llegar por conseguir lo que quiere. Se gira hacia Nuno. Está sentado en el sofá encendiendo un puro.

—Espero que no le moleste que fume —dice.

—¿A qué se dedica usted, Roibas?

Alguien le llama por el móvil.

—Atienda la llamada. Por mí no hay problema —lo anima Patricia.

Roibas le dirige una sonrisa.

—No es urgente —le responde; y apaga el teléfono—. Contestando a su pregunta, yo me he dejado la piel trabajando desde pequeño. He conseguido montar dos restaurantes a base de *traballar* jornadas interminables. He creado mi propia cadena. Quizá le suene, se llama "Nuno se Sienta a la Mesa".

—Muy original. Supongo que le gustaría añadir el restaurante de Marco a su cadena, ¿no?

—Me gustaría que mi cadena creciera, tener un tercer, un cuarto y un quinto restaurante, ¿por qué no? Dar trabajo a la gente de mi tierra y contribuir a atraer el turismo. ¿Qué hay de malo en eso?

—La forma de conseguirlo.

Roibas calla por unos segundos. Ahora mira a la teniente a los ojos, con el semblante serio.

—Ya se lo he dicho. Yo consigo lo que quiero a fuerza de trabajar, mucho y bien. Ya ve que vivo modestamente, y todo lo que gano lo reinvierto en el negocio.

Patricia saca el móvil y busca el último mensaje recibido. Gómez le ha enviado la foto de Víctor Galindo. Se la muestra a Nuno.

—¿Le conoce?

—Me suena su cara —responde Roibas—, pero no le conozco. ¿Tiene relación con Leticia?

Patricia no responde a su pregunta y le formula otra.

—¿Dónde estuvo el sábado pasado?

—No se cansa, ¿eh? Pasé el día en casa. Tuve invitados a comer. Oiga, ¿no pensará que tenga algo que ver con la desaparición de la hija de Marco?

—¿La conocía?

—La vi una vez. Pobre *neniña*, confío en que la encuentren. Espero que no se le pase por la cabeza endosarme ese marrón.

—¿Puedo hablarle con sinceridad?

—No se corte, teniente.

—Creo que, de una u otra forma, usted está detrás de todo esto y que no dudará en hacer lo que haga falta para quedarse con el restaurante de Bonanni. Seguramente ha delegado algunas tareas a la gente de su equipo, y se le ha ido de las manos; es lo que tiene el delegar.

Roibas apura el vino que queda en su copa y la vuelve a rellenar.

—Pero le digo una cosa —continúa la teniente—: voy a llegar al fondo del asunto y le aseguro que cuando detengamos al autor del asesinato de Leticia Fábregas, va a cantar.

—Teniente —le interrumpe Roibas con el semblante serio—. Este pueblo ha vivido en paz hasta que usted llegó. ¿No tiene morriña de Madrid? ¿Por qué no se vuelve a su ciudad? *¡Carallo!* He sido paciente y hospitalario con usted y siempre he colaborado con las fuerzas del orden, pero no permito que me insulten en mi casa. Si tiene pruebas, haga una acusación formal. Ahora la acompaño a la puerta.

La teniente se levanta.

—Conozco la salida, Roibas. Tenga cuidado —dice mientras se va.
—*Adeus*, Patricia.

Los que conocen a Nuno saben que hay tres aspectos de su personalidad que lo hacen peligroso: no tiene escrúpulos cuando se trata de conseguir lo que quiere; como buen jugador de ajedrez, anticipa los movimientos de sus adversarios; y, por último, no acepta amenazas de nadie y menos de una teniente recién llegada que quiere complicarle la vida. Tras meditarlo un rato, decide hacer algo al respecto.

Hace una rellamada al número que no pudo atender cuando estaba con la teniente.

—¿Puedes hablar? —pregunta.
—Espera un momento, que voy fuera.

Roibas oye el ajetreo de la comisaría.

—Ahora puedo hablar. Lois escapó por los pelos, se escondió en el reservado. Víctor llegó justo antes que la Guardia Civil, cogió el coche de Lois para escapar y despistarles, y los agentes le han detenido. Lois ha huido en el coche de Víctor. Lo estarán buscando por todas partes.

—No pueden retener a Víctor por mucho tiempo. En cuanto a Lois, llámale y dile que se esconda hasta que oscurezca; que le quite la batería del móvil; aunque sea de prepago y lo haya comprado con una identidad falsa, cuanto menos tiempo lo tenga encendido, mejor. A eso de las siete y media, que lo vuelva a encender y que te llame para recibir instrucciones. Tenme al tanto de cualquier novedad.

Cuelga y se queda pensativo mirando el tablero.
—¿Se le ofrece algo, señor? —dice Elizabeth a su espalda.
—Sí. Tráeme un licor de guindas y dile a Óscar que venga.

Nuno recuerda cuando él y Lois jugaban de pequeños en la calle, las peleas con otros chicos, y cómo Lois salía siempre en su defensa. «Desgraciadamente, es muy impulsivo y no piensa en las consecuencias de sus actos. Tiene gran facilidad para meterse en líos de los que al final tengo que sacarle yo». Roibas sabe que es cuestión de tiempo que la policía detenga a Lois y que él cantará para conseguir una reducción de la pena. Sacarlo del país es prácticamente imposible. Su foto saldrá en todas partes, y ya le estarán buscando. Solo ve una forma de solucionar el problema, por más que le duela.

—Usted dirá —se ofrece Óscar.

—Te voy a mandar dos encargos delicados.

La conversación dura media hora. Óscar no necesita más tiempo para entender lo que debe hacer.

18. Reencuentro

Javier quiere saber qué pasa en la familia Bonanni, de la que tanto ha oído hablar y a la que nunca ha conocido. Cree que eso puede darle alguna pista que le ayude a encontrar a su hija biológica. Le envía un SMS a María.

«Hola, soy Javier. ¿Sabéis algo de Ginna»?

«Por el momento nada».

«¿Puedo ir a verte? Me gustaría que habláramos.»

«No hace falta. El otro día no sé por qué te llamé. Una tontería por mi parte.»

«Seguiste tu instinto. Me acerco un rato a tu casa y hablamos. ¿Te parece?»

«Como quieras, pero no te entretengas mucho. No quiero que Marco nos vea»

Cuando Javier llega a casa de María, ella ya lleva un tiempo esperándolo en la puerta. Le hace una señal a los guardias para que le dejen pasar. Después de tanto tiempo sin verse, salvo en algún encuentro casual en el pueblo, tienen una sensación extraña.

—Hola, María, ¡cuánto tiempo!

—Siete años y unos cuantos meses. Vamos dentro.

A Javier le parece que fue ayer la última vez que se vieron. Le viene a la cabeza la canción de Lucio Battisti, *Ancora tu*. La memoria emocional le asalta a traición. Hace un esfuerzo por ocultar lo que siente en esos momentos.

Se sientan en los sofás uno frente al otro.

—Siento de veras la desaparición de Ginna —dice el escritor.

— Estoy destrozada. No tengo ganas ni fuerza para hacer nada.

Javier le da los pasteles.

—Te lo agradezco, pero mejor llévatelos. No quiero que Marco o las niñas me pregunten de dónde han salido. Las chicas están en el colegio.

Javier se queda impactado al encontrarse con una María a la que le cuesta reconocer. Antes era una persona llena de energía, sonriente, con una mirada clara y penetrante, muy expresiva hasta en la forma de moverse; ahora la ve demacrada, hundida en el desánimo, habla en susurros y parece que todo le da igual.

Javier mira las fotos de Ginna.

—Es muy guapa —comenta.

María llora y le hace un gesto con la mano pidiéndole que le dé tiempo para reponerse.

—La Policía dice que las primeras veinticuatro horas son críticas —explica sollozando—. Después, las probabilidades de encontrarla con vida son pequeñas. Han pasado más de tres días, y no hay rastro de ella. La teniente a cargo del caso reconoce que no tienen pistas sólidas. Estoy hundida, Javier.

Se tapa la cara con las manos para ocultar su llanto desconsolado, que parece no tener fin.

—Lo siento, María. No pierdas la esperanza. Tampoco han encontrado ningún indicio de que le haya pasado algo.

—Eso es lo que me mantiene en pie; pero vivo con el temor de que en cualquier momento se produzca una llamada fatídica.

—¿Puedes enseñarme la casa?

Con desgana mal disimulada, María recorre la casa con el escritor, mientras le cuenta lo sucedido la tarde de la desaparición. Terminan en la cocina, y ella se hace un té.

—¿Tienes algún sospechoso en mente? —le pregunta Javier.

—Se habla de un tal Nuno Roibas, al que Marco le debe dinero; pero no veo qué conseguiría reteniendo a Ginna sin pedir nada a cambio. Si estuviera viva, mi primera sospechosa sería Leticia Fábregas: chantajeaba a mi marido; pero la chica murió asesinada.

María da un sorbo al té.

—¿Cómo están tus hijas? —pegunta Javier—. Las vi en la concentración.

—¡Qué te puedo decir! Maruxa es un desastre. Es bipolar, y tengo que estar detrás de ella todos los días para que se tome la medicina. Hay días en los que no puedo más y pienso si no es mejor dejarla hacer lo que le dé la gana; pero luego me siento como una mala madre. Para rematar, toma drogas y a menudo está colgada. No tiene interés ni respeto por nada ni por nadie. Va a clase cuando le parece. Yo creo que este año deja los estudios.

—¿Cómo se lleva con Marco?

—A matar. Discuten mucho entre ellos y me hacen la vida imposible.

—Lo siento. Debe ser duro.

—No te haces una idea.

—¿Qué tal Natalia?

—Va bien con los estudios. Me preocupa por lo reservada que es. No dice nada y tiene pocas amigas. Siempre mirando, observando, como analizando a la gente a su alrededor, pero rara vez me cuenta lo que piensa. El otro día tuvo un comportamiento que nunca hubiera imaginado. Marco me iba a poner la mano encima cuando apareció ella gritándole que no se le ocurriera. ¡Tenías que haber visto su expresión! No sé cómo explicártelo, pero era de odio profundo. Luego llamó a la Guardia Civil y lo denunció por malos tratos; aunque la denuncia se cambió por otra: la desaparición de Ginna.

—¿Y el hijo de Marco? Se llama Alessandro, ¿verdad?

—Sí, ese va su aire. Tengo la impresión de que él y Maruxa han tenido algún encuentro sexual. Por lo demás, no da muchos problemas, aparte de discutir con su padre.

—Disculpa que te haga tantas preguntas, pero quiero ayudar a encontrarla. ¿Sabes lo que hicieron el sábado por la tarde?

—Aquella tarde, salieron los tres. La Guardia Civil ha comprobado dónde y con quién estuvieron.

—María, no sé qué decir para animarte, aparte de que no pierdas la esperanza. Hay mucha gente buscándola.

Lentamente, caminan hacia el recibidor.

—Me duele verte así —dice Javier compungido.

—Tranquilo, este dolor va por ratos. Me has cogido en un momento bajo.

Javier abre la puerta; salen a la entrada. María le abraza y le dice al oído: «Estoy pagando mi equivocación».

Alguien oculto detrás de unos matorrales, a una distancia prudencial, ve recompensada su espera e inmortaliza la escena con un objetivo de gran alcance.

19. La huida

Lois está nervioso, pero contento; ha conseguido escapar de la Guardia Civil por muy poco. No esperaba que pudieran encontrar residuos suyos de ADN en el cuerpo de Leticia, después de haber estado su cadáver varios días en el mar.

Siguiendo las órdenes recibidas, le quita la batería al móvil y conduce varios kilómetros hasta llegar a un bosque, donde oculta el coche de Víctor. Se pone un chubasquero marrón que encuentra en el maletero que le vendrá bien para camuflarse entre los colores ocres y amarillos del follaje.

Se adentra en el bosque por un sendero que conduce a una zona frondosa y oscura, donde el agua se desliza por las rocas formando cascadas. Estuvo ahí una vez, cuando era pequeño. Lo recordaba como un sitio agradable para pasar el día. Lois oye voces y ve venir a un grupo de excursionistas por el mismo camino que ha tomado él. Antes de que puedan verle, busca un sitio donde esconderse alejado del sendero, desde donde puede vigilar mejor sin que le vean.

Allí pasa las horas pensando en qué hacer y comiendo lo único que tiene a mano: una bolsa de cacahuetes. Considera que su mejor opción es salir del país; seguramente irse a Portugal, pero el riesgo de que le detengan en la frontera es alto. Después de darle muchas vueltas, decide que mejor lo deja en manos de Nuno. Seguro que a él ya se le habrá ocurrido algo.

Cuando empieza a oscurecer, se acerca al coche. Lois lo vigila de lejos durante un rato, hasta estar seguro de que no hay nadie. Coloca la batería al móvil y llama a Óscar para pedirle instrucciones. Este acaba de recibir la confirmación de que la Policía le está buscando por el puerto y por las carreteras que conducen a Portugal. Le pide que vaya a la nave que tienen en el polígono industrial y le asegura que el camino está despejado.

—En cuanto terminemos de hablar, quítale la batería al móvil, destruye la tarjeta, limpia las huellas y escóndelo en el bosque —le ordena Óscar.

—Tranquilo. Ahora mismo lo hago.

Lois llega al polígono sin contratiempos. Son las ocho y media de la noche y hay poca actividad. Conduce despacio hacia la nave. La reconoce porque el todoterreno de Óscar está aparcado al lado de la entrada, y es la única que tiene la puerta basculante abierta. Lois aparca dentro.

—¡No sabes qué alivio estar a cubierto! —le dice a Óscar, a modo de saludo.

Él le responde con una media sonrisa.

—¿Cuál es el plan? —pregunta Lois.

—Vamos al barco en mi coche. Muévete rápido, que al jefe no le gusta que estemos aquí —dice señalando la puerta.

Lois se dirige a la salida de la nave a paso ligero. Desea verse libre cuanto antes. Escucha un ruido metálico a su espalda, pero no le da tiempo a girarse.

El golpe que recibe en la cabeza le causa la muerte instantánea. Óscar coloca la barra de hierro en un rincón y arrastra el cuerpo hacia la pared, a un lugar que no es visible desde afuera.

Cuarenta minutos más tarde, arroja el cuerpo de Lois por el acantilado, desde el mismo sitio donde este arrojó el cuerpo de Leticia.

20. Buscando confidente

En el cuartel, el cabo Gómez está revisando las llamadas de denuncias que se han producido en las últimas horas. Desde la concentración en el pueblo, dos agentes han dedicado gran parte de su tiempo a atender llamadas de todo tipo; la mayoría referentes a la desaparición de Ginna: hay quienes juran haberla visto en lugares tan dispares como Oporto o Marbella, pero la mayoría dicen haberla visto en Galicia. Casi todas las llamadas se han descartado de inmediato, pero aquellas que tienen fundamento se han transcrito y clasificado en tres categorías: la primera corresponde a quienes dicen haber visto a Ginna; la segunda, a los que dicen saber quién asesinó a Leticia; y la tercera, al resto de las llamadas.

A la una y media, entra la teniente en el cuartel y se encierra en una habitación. Tiene que enviar un SMS privado aunque sabe que no debe hacerlo. «¡Qué demonios! De vez en cuando hay que dejarse llevar». Envía el mensaje: «¿Qué te parece si cenamos en tu casa? Todavía no he acabado con el interrogatorio».

El cabo Gómez pide permiso para entrar.

—Adelante, cabo.

—Quería comentarte algo acerca de las llamadas que hemos recibido.

—De acuerdo, pero si no es urgente, vamos a interrogar antes a Galindo —responde Patricia.

—Ahora lo traigo.

Al entrar, Galindo muestra un aire desafiante y amenaza con denunciar a la Guardia Civil.

—¿Es usted quien está al mando? —pregunta mientras se sienta frente a la teniente.

—Si quiere saber si yo le he hecho detener, la respuesta es sí. Soy la teniente Patricia Montenegro. Necesitará mi nombre para poner esa denuncia.

—¿Se puede saber por qué demonios me ha detenido?

—¿Se puede saber por qué conducía a más de ciento veinte en una carretera con velocidad limitada a noventa kilómetros por hora, haciendo caso omiso a la sirena del coche patrulla que le perseguía?

—¿Cómo iba a saber yo que me perseguían a mí? —dice sonriendo.

—¿Dónde está su coche, Galindo? —pregunta el cabo Gómez.

—Supongo que aparcado en el restaurante, donde lo dejé. ¿No me dirá que me lo han robado?

—Allí no está.

—¡Ah, *carallo*! Pues sí, me lo han robado.

—No se preocupe. Tenemos varias patrullas buscándolo. Estoy seguro de que recuperaremos su coche y daremos con el ladrón.

—No hace falta que se tomen tantas molestias.

El cabo Gómez se pone de pie y le grita a la cara.

—¡Ya está bien de tomarnos el pelo, imbécil! ¡Una insolencia más y te vuelvo a encerrar!

—Bueno, no se ponga así, agente —responde Víctor en tono pacificador.

—Para usted soy el cabo Gómez. Díganos qué fue a hacer esta mañana a El Napolitano.

—Iba a buscar trabajo de camarero. Soy amigo de Lois y me iba a presentar al señor Bonanni. Me dijo que su coche no iba muy bien y que si no me importaba llevarlo al taller para luego acercármelo a casa. Yo le dije que sí. Para algo están los amigos.

—Mire —dice la teniente—, ahora díganos donde está Lois Alonso, y el juez lo tendrá en cuenta. Si no colabora ahora, lo encontraremos sin su ayuda y ya no tendrá oportunidad.

—Si no está en su casa, no tengo ni idea de dónde puede estar.

—Ya veo. No se vaya muy lejos, Galindo. En breve recibirá una citación judicial. Déjelo ir, cabo.

Gómez acompaña a Galindo a la puerta y Patricia aprovecha para leer el SMS que acaba de recibir: «Le confirmo mi plena disposición para continuar con el interrogatorio esta noche en mi casa. Venga preparada con todas sus armas para hacerme hablar».

Gómez vuelve a la habitación y se encuentra a Patricia sonriendo.

—¿Buenas noticias? —pregunta.

—No todo es negro, ni siquiera en las novelas negras —responde—. ¿Qué me ibas a decir de las llamadas?

—Te propongo contártelo mientras comemos en algún restaurante junto al puerto. Desde que hemos llegado de Madrid, ninguno de los dos hemos podido disfrutar de la gastronomía local.

—¡Vamos!, creo que nos hace falta salir un poco.

El mesón está abarrotado; hay gente esperando para conseguir mesa. El bullicio hace difícil el entendimiento. Patricia y Gómez están a punto de salir sin comer, cuando el encargado les da un toque por la espalda y les dice que para ellos siempre hay mesa. Se llama Juan, es amigo de María, y sabe lo que están haciendo por encontrar a la pequeña. Les coloca en una mesa junto a un ventanal con vistas a los puertos, y les pide que se dejen aconsejar, lo que hacen de buen gusto.

—Ortiguña tiene dos puertos —comenta Gómez a Patricia—, el deportivo y el pesquero, uno junto al otro. Desde aquí los podemos ver.

Patricia observa a través de la cristalera el puerto deportivo. Durante unos segundos deja volar su imaginación: se ve navegando con Javier en un día soleado, sin más preocupación que la de manejar el timón y orientar las velas al viento; le parece sentir cómo la brisa marina le acaricia la cara mientras degusta su copa de albariño. Al volver al presente, nota el cansancio acumulado. Debería reposar y buscar un rato para poder pasear con tranquilidad por el pueblo, pero por ahora no parece que pueda ser.

—Quería decirte que hemos recibido algunas llamadas extrañas —le informa Gómez—. Al principio no le dimos importancia; pero, dado que hay cinco del mismo tipo, quizá deberíamos investigarlas.

El camarero les trae las bebidas, una fuente de percebes y otra de pulpo a la gallega.

—Te escucho —dice Patricia, al tiempo que pincha una porción de pulpo.

—Te va a sonar extraño, pero varias personas dicen haber visto a un ser monstruoso la pasada noche, merodeando por los alrededores del acantilado.

—Es lo único que nos faltaba —comenta sonriendo—. ¿Han tomado nota de sus declaraciones?

Gómez se sorprende al verla sonreír; desde que empezaron con el caso, ha estado distante y seria.

—Sí, y todos han reaccionado de la misma forma: han huido aterrorizados. Lo describen como un ser con rasgos humanos y de lobo. Es alto y fuerte. Viste una camiseta y pantalones; y la parte de su cuerpo que no está cubierta por ropa está llena de pelos negros, incluyendo la cara y las manos.

—Entonces, lo han visto de cerca.

—Más de lo que les hubiera gustado. Durante la declaración, una chica sufrió un ataque de nervios al recordarlo.

—¿Ha atacado a alguien?

—No. Parece ser que le han visto corriendo, pero eso es todo.

—¿Sabes lo que te digo, Manuel?

—Pues no.

—¡Que brindo por ese hombre lobo! A ver si la gente se centra en el licántropo y nos dejan hacer nuestro trabajo. Yo no le daría mayor importancia, pero estemos atentos, no sea que cunda el pánico y la gente empiece a murmurar que esa criatura fantástica es el asesino de Ginna. Avísame si hay más denuncias.

Patricia y Gómez compiten por la ración de pulpo, por lo que interrumpen la charla cada dos por tres.

—Cambiando de tema, y aprovechando que estamos los dos solos, quería comentarte algo grave —anuncia Patricia.

—Dime.

—Me temo que tenemos un topo en el equipo.

—Yo también lo pienso. Alguien tuvo que llamar a Víctor para que avisara a Lois de que íbamos en su búsqueda. Si no, no sé cómo se podría haber enterado.

—¿Quién sabía lo del informe del forense?

—Al menos, Delgado y Ruiz. Urriaga y Melgar estaban vigilando la casa de María cuando lo recibimos, pero alguien puede haberles avisado —aclara Gómez.

—¿Recuerdas la foto que salió en la prensa de Marco abandonando el cuartel? —pregunta Patricia—. Definitivamente, la tuvo que hacer alguien desde dentro.

—Sin duda. En la foto, aparece de espaldas, justo cuando acababa de salir por la puerta —confirma el cabo.

—Tú y yo habíamos terminado la reunión con el alcalde cuando llamé a Delgado para decirle que lo dejara en libertad. ¿Quiénes estaban en el cuartel? —pregunta Patricia.

—No lo sé. Quizá toda la unidad —responde Gómez.

—Sé que a Delgado le ha sentado mal que yo me hiciera cargo de la investigación y que no le gusta mi forma de llevar el caso, pero eso no le convierte en un topo al servicio de Roibas.

—Ni tampoco lo descarta —comenta el cabo.

—Desde luego que no. El día de la concentración en la explanada, subí al edificio medio en ruinas que estaba detrás de los Bonanni. Vi a Roibas acompañado de un hombre que tenía todo el aspecto de ser su guardaespaldas. Lois se acercó a hablar con él. Fueron unos segundos, pero estaba claro que se conocían. Se le acercaron un par de personas más, a las que no conozco. Luego vi a Lois hablando primero con Delgado y después con Ruiz; estaba claro que le conocían. Por el momento, son mis sospechosos. No les perdamos de vista. Hablando de Lois, ¿qué sabemos de él?

—Tenemos tres patrullas recorriendo las carreteras y hemos establecido controles policiales en varios puntos. Me llamarán si hay alguna novedad.

—Probablemente esté oculto esperando a que anochezca; intensifica la búsqueda a partir de las ocho. Estamos buscando el coche de Víctor, pero es posible que alguien le recoja con otro coche.

—Lo comunicaré a la Policía Local.

El camarero les trae un plato de gambas a la plancha y unos erizos.

—Aquí todo el mundo parece conocer las actividades de Nuno Roibas, menos nosotros —se lamenta la teniente.

—Los rumores que me llegan es que trafica con cocaína. Supongo que quiere los restaurantes para blanquear dinero.

—Intenta conseguir más información. Habla con Urriaga y con Melgar por separado, a ver que te cuentan. Por el momento, sabemos que Lois y Víctor trabajan para Roibas, que Lois asesinó a Leticia y que, presumiblemente, lo hizo siguiendo órdenes. Dudo que Bonanni supiera que Lois, su camarero de confianza, trabajaba para Roibas.

—¿Qué gana Nuno con la muerte de Leticia? —pregunta Gómez.

—Enviar una señal a Bonanni para forzarle a aceptar el traspaso del restaurante.

—Eso es más que una señal —afirma Gómez—. Cometer un asesinato para conseguir un restaurante es demasiado, incluso para Roibas.

—Estoy de acuerdo —confirma la teniente.

—Échale un vistazo al informe forense de Leticia —dice Gómez entregándole varios folios que saca de una carpeta.

Patricia lo hojea y se para a leer una página con más detenimiento.

—Según el forense, Lois violó a Leticia antes de asesinarla. No creo que esa fuera la orden que recibió de Roibas —se cuestiona Patricia.

—Es posible que le haya ordenado darle un escarmiento y se le fuera de las manos. Debía de tenerle muchas ganas después de que la nombraran jefa de camareros —especula Gómez.

—Cuando estuve en casa de Roibas, nos atendió una chica que tiene a su servicio. Se llama Elizabeth y es de algún país sudamericano.

Averigua, con discreción, lo que puedas de ella; si tiene papeles, cuánto lleva con él, qué amistades tiene, familia.

—¿Qué estás maquinando? —pregunta Gómez.

—Roibas tiene gente infiltrada en el restaurante de Bonanni, un topo en nuestra unidad y a saber en qué otros sitios —dice Patricia—. Por si fuera poco, le apoya el alcalde. Mira las filtraciones a la prensa; estoy segura de que las ha ordenado él. Va un paso por delante de nosotros.

Esta vez es Gómez quien aprovecha para dar cuenta de las gambas.

—Podríamos pagarle con la misma moneda e intentar reclutar a Elizabeth para que sea nuestra confidente, aunque ya te anticipo que no parece que la chica tenga muchas luces. Por supuesto, ni una palabra al resto del equipo.

Patricia ve que el cabo está muy entretenido pelando gambas y le pregunta si le está escuchando.

—Palabra por palabra —le responde—, pero no veo cómo vamos a sonsacarle a la chica los planes de su jefe, que, seguramente, ni siquiera conocerá.

Patricia no responde. Se limita a mirar en dirección al puerto. El sol asoma entre las nubes y parece que va a despejar. Esa noche va a encontrarse con Javier. Aunque la investigación no avanza como le gustaría —siguen sin saber nada de Ginna—, siente que la vida le sonríe y se ha quitado de encima esa amargura que traía de Madrid.

Gómez cree que la teniente ha visto algo o a alguien en el puerto y se esfuerza por identificar qué puede ser. Especula con la idea de que Roibas utilice un barco para traficar con alijos de droga, si se confirma que es un narcotraficante.

A ninguno de los se le pasa por la cabeza que uno de los pesqueros atracados en el puerto esté equipado con dos motores de seiscientos caballos, que le permiten navegar a treinta nudos y recoger en alta mar la droga de grandes buques.

—Hay algo de lo que quiero hablarte. ¿Cuál crees que es el propósito de nuestra investigación? —pregunta Patricia misteriosa.

—Encontrar a Ginna, supongo.

—Y supones bien; pero la UDYCO me pidió que llevara a cabo otra misión secreta.

El cabo Gómez no puede ocultar su sorpresa.

—Llevan más de un año investigando una red de tráfico de cocaína y blanqueo de dinero. Me han pedido que colabore con ellos compartiendo información relevante para desarticular la organización de narcotraficantes de la zona. Sospecho que Roibas forma parte de esa red, pero solo sería la punta del iceberg; a través de él intentarían llegar al resto.

—Agradezco tu confianza, teniente. Tengo amigos en la UDYCO y será un placer colaborar.

—Necesito tu ayuda. Yo sola no puedo y no me fío de nadie de la unidad.

—Sabes que puedes contar conmigo, teniente.

—Volviendo a Ginna, te confieso que estoy desconcertada. No tenemos ningún rastro ni testigos, ni ninguna pista.

—Quizá Roibas la tiene secuestrada y esté chantajeando a Marco sin que nosotros lo sepamos —aventura Gómez.

—Es una posibilidad, sin duda —dice Patricia—. En cualquier caso, ordena que le vigilen, pero con discreción.

—Así lo haré. Seguimos con las labores de búsqueda y están activadas todas las alarmas.

—Volvamos al cuartel. Quiero ver la grabación que tomaron los agentes el día de la concentración.

En una de las salas del cuartel, cuelga un monitor de sesenta y cinco pulgadas con una resolución de 4K. Es el dispositivo más caro y reciente que ha adquirido la Guardia Civil de Ortiguña. Patricia y Gómez lo agradecen, ahora que van a analizar la grabación de la concentración en la explanada.

Gómez baja la persiana, y empieza la reproducción. Las primeras imágenes muestran cómo la explanada va llenándose de gente.

—Avanza rápido hasta que aparezca la familia —le pide la teniente.

Por fin aparecen Marco y María de la mano; Natalia y Maruxa a la derecha de su madre, y Alessandro, a la izquierda, junto a su padre.

Gómez presta atención al discurso de los padres, mientras Patricia analiza el lenguaje corporal de los chicos.

—Aquí termina la grabación, con la intervención de Marco —dice el cabo.

—Retrocede un poco, antes de que acabe de hablar María —le pide Patricia.

Gómez localiza el momento y pone la grabación en pausa.

—Fíjate en la expresión de Maruxa cuando su madre ruega que liberen a su hija —le pide Patricia.

El cabo pone en marcha la grabación durante unos segundos.

—¿Te das cuenta? Maruxa está mirando al frente, con la mirada perdida y una expresión impertérrita. Es como si la cosa no fuera con ella.

—Yo creo que está colocada. Se la ve muy tranquila para lo que es ella —aventura Gómez.

—Bien. Ahora vuelve al principio de la grabación, cuando empieza a hablar María, y no pierdas de vista la cara de Natalia.

Gómez observa que la chica está algo nerviosa al principio, y luego se tranquiliza. La chica mira a la muchedumbre que tiene enfrente y, cada poco, mira al padrastro.

—Yo no veo nada raro —comenta el cabo, y para la grabación.

—Fíjate que cada dos por tres mira a Marco con expresión de rabia —explica Patricia —. Continúa.

El cabo le da al *play*. El discurso de María va ganando en emotividad, hasta que llega el momento en el que suplica, llorando, que le devuelvan a su hija. Luego deja de hablar durante unos segundos, y la muchedumbre permanece callada.

—¡Para! ¿Te das cuenta? —exclama Patricia.

—No estoy seguro de qué me tengo que dar cuenta —responde Gómez.

—Este es el momento más emotivo del discurso de María. Está sufriendo, rogando que le devuelvan a su hija. Hasta a Marco se le saltan las lágrimas. Cuando María deja de hablar, se produce un silencio sepulcral. La gente tiene el corazón encogido; la mayoría con los ojos húmedos; muchos, mirando al suelo, para que no los vean llorar. ¿Y qué hace Natalia? Mira a Marco de nuevo: ni una lágrima; impertérrita. Hasta parece satisfecha de verle compungido.

—Igual está saturada del tema.

—Repite los últimos veinte segundos —le pide Patricia.

Gómez va a reproducir la escena de nuevo, cuando le interrumpen los gritos de un hombre. La teniente sale irritada a ver qué pasa. Un borracho, que hiede a licor de hierbas, se ha encarado con uno de los guardias. Lleva un parche en un ojo, una vieja gorra de marino y blande un paraguas a modo de espada.

—Un respeto —grita al tiempo que trata de mantener el equilibrio—, que yo soy el contramaestre del buque O Terror de los Mares.

—¡Guardias! —ordena la teniente, mirando al inoportuno visitante— Si no deja de dar gritos ya, lo encierran en el calabozo. ¡Y pongan la calefacción de una vez!

Su intervención tiene el efecto deseado y vuelve a entrar en la habitación.

—Ya puedes continuar.

Gómez pulsa el *play* hasta que Patricia le manda pararlo de nuevo.

—Fíjate en la cara de Natalia ahora. Tiene una mirada casi desafiante, como si quisiera decir algo.

—¿Insinúas que puede haber tenido algo que ver con la desaparición de Ginna?

—No lo descarto. Avanza la grabación y observa su expresión cuando Marco dice que hará lo que sea por que liberen a su hija.

Gómez avanza y, cuando lleva cinco minutos, Patricia le pide que pare.

—Míralos. Marco está muy emocionado; su hijo Alessandro tiene una expresión de tristeza, supongo que más por su padre que por Ginna; Maruxa continúa con la mirada perdida en el infinito, y Natalia ha girado la cabeza a la izquierda para mirar de nuevo a Marco. ¿Qué te dice su lenguaje corporal?

—Está tensa.

—¡Exacto! Está rígida. Tiene los brazos estirados, pegados al cuerpo, los puños apretados, la frente fruncida, las cejas juntas, y mira a Marco fijamente. No piensa en su hermanastra, piensa en su padrastro.

—Ya sabemos que no le tiene simpatía.

—Esto va más allá de que no le tenga simpatía; es odio lo que siente. Mi teoría es esta: Marco adora a Ginna por encima de todo, y maltrata a Natalia, así que ella decide llevarse a su hermanastra para vengarse. Es solo una conjetura, pero quiero investigarlo.

21. Accidente

Javier está inspirado, y aprovecha que las palabras fluyen con facilidad para dar un impulso a su novela. No había contado con que la desaparición de Ginna le retrasaría tanto, y difícilmente podrá cumplir con el plazo de entrega al que se comprometió. Sin embargo, eso no le ha impedido quedar con Patricia.

Un coche se aproxima a la casa. Son las ocho de la noche, así que debe ser la teniente. Sale a recibirla afuera.

—Es un placer colaborar con la justicia —la saluda, mientras Patricia sale del coche.

Un fotógrafo, apostado tras unos arbustos, toma varias instantáneas de la pareja besándose en la entrada de la casa. La luz no es muy buena, pero, llegado el caso, los programas de retoque fotográfico harán que parezcan tomadas de día.

—¿Te apetece una copa de blanco antes de interrogarme? Tengo una botella fría en la nevera.

—¿Por qué no? —acepta Patricia.

—Siéntate, que enseguida vengo.

La teniente no le hace caso y lo acompaña a la cocina. Javier sirve el vino, y brindan por ellos.

—Para esta noche tenemos empanada de atún y pimientos, ensalada de bogavante y buey de mar —anuncia Javier mientras va poniendo los platos en la mesa—. Espero que te guste.

—Me temo que soy alérgica al marisco —objeta Patricia.

Javier pone cara de póker.

—Bueno, eso tiene arreglo; podemos preparar un bacalao a la gallega para ti y para mí el marisco.

—No hace falta; te estaba tomando el pelo —dice ella sonriendo.

Se sientan a la mesa, y pasan parte de la cena hablando de cómo es la vida para una madrileña recién llegada a Galicia. Al llegar a los postres, la teniente hace un comentario acerca del caso de Ginna.

—La última vez que nos vimos, me recomendaste que viera la grabación de la familia de Ginna en la explanada.

—Y, ¿has seguido mi consejo?

—Sí. Ha sido un ejercicio interesante.

—Cuéntame, ¿qué te ha llamado la atención?

—Lo siento, pero me temo que no puedo, Javier; es parte de la investigación y, por tanto, es secreto.

—Entiendo. De cualquier manera, intuyo la respuesta.

—Por cierto, hablando de investigación, no me queda más remedio que preguntarte dónde estuviste la tarde del sábado pasado.

—Veo que la conversación se pone seria. Lo confieso: no tengo coartada. Pasé la tarde solo, en casa, escribiendo mi novela.

—¿Por qué fuiste a la concentración?

Javier valora si debe contarle que está investigando por su cuenta la desaparición de Ginna, pero teme verse obligado a confesar que es su padre. «Es parte de mi investigación y no puedo compartirlo», piensa mientras esboza una sonrisa.

—Me ocultas algo —le acusa Patricia.

—Mi querida teniente, fui a la concentración, porque, en los siete años que llevo viviendo en este pueblo donde nunca pasa nada, este es el mayor acontecimiento que ha tenido lugar. El alcalde debe de estar contento porque a finales de mes tendremos el festival de música y, con la publicidad de este caso, el lleno está garantizado.

—No estoy convencida de que ese sea el tipo de publicidad que está buscando.

Javier se levanta a recoger los platos.

—Algo me dice que estás interesado en el caso de Ginna —comenta Patricia mientras sirve más vino.

—Y en el de Leticia. Escribo novela negra y lo que está pasando en este pueblo me inspira.

—No te creo.

—Hay otro motivo de más peso —dice Javier —; quiero que aparezca Ginna con vida. Es una niña inocente, y no quiero que le pase nada. Pero ya vale de preguntas.

Javier pone una selección de música lenta.

—Mi teniente, ¿bailas?

El baile los lleva a dar rienda suelta a su pasión. A medianoche van al dormitorio; y a las cuatro de la madrugada caen rendidos en un sueño profundo.

Tres horas más tarde, suena la alarma del móvil de Patricia. Javier sigue durmiendo, y ella no quiere despertarlo; sigilosamente, va al cuarto de baño, se da una ducha y se cambia; esta vez, ha traído ropa de recambio.

Patricia cierra la puerta del dormitorio al salir. Busca una hoja de papel y un bolígrafo, y escribe una nota: «Todavía me quedan algunas preguntas, escritor, así que tendremos que continuar con el interrogatorio»; y la firma.

Cuando deja la hoja sobre la mesa, ve un sobre abierto; la tentación es demasiado grande, y mira en su interior. Patricia siente el mundo desplomarse bajo sus pies; su percepción del escritor cambia al momento: ahora lo ve como un vividor, alguien en quien no puede confiar, incluso podría estar implicado en el caso. Se siente utilizada. Arruga la hoja que acababa de escribir y la tira a la basura. Deja el sobre que se encontró como estaba y abandona la casa.

La teniente entra en el coche y se toma un momento antes de arrancar. Se le escapan unas lágrimas, y se maldice a sí misma por haberse entregado con tanta facilidad. En un arranque de ira, golpea el salpicadero del coche. «Lo pagarás, Javier», se promete a sí misma.

Patricia descarga su rabia conduciendo rápido, por una carretera estrecha con muchas curvas y rodeada de árboles. Aún no ha amanecido y la visibilidad es muy reducida. Los faros de su viejo coche iluminan mucho menos que los modernos, equipados con LED. Al tomar una curva, nota una sensación extraña, como si llevara una rueda medio suelta. Pierde el control del coche, y se sale de la carretera. Pisa el freno a fondo, pero la pendiente es muy pronunciada y las ruedas patinan sobre la hojarasca. Consigue esquivar un árbol de un volantazo, derrapa e impacta contra una roca. El coche da varias vueltas hasta chocar contra un roble.

Patricia recibe un SMS en su móvil: son un nombre y unas coordenadas, pero ella no puede verlo.

Gómez está frustrado por no haber encontrado a Lois. Siguen buscándolo. La parte positiva es que ha hecho algunas averiguaciones acerca de Elizabeth. Se apellida Rodríguez, tiene veinticinco años y es dominicana. Al igual que la malograda Leticia, entró en España como turista. Lleva trabajando seis meses como empleada de Roibas, aunque no tiene permiso de trabajo ni lo ha solicitado. Libra los sábados por la tarde y los domingos, y suele reunirse con otras chicas, también empleadas del hogar, en un apartamento que han alquilado entre todas.

Frecuentan un mesón cercano que tiene un menú por siete euros. El agente Melgar ha conseguido hacerle un par de fotos.

Elizabeth ha tenido un par de encuentros a través de las redes con chicos algo mayores que ella, pero no la han llamado después de la segunda cita. Ella se considera guapa, y busca un novio con la cartera abultada que esté dispuesto a comprometerse.

Gómez y Melgar han buceado por las redes de citas y han encontrado a Elizabeth en un par de ellas; algunas de las fotos dejan adivinar un cuerpo moldeado. Anuncia que busca una relación seria y duradera con un hombre de buena posición; ella, por su parte, ofrece cariño y fidelidad.

El cabo Gómez y Melgar crean un perfil ficticio con el nombre de Roberto González-Herrera; hombre separado, empresario, que goza de buena posición y busca una relación estable por la zona de Ortiguña. La foto que suben al perfil es la de Melgar y, a través del avatar que han creado, le envían un mensaje a Elizabeth invitándola a conocerse a través de la red. Ahora toca esperar a ver si la chica muerde el anzuelo.

Con la ayuda del agente Ruiz, de la agente Urriaga y de la Policía Local, Delgado ha organizado una batida de búsqueda con un grupo de cincuenta voluntarios, en una zona boscosa a unos cinco kilómetros de la casa de María. Han mapeado el territorio que esperan poder cubrir antes del anochecer. La vegetación es muy tupida y la orografía muy irregular, por lo que avanzan lentamente a través de la maleza. Los guardias les han dado instrucciones a los voluntarios de que no toquen nada que pueda parecer una pista.

Al atardecer, Delgado da tres pitidos para indicar que es hora de emprender el camino de vuelta.

—¡Aquí! ¡Aquí! —grita un chico señalando al suelo.

Delgado y un par de agentes se acercan corriendo.

—¡Que nadie toque nada!

Cuando llegan al sitio, ven una gorra de color rosa entre la maleza. Puede ser de cualquiera, pero Delgado la fotografía desde varios ángulos, la recoge con un guante y la introduce en la bolsa de pruebas.

La batida termina a las cinco y media con decepción de los voluntarios por no haber encontrado a Ginna, lo que no les impide quedar a tomar unos vinos.

Delgado llama a la teniente y le deja un mensaje. Le parece extraño que no responda y habla con el cabo Gómez, que le ordena llevar la gorra a los de Criminalística para su análisis.

Gómez está preocupado por la teniente; él también la ha llamado varias veces y le ha dejado mensajes. Ella no ha respondido. El cabo pregunta al resto de la unidad, y nadie sabe nada de ella. La Policía Local tampoco tiene noticia. En la casa rural donde se hospeda, le dicen que no ha dormido allí.

Gómez convoca de urgencia a la unidad en el cuartel.

—Estoy preocupado por la teniente, no hemos sabido de ella en todo el día. He mandado triangular la señal de su móvil, y me acaban de dar una localización aproximada antes de que se apagase la batería; estaría en algún sitio no muy lejos de la casa de Javier Garmendia.

—La teniente y yo tuvimos que interrumpir su interrogatorio por el aviso de la aparición del cuerpo de Leticia Fábregas. Sé que ella tenía pendiente terminar de interrogarle —comenta el agente Melgar.

—Por el momento debemos tratar al señor Garmendia como sospechoso y potencialmente peligroso —explica Gómez—. Urriaga, Melgar, Ruiz, acompáñenme a la casa del escritor. Delgado, active un dispositivo de búsqueda por los alrededores de la casa.

Javier está escribiendo cuando oye ruidos de sirenas aproximándose. Se asoma a la puerta y ve dos coches patrulla de la Guardia Civil. Los guardias bajan de inmediato y se le acercan con cara de pocos amigos. Gómez se presenta y, sin más preámbulos, le pregunta al escritor cuándo vio por última vez a la teniente Montenegro.

Javier les invita a pasar. No sabe bien qué responder; se encuentra en una posición incómoda, no quiere descubrir su relación con Patricia. Titubea.

—Señor Garmendia, déjeme que le ayude —dice Gómez—. La última señal que recibimos del móvil de la teniente la sitúa cerca de aquí. Sospecho que ha pasado la noche en su casa. ¡Díganos lo que sepa ya! No estamos para perder el tiempo.

El escritor les confirma que pasó la noche con ella. Cuando despertó a eso de las nueve, ya se había ido. Les cuenta que la teniente se duchó antes de abandonar la casa, por lo que no cree que fuera a pasar por la casa rural donde se hospeda, y les confiesa que él también ha intentado localizarla sin éxito.

—¿Tuvieron alguna discusión? —pregunta Gómez.

—En absoluto. Llegó por la noche, y tuvimos una velada agradable.

—¿Habían quedado anteriormente?

—Es la tercera vez que nos veíamos. La primera fue con el agente Melgar, cuando vinieron a interrogarme el domingo. Luego vino ella sola el martes por la tarde. El miércoles quedamos en vernos por la noche. Eso es todo lo que les puedo decir.

—¿Tiene algún inconveniente en que registremos su casa? Nos ahorraría tener que pedir una autorización judicial.

—¿Qué motivo podría tener yo en querer hacerle daño a la teniente?

—Ni idea, pero tenemos que registrar su casa y buscar por los alrededores.

—Ustedes mismos, pero no van a encontrar nada.

Los agentes empiezan el registro. Javier está incómodo por haber tenido que contar su relación con la teniente y siente que están violando su intimidad.

—¡Aquí, en la basura! He encontrado una nota arrugada —grita la agente Urriaga—. Creo que es de la teniente.

La agente le da la nota al cabo Gómez. La nota dice: «Todavía me quedan algunas preguntas, escritor, así que tendremos que continuar con el interrogatorio». Está firmada por la teniente. Todos miran a Javier.

—¿Cómo explica esta nota, señor Garmendia? —pregunta Gómez.

—Francamente, no lo entiendo.

—¿Quiere decir que no la había visto?

—Así es; no la había visto.

—Me temo que vamos a tener que llamar a los de Criminalística para que hagan un examen a fondo.

—Esto es ridículo. Mientras ustedes están aquí, no la buscan donde deberían.

—¿Y dónde deberíamos buscar, señor Garmendia? —pregunta el agente Melgar.

—Supongo que en alguna de las carreteras que conducen de mi casa al cuartel, salvo que ustedes sepan si tenía previsto ir a otro sitio.

—Ya la están buscando por esas carreteras —responde Gómez, cuando, de repente, suena su móvil. Es Delgado con la voz alterada.

—¡La hemos encontrado! Está a dos kilómetros de la casa del escritor, por la comarcal C-647, entre el kilómetro seis y el siete. Su coche ha caído por una ladera y se ha estrellado contra un árbol. No sabemos si está viva. Los bomberos y la ambulancia están de camino. Intentaremos acceder al coche.

—Vamos para allí —Gómez cuelga—. La han encontrado. Ha tenido un accidente en la carretera. Nos vamos —comenta a los presentes.

—Los acompaño —dice Javier—. Yo he colaborado con ustedes. Ahora déjenme ir. Tengo que saber cómo está.

—Usted es sospechoso, no puede venir. No se mueva de su casa.

—Por favor, prométame que me tendrá informado del estado de la teniente.

—No se preocupe. Sabrá de nosotros antes de lo que piensa. Tiene unas cuantas preguntas que responder.

Gómez y los otros agentes ven las luces del coche de bomberos, de la UVI móvil y de otros vehículos de la Guardia Civil. Han cortado la carretera, y aparcan sus coches para correr al punto del accidente.

—¡Ahí abajo! —Delgado los ilumina con una linterna. La pendiente es muy pronunciada. Se puede ver el vehículo volcado, y poco más. Gómez se identifica y se une al corrillo donde el médico, el enfermero y los dos técnicos de los servicios de emergencia están hablando con los bomberos para coordinar el rescate.

Trabajan con celeridad; en pocos minutos han instalado un equipo de iluminación portátil. Ahora se puede apreciar que el coche ha caído por una pendiente muy pronunciada y está a unos cincuenta metros. Un árbol ha parado su caída. El problema es que la posición del vehículo es muy inestable. Un movimiento en falso y podría deslizarse doscientos metros más ladera abajo, donde ya no hay más árboles que puedan evitar que acabe en el río, al fondo de un barranco.

Gómez no es optimista; se ha fijado en las huellas del vehículo y observa que ha dado varias vueltas antes de chocar con el árbol. Le llama la atención ver solo tres ruedas: falta una de las ruedas delanteras. ¿Cómo puede haberse perdido? Por muy fuerte que fuera el golpe, una rueda no se desprende de un coche así como así, salvo que no estuviera bien atornillada. «¿Y si alguien aflojó los tornillos de la rueda?», se pregunta.

Los bomberos son los primeros en bajar. Descienden agarrándose a una cuerda sujeta a un árbol. Lo primero que hacen es inmovilizar el vehículo atándolo a dos árboles con cinchas y con cuerdas. Intentan abrir la puerta del conductor, pero no pueden; está deformada. Lo mismo pasa con la puerta del copiloto. El cristal del conductor está hecho añicos y retiran las esquirlas que quedan en el marco de la ventanilla y en el airbag.

La teniente está inconsciente. Antes de moverla, llaman al médico y a uno de los técnicos de emergencias sanitarias. Los bomberos les ayudan a bajar una camilla y el material de primeros auxilios.

Los guardias de la unidad de Patricia observan la maniobra desde el borde de la carretera. Gómez quiere bajar con los bomberos, pero el otro técnico de emergencias sanitarias le hace desistir de su idea.

El médico saca el antebrazo de la teniente por la ventanilla y le toma el pulso.

—¡Está viva, pero inconsciente! ¡Tiene el pulso débil! —grita al resto.

Al oír la noticia, Gómez respira aliviado.

El técnico de emergencias le coloca un collarín a la teniente y corta el cinturón de seguridad, asegurándose de no hacerla caer bruscamente. El médico examina el cuerpo con la linterna y no observa hemorragias externas.

Los bomberos cortan la puerta con la ayuda de una cizalla hidráulica y de una sierra circular. Sacan a la teniente del vehículo, la colocan en la camilla y le inmovilizan el cuerpo. La trasladarán a la UVI móvil.

Los guardias de la unidad de Patricia están junto a la puerta trasera de la ambulancia, observando cómo meten a la teniente dentro.

—¿Cómo está? —pregunta Gómez al médico.

—Deme unos minutos, que podamos monitorizar sus constantes vitales.

El técnico de emergencias le pone a la teniente el monitor, el tensiómetro y el pulsioxímetro, y le pone una vía intravenosa para suministrarle suero.

Gómez no pierde detalle; ver a su compañera indefensa y frágil, ella, que siempre parecía inagotable e invulnerable, le produce una sensación de pena y rabia al mismo tiempo, y se jura que quien lo haya hecho pagará por ello.

El médico lee los indicadores en un monitor.

—Las constantes vitales están alteradas. Está deshidratada, y como les decía, tiene el pulso débil. Lo bueno es que aparte de algunas contusiones, no se observan hemorragias externas. Nos la llevamos al hospital; hay que hacerle un reconocimiento completo para poder hacer una valoración de su estado.

—Voy con ustedes —dice el cabo Gómez.

—Lo siento, pero no puede ser.

El cabo echa un vistazo al interior de la ambulancia.

—Doctor, hay espacio para uno más —insiste Gómez.

—El problema no es el espacio. Tenemos prohibido que vengan acompañantes y, además, vamos a hacerle más pruebas de camino al hospital. Si quiere, síganos en su coche.

—¿Cuándo creen que recobrará la consciencia? —pregunta al médico.

—No sé decirle.

—¿Hay alguna forma de reanimarla?

—Tenga paciencia. Como le dije, necesitamos hacerle pruebas; no sabemos si tiene alguna hemorragia interna o si ha sufrido daños cerebrales, por citar dos ejemplos. Ya le he dicho que sus constantes vitales están alteradas, pero está bajo control. ¿Tiene idea de cuándo ocurrió el accidente?

—Esta mañana, temprano, alrededor de las siete —calcula Gómez.

—Han pasado unas doce horas. Eso explica su deshidratación. ¿Sabe si es alérgica a algún medicamento?

—No, que yo sepa.

—¿Padece de alguna enfermedad grave?

—Creo que no, pero no puedo asegurárselo.

—Nos vemos en el hospital.

—Gracias, doctor. Les sigo en mi coche.

Y de inmediato ordena:

—Cabo Delgado, envíe a Melgar y a Urriaga a que detengan a Javier Garmendia. Que los de Criminalística vayan a su casa y luego vengan al escenario del supuesto accidente. El resto puede retirarse. Yo voy al hospital y les mantendré informados.

—¿De qué se le acusa?

—Sospechoso de homicidio en grado de tentativa.

—¿Con qué base?

—Con la base de que el coche solo tiene tres ruedas. La cuarta está desaparecida. Me juego lo que quiera a que alguien aflojó los tornillos durante la noche. Mantengan a Garmendia incomunicado hasta que yo llegue.

Gómez sigue a la ambulancia hacia un hospital en La Coruña. De camino llama al capitán Montero y le pone al tanto con lo ocurrido a la teniente. Gómez recuerda la charla que tuvieron la teniente y él en

Madrid con el capitán. Él les había mandado llamar a los dos a su despacho…

—Teniente, cabo, adelante. Les estaba esperando.

—Supongo que nos llama para darnos la enhorabuena —dice Patricia.

—No se pase de lista. Ha cometido una falta grave. Desobedeció mis órdenes y no es la primera vez. Les dije que no intervinieran hasta que yo lo ordenara.

—No había tiempo; si no actuábamos, huirían. Además, le llamé justo antes de entrar en el callejón.

—*Cuando ya era tarde. También le ordené que no entrasen en el callejón a no ser que tuviera claros indicios de que los sospechosos se encontraban allí.*

—Y así lo hicimos —responde Patricia mirando a Gómez.

Este asiente con la cabeza, aunque no tiene idea de cómo va a justificar Patricia esa afirmación.

—Salvo el cabo Gómez, el resto de su equipo no tenían ningún indicio de que hubiera nadie.

—Sí teníamos indicios, pero ellos no lo sabían —afirmó la teniente.

—Explíquese. ¿Cómo sabían que había alguien en el callejón?

—Por los pájaros.

El capitán se pone colorado.

—Entraré al trapo. ¿De qué pájaros me habla?

—De los gorriones y palomas que hay en el callejón.

—¿Y qué coño les pasaba a los gorriones y a las palomas?

—Que no había ni uno.

—¿Y?

—Suele haber pájaros en los callejones. Si no había en ese momento, es porque algo les asustaba.

—Me toma el pelo, ¿verdad?

—En absoluto, y la prueba es que había un narco escondido detrás de unos contenedores de basura. Gracias a que alerté a la unidad, estuvimos preparados.

—Puedo corroborar todo lo que dice la teniente —responde Gómez.

—A usted no le he preguntado —dice el capitán mirándole fijamente—. Con pájaros o sin pájaros, la misión fue un fracaso. El supuesto "narco" que han detenido era nuestro agente infiltrado. Su acción precipitada ha servido para cargarse su tapadera y poner en alerta al resto de la banda, que a estas alturas estará en Marruecos.

—No nos dijeron nada de un agente infiltrado.

—No me interrumpa, teniente. Se han cargado ocho meses de trabajo de la UDYCO, pero la cosa no termina aquí. Hemos recibido quejas de su unidad. Están hartos de que vaya por su cuenta, de que no comparta sus ideas y de que les haga saltarse las normas.

—Supongo que se refiere a su protegido, el agente Zahera —aventura Patricia.

—Esto es demasiado, Montenegro. La he apoyado, y admito que es usted buena, pero no sabe crear equipo ni obedece mis órdenes. Encima, se permite el lujo de tomarme el pelo.

—¿Y qué va a hacer? —pregunta Patricia desafiante.

—Me lo pensaré. Tengo que hablar con el comandante. Quizá les haga un favor y les asigne una misión a algún sitio lejos, donde pueda perderles de vista una temporada larga.

—¡Vamos, no me joda! —exclama Patricia.

—Controle ese vocabulario.

La ambulancia entra por urgencias. Gómez ve cómo se llevan a la teniente en camilla al interior del hospital. Aparca y pregunta en el control por Patricia Montenegro. Le piden que vaya a la sala de esperas de urgencias. Al cabo de un cuarto de hora, sale un médico a recibirle.

—Hola. ¿Es usted familiar de Patricia Montenegro? —le pregunta.

—Soy su compañero. Ella no tiene familia en Galicia.

—Soy el doctor Zaragoza.

El doctor tiene la barba recortada; los labios son una fina línea, es calvo y lleva unas gafas con moldura redonda. Tiene cara de pocos amigos y parece que no ha sonreído en su vida.

—¿Cómo está ella, doctor?

—Se lo diré cuando le hagamos una serie de pruebas.

—¿Cuándo recuperará la consciencia?

—En cualquier momento… o nunca.

Gómez le mira a los ojos.

—Gracias por la sinceridad, y por el tacto exquisito que emplea con los familiares y amigos de sus pacientes. ¿Dónde puedo esperar?

—En su casa; las pruebas llevarán su tiempo. Venga mañana a las diez y le daremos los resultados. Si hay noticias durante la noche, le llamaremos.

El cabo le da una tarjeta al médico. Está cansado y, además de la preocupación por su teniente, tiene ahora la responsabilidad de dirigir él la investigación. Cuando va a abandonar el hospital, oye que le llaman:

—¡Gómez! ¡Espere un momento!

Es el médico de la ambulancia; acaba de salir por una puerta del pasillo y se dirige hacia él a la carrera.

—Supongo que le interesará custodiar el teléfono y la cartera de la teniente. Los llevaba en la chaqueta. Fírmeme el recibo y se lo entrego.

Gómez se despide y llama a Delgado.

—La teniente sigue sin conocimiento. Le van a hacer pruebas durante la noche y nos dirán algo mañana. Dígaselo al resto del equipo.

—Ahora mismo. Estamos todos en el cuartel. Hemos detenido al escritor.

—Me voy a pasar a interrogarle.

—¿Por qué no lo deja para mañana? Este no va a ir a ningún sitio. Ha sido un día muy largo y mejor estar descansado para lo que le espera mañana.

—De acuerdo —acepta Gómez—. Mañana a las ocho le interrogo. Quiero que esté presente la agente Urriaga. Y convoque al resto del equipo para las nueve.

A Delgado le irrita la falta de confianza que le demuestran Patricia y Gómez.

—¿Puedo hacerle una pregunta? —dice.

—Dígame.

—¿Por qué no me deja participar en el interrogatorio de Garmendia?

—No debemos estar más de dos personas y quiero que los demás también participen en esas actividades.

—No lo entiendo, pero es su decisión.

—Efectivamente; es mi decisión.

Al cabo de un rato, Nuno Roibas recibe la llamada que esperaba:

—Han llevado a la teniente al hospital. Está inconsciente, no saben si saldrá de esta. Con un poco de suerte, estará fuera de juego unos cuantos días. ¿Qué quieres que hagamos con las fotos?

—Por el momento, esperar a ver si se recupera antes de enviar las fotos a la prensa.

22. En libertad

Javier esperaba que la Guardia Civil le llamase para darle noticias de Patricia; en lugar de eso, se presentan a las tres de la madrugada para llevárselo detenido como sospechoso de homicidio en grado de tentativa. Un equipo de Criminalística pone su casa patas arriba; se llevan su ordenador y el teléfono móvil. La única información que le proporcionan es que la teniente está viva y que más le vale que ella salga de esta.

Pregunta varias veces por qué lo acusan, pero no le responden. Lo esposan y lo llevan a la comisaría, donde lo encierran en el calabozo. Quiere saber cuánto tiempo le van a tener encerrado: «El necesario», le dicen.

Necesita saber cómo está Patricia, aunque vista la poca voluntad que tienen los agentes por compartir información, no se molesta en preguntar. Le da vueltas a la nota que apareció en la basura. Está convencido de que era una invitación para verse otra vez, escrita por Patricia en clave de humor, pero los guardias no lo interpretan así. Lo que no entiende es por qué la arrugó y la tiró a la basura. Parece que se arrepintió después de escribirla, pero ¿por qué? Intenta dormir un rato y no puede.

A las ocho de la mañana, lo llevan a una sala de interrogatorios. Allí le espera el cabo Gómez y la agente Urriaga. Después de la conversación que tuvo con la teniente, Gómez sospecha que Delgado puede ser un infiltrado de Roibas y prefiere que él no esté presente.

—¿Cómo se encuentra la teniente? —pregunta Javier.

—Aquí las preguntas las hacemos nosotros —responde cortante Gómez.

Javier está harto de cómo le tratan; le han detenido sin justificación, no ha dormido, está preocupado por Patricia, y decide que ya no va a colaborar.

—Hasta ahora les he dicho lo que sabía —responde—. Si quiere seguir por ese camino, se acabó el interrogatorio y no diré una palabra sin la presencia de mi abogado.

La agente Urriaga mira a Gómez como diciéndole que así no van a ningún sitio.

—La teniente Montenegro tuvo un accidente con el coche; se salió de la carretera. Está hospitalizada, inconsciente y estable —informa Gómez—. Ahora necesito que responda a varias preguntas.

—Usted dirá.

—Volvamos a la nota que encontramos en su casa; en ella la teniente decía que quedaban preguntas pendientes y que no había terminado el interrogatorio. ¿A qué se refería?

—Era una broma, una justificación para volver a quedar; yo ya había respondido a todas las preguntas que quiso hacerme.

—¿Y cómo explica que usted no tuviera conocimiento de la nota y que apareciese arrugada en la basura?

—Le he estado dando vueltas toda la noche. Creo que, por algún motivo, se arrepintió después de escribirla.

—¿Por qué motivo?

—No tengo ni idea.

—¡Vamos, haga un esfuerzo!

—Tráiganme un café. Eso me ayudará a aclarar las ideas.

La agente Urriaga mira al cabo; este asiente con la cabeza y les pide a los guardias de la entrada que le traigan un café.

—Hay una cosa que no le conté, y que creo que deben saber.

Javier mira hacia la ventana, armándose de valor para la confesión que está a punto de hacer.

—La información que voy a darles puede poner en peligro la vida de una persona inocente, así que cuanta menos gente la sepa, mejor. Por eso, le pido a la agente Urriaga que abandone la sala.

—¡De eso ni hablar! —responde Urriaga ofendida.

—No es nada personal, pero solo lo compartiré con el cabo Gómez. Luego que decida él qué quiere hacer con esa información.

El cabo mira a Urriaga y le hace un gesto para que abandone la sala. La agente se va no sin antes mirarle enfadada.

—Bueno, ya ha montado el circo —dice el cabo—. Ahora cuénteme qué es esa información tan peligrosa.

—Yo soy el padre biológico de Ginna.

Gómez no puede ocultar su sorpresa.

—¡¿Ginna es su hija?!

—Sí, es mi hija; a quien nunca he visto y es el resultado del encuentro de una sola noche. María no quería que se supiera, y yo prometí mantenerlo en secreto. Si su marido se enterase, ¿qué cree que pasaría?

—¿Por qué no nos lo ha dicho antes? ¿No pensaba decírselo a la teniente?

—Sí, pero más adelante; quiero proteger a María y me da miedo que se produzca una filtración.

—Le voy a contar mi teoría —aventura el cabo Gómez, para tantear a Javier—. Usted no quería bajo ningún concepto que se supiera que es el padre de Ginna; la teniente lo descubrió y se enfadó. Discutieron y le amenazó con hacerlo público; mientras ella se duchaba, usted aflojó los tornillos de la rueda de su coche; y tiró a la basura la nota que le había dejado antes de irse.

—¿De qué tornillos me habla? —pregunta Javier sorprendido.

—De los de la rueda delantera derecha; creemos que el accidente se produjo cuando el coche perdió esa rueda, mientras ella conducía. Seguramente, alguien ha aflojado los tornillos, y creo que fue usted.

—¿No lo dirá en serio? Es ridículo que yo me plantease matar a la teniente para mantener ese secreto que, de cualquier forma, más pronto que tarde, se iba a saber.

—Para usted era muy importante que no saliera a la luz.

—Ya le he dicho que lo hice por María; si su marido se entera, puede matarla. ¿La van a proteger ustedes las veinticuatro horas del día?

Gómez reflexiona unos segundos.

—¿Y usted no tendría miedo a las represalias de Marco?

—También. Para qué le voy a decir lo contrario —responde Javier.

—Le voy a dejar en libertad, pero no se vaya muy lejos. Los de Criminalística me han informado de que no han encontrado nada que le inculpe. Los agentes de la entrada le devolverán su móvil y el ordenador. Por el momento, mejor mantenga en secreto su paternidad.

—Cabo Gómez, hay un asesino suelto por ahí; pregúntese quién y por qué quiere quitar del medio a la teniente —advierte Javier.

Cuando abren la puerta, se encuentran a Delgado.

—¿Estaba escuchándonos? —pregunta Gómez.

—No, acabo de llegar, y le iba a peguntar si podía incorporarme.

—Ya hemos terminado.

—¿Y deja en libertad al señor Garmendia?

Al oír la frase, Javier acelera el paso hacia la salida; no sea que Gómez reconsidere su decisión.

—No tenemos ninguna prueba, salvo la nota, y no es suficiente. Dígale al equipo que nos reunimos en diez minutos en la sala.

23. En el hospital

Gómez aprovecha los diez minutos que tiene antes de empezar la reunión para salir del cuartel a tomar el aire. Después del interrogatorio de Garmendia, no cree en la culpabilidad del escritor. Entonces, ¿quién ha intentado asesinar a la teniente? ¿Roibas? ¿Volverá a intentarlo?

Vuelve a la sala con el propósito de que la reunión dure lo imprescindible para irse al hospital. Los agentes están alterados, comentan el accidente y elucubran acerca del estado de salud de la teniente. Delgado le entrega un sobre de Criminalística en el que pone: «Confidencial, a la atención del cabo Gómez». Este lo abre, hojea el informe y saluda al equipo.

—Buenos días. Seré breve.

Se produce el silencio.

—Salgo en diez minutos al hospital para que me informen del estado de la teniente Montenegro. Criminalística confirma que el accidente lo causó la pérdida de una rueda del coche, y que alguien aflojó los tornillos.

—¿El escritor? —pregunta Ruiz.

—Es una posibilidad. La teniente pasó la noche en su casa, y él tuvo la oportunidad.

—¡Vaya con la teniente! —exclama Ruiz—. Acaba de llegar a Ortiguña y, mírala, no pierde el tiempo.

—Ruiz, ese comentario es de mal gusto y está fuera de lugar. No se lo voy a tolerar.

—¡Pero si usted mismo admite que puede ser sospechoso! ¿Cómo puede ser que la persona que está a cargo de la investigación se acueste con un sospechoso?

—Está yendo demasiado lejos, Ruiz. Usted no sabe lo que pasó.

—Pero los de Criminalística tienen una idea… ya sabe —dice poniendo cara de misterio—; la lamparita azul, esa que llevan para detectar rastros de sangre.

—Veo que usted tiene información privilegiada, así que póngase en pie y compártala con el resto.

—No, no; eso era todo lo que quería decir —dice en voz baja.

—¡¿Exactamente qué, Ruiz?! —le grita Gómez.

—Que los de Criminalística encontraron en la cama del escritor restos de su semen y de la sangre de la teniente.

—Bien. Ahora dígame dónde ha conseguido esa información confidencial.

Todos miran a Ruiz y mueven la cabeza en señal de desaprobación.

—No puedo citar mis fuentes, cabo.

—¡Y una mierda! —grita Gómez levantándose y dando un puñetazo en la mesa—. Ahora mismo nos dice quién le ha proporcionado esa información.

—Ha sido Victoria, la chica de Criminalística —confiesa sonrojado.

—¿Victoria qué?

—Victoria Fernández.

—Ya daré parte de ella, y usted y yo hablaremos. Volviendo al intento de homicidio de la teniente, no perdamos de vista a Roibas; no debió de hacerle mucha gracia la visita que le hizo la teniente. Es mi primer sospechoso. Agentes Urriaga y Melgar, quiero que le vigilen y necesito una lista de todas las personas con las que tenga contacto. Delgado, siga con la búsqueda de Ginna y de Lois. Si se producen novedades sobre la salud de la teniente, se las haré saber.

Gómez está en la sala de espera con más gente que, como él, están pendientes de que aparezca el médico de turno y les dé el parte o les deje entrar en la UCI. No es capaz de permanecer sentado y sale al pasillo, donde camina de un extremo al otro. Hace un repaso mental del caso y decide hacer una llamada. Entra en una habitación con la puerta abierta. Dentro solo hay un bote de pintura blanca en el suelo y una escalera; no parece que vaya a venir nadie. Es lo que buscaba.

Llama a Criminalística de Madrid, donde pide que le pasen con Pepa Vasco. Tardan un rato en ponerle con ella, pero al final se alegra de oír su voz.

—Hola, Pepa. Necesito que me hagas un favor.

—Buenos días, guapo. Yo también te quiero. ¿Cómo te va por Galicia? No me has enviado ni un triste mensaje.

—Tienes razón, pero no sabes el pastel que nos hemos encontrado aquí; tenemos a nuestra amiga Patricia hospitalizada por un accidente de coche provocado.

—Pero ¿qué ha pasado? ¿Está bien? —pregunta Pepa perpleja.

—Ayer estaba sin conocimiento, pero no parecía que fuera grave. Ahora estoy en el hospital esperando que me digan algo. Tengo su móvil, pero no su clave de acceso. Necesito saber qué mensajes ha recibido en las últimas cuarenta y ocho horas.

—Estás de suerte, no te va a hacer falta pedir autorización; Patricia me dio la clave de su móvil por si le pasaba algo. ¿Qué me darás a cambio?

—Lo que te mereces; pero tendrás que esperar a que vuelva a Madrid. Y ahora, desembucha, que es urgente.

—*Queosden*.

—¿Cómo?

—Como lo oyes; la clave es *Queosden*, todo seguido, y la primera en mayúscula.

—Te debo una, encanto.

—No te equivoques; me debes muchas. Ya echaremos cuentas.

Gómez desbloquea el teléfono de Patricia: tiene muchas llamadas perdidas, casi todas de compañeros y algunas del escritor; luego echa un vistazo a los mensajes y lee el último que recibió ayer por la noche, después del accidente. Es un mensaje de texto con unas coordenadas. Llama a Delgado.

—Cabo, la teniente recibió ayer noche un SMS anónimo con unos números; parecen coordenadas. Se lo reenvío.

—Recibido. Son las mismas coordenadas del SMS anterior, donde encontramos a Leticia Fábregas, solo que, esta vez, no pone ningún nombre. ¿Qué quiere que hagamos?

—Vaya al lugar a ver qué encuentran.

—Enseguida. ¿Alguna noticia de la teniente?

—Todavía no.

Gómez cuelga el teléfono y regresa a la sala de espera. El doctor Zaragoza le está buscando.

—Buenos días, doctor. ¿Cómo se encuentra Patricia?

—Acompáñeme por aquí —dice con voz neutra.

Atraviesan varios pasillos hasta llegar a una pequeña sala de consulta médica.

—Siéntese, por favor.

Gómez teme que haya malas noticias; si fueran buenas, ya le habría anticipado algo.

—Patricia sigue en coma, y eso me preocupa; le hemos hecho una serie de pruebas, pero no hemos encontrado fracturas ni hemorragias internas.

—Si todo está bien, ¿por qué sigue en coma?

—Seguimos haciendo pruebas. No quiero alarmarle, pero hay otras causas que pueden explicar el coma; por ejemplo, tener una lesión cerebral traumática. Como ya le he dicho, me preocupa que no haya recuperado la consciencia; el tiempo, en estos casos, no juega a nuestro favor.

—¿Me está diciendo que quizá no salga de esta? —pregunta Gómez subiendo la voz.

—Ya se lo dije ayer, es una posibilidad; pero también le digo que puede darnos una sorpresa y despertar en cualquier momento. Quería hacerle unas preguntas. ¿Sabe si tomaba algún tipo de medicación? ¿Ansiolíticos, pastillas para dormir, etc.?

—No lo sé.

—¿Ha estado sometida a situaciones de estrés últimamente?

—Se lo guarda todo para sí y no cuenta nada acerca de cómo se siente; pero ha tenido un cambio de destino: llegó de Madrid el sábado pasado, y no ha tenido un minuto de descanso desde entonces. Le puedo decir que duerme poco, y entenderá que su trabajo no le ayuda a llevar una vida relajada.

—¿Bebe habitualmente?

—No lo sé —miente.

—Bueno, esto es todo por el momento.

—¿Cuándo podrá decirme algo?

—Venga a las seis. Si hay novedades antes, nosotros le llamaremos.

—Doctor, hay un último asunto que tengo que comentarle —dice Gómez cuando el médico ya está levantándose.

—Le pido que sea breve. Tengo que atender a otros pacientes.

—El accidente que sufrió Patricia no fue fortuito; fue provocado. Hay alguien que quiere quitársela del medio. Quizá lo vuelvan a intentar ahora que está en el hospital.

—¿Y qué quiere que hagamos?

—Que me deje ponerle vigilancia.

—La zona donde se encuentra Patricia tiene el acceso muy restringido.

—La gente de la que le hablo no respeta ese tipo de cosas.

—Hable con el director del hospital y pídale una autorización. Esto se sale de mis atribuciones.

El director no se encuentra en el hospital; se espera que llegue en una hora. Gómez va a la habitación vacía que encontró antes y que ha convertido en su locutorio particular.

—Melgar, ¿puede hablar ahora?

—La agente Urriaga y yo estamos tomando un café —le avisa Melgar.

—Quería preguntarle si tiene noticias de Elizabeth.

Gómez tiene una llamada entrante; es Delgado. La pone en espera.

—Sí, todo bien. Estamos en una cafetería, frente a la casa de Roibas —comenta para no despertar sospechas delante de su compañera.

—Cuando pueda, me llama.

—Así lo haré.

Cuelga a Melgar y atiende la llamada en espera.

—Dígame, Delgado.

—No se lo va a creer.

—Pruebe.

—Hemos encontrado el cadáver de Lois Alonso cerca de donde estaba el de Leticia.

—Eso suena a venganza; seguramente de Marco. El día que fuimos a buscar a Lois a su restaurante, debió de sospechar que lo buscábamos por el asesinato de Leticia. Encárguese del atestado y pida el levantamiento del cadáver, llame a Criminalística e interroguen a Marco, para ver qué coartada tiene.

—Me pongo a ello.

—Yo salgo al cuartel.

24. ¿Dónde está Ginna?

Hace casi una semana que Ginna ha desaparecido y María no pierde las esperanzas de encontrarla con vida, aunque su estado de ánimo va en declive. La Guardia Civil organiza batidas de búsqueda todos los días. A veces Natalia se incorpora al grupo; otras veces lo hace Maruxa. El número de voluntarios que participan va disminuyendo, pero al menos mantienen viva la llama de los medios, y eso reconforta a María; le ayuda a pensar que su hija sigue viva.

Todos los días, al volver a casa, rememora la tarde en la que Ginna desapareció; detalle por detalle, una y otra vez. Hoy es viernes, y vuelve a hacer un repaso. Esta vez, apunta en un bloc las preguntas que puedan surgirle y sus conclusiones:

«¿En qué momento salió Ginna de casa?

»¿Fue cuando yo estaba en la cocina limpiando o cuando yo estaba con Brais en el salón?

»Si Ginna salió por la puerta de la cocina, tuvo que ser después de que Brais llegara; porque, cuando hice el té, esa puerta estaba cerrada. Serían las seis.

»Cuando se fue Brais, eran las ocho.

»Di una vuelta por la casa y fue entonces cuando encontré la puerta de la cocina abierta.

»Eso quiere decir que si Ginna salió por la cocina, fue entre las seis y las ocho.

»Que no se me olvide: ¿cuándo fue el momento en que dejé de oír la película de Mulán? Estaba reunida con Brais; serían, más o menos, las siete y media; me parece improbable que Ginna haya salido de la casa después de que terminar la película: habría ido al salón a pedirme que le pusiera otra.

»Probablemente, Ginna habría salido entre las seis y las siete y media».

María sigue tomando notas de sus reflexiones:

«Claro que quizá saliera por la puerta principal.

»Desde el salón no se ve quién sale por el pasillo al vestíbulo ni quién entra o sale de la casa.

»Para entrar por la puerta principal, hace falta llave; tendría que haber sido con alguien de la familia. No tiene sentido.

»Luego está lo del anorak y sus botas; si Ginna los cogió para irse, fue porque conocía a la persona con quien se iba. No parece probable que la rapte un extraño y se preocupe de que lleve el anorak y las botas».

Este pensamiento la alivia; alguien que se preocupa por que su hija vaya bien abrigada, ¿por qué iba a hacerle daño?

«Después registré la casa y, mientras daba una vuelta por fuera, entró Natalia; seguramente por la puerta principal; y fue a ducharse.

»Más tarde, llegó Alessandro y a última hora Maruxa».

Las lágrimas emergen. María saca fuerzas de flaqueza, cierra los ojos. Cae en la cuenta de un pequeño detalle al que no le había prestado atención y que seguramente no tenga importancia: cuando ella salió de la casa por la puerta de la cocina para buscar a Ginna, había dejado las luces de las escaleras encendidas y, cuando volvió, estaban apagadas; tuvo que apagarlas Natalia cuando subió a darse la ducha. Lo que le llama la atención es que sus hijas nunca apagan las luces, por más que ella les repita una y otra vez que lo hagan.

Marco no quiere saber nada de las batidas de búsqueda ni de los medios. Se aferra a la rutina del trabajo en el restaurante, donde ha colgado una foto grande de Ginna. Aunque está bajo de ánimo, se distrae atendiendo él mismo a los clientes; parece que está viniendo más gente a comer. Algunos le animan a que sea positivo y le dicen que aparecerá, otros le preguntan por Lois; él responde que la Guardia Civil fue a buscarlo el miércoles y que no lo ha vuelto a ver.

Esa tarde de viernes, aparecen en el restaurante Delgado y Ruiz; quieren charlar con él en la comisaría.

—¿Tienen noticias de Ginna? —pregunta con ansiedad.

—Lamentablemente, no. Queremos hablar con usted de otro asunto. En el cuartel.

Marco se acerca a Demetrio, el camarero con el que más tiempo lleva trabajando, y le pide que se quede a cargo del restaurante, ya que él tiene que salir un rato.

Camino al cuartel, permanece en silencio. Le da todo igual. Cuando llegan, le conducen a la misma sala donde le habían interrogado con anterioridad; un espacio frío e inhóspito del que, nada más entrar, ya está pensando en salir cuanto antes.

—¿Dónde estuvo el miércoles pasado? —pregunta Delgado.

—Vamos, no me venga con esas. Sus compañeros vinieron al restaurante a buscar a Lois y vieron que yo estaba allí.

—Sí, eso fue por la mañana. ¿Dónde pasó la tarde?

—En el restaurante. Pueden preguntar a quien quieran. ¿Por qué?

—El miércoles por la mañana, cuando el cabo Gómez y el agente Ruiz fueron a buscar a Lois, creyeron que se fugaba en el coche, pero resultó que era otra persona quien conducía. ¿Dónde estaba Lois en ese momento?

—Se había escondido. Cuando ustedes se fueron, Lois salió del reservado. Se fue con el coche de su amigo Galindo.

—¿Y no le pareció que debía llamarnos?

—No los llamé porque ustedes tampoco me contaron de qué iba la cosa.

—Ahora se lo podemos decir. Lois es el presunto asesino de Leticia Fábregas.

Marco se queda perplejo.

—No entiendo. ¿Qué motivos podría tener?

—Quizá sexuales; antes de matarla, la violó.

Marco baja la cabeza, está abatido; no tiene palabras. Lois era su hombre de confianza y resulta que ha violado y asesinado a la pobre Leticia. «¿Por qué?», se pregunta varias veces, hasta que le asalta la sospecha de que Lois podría trabajar para Nuno. El desánimo deja paso a una ola de furor que le recorre el cuerpo.

—¡Qué hijo de puta! ¿Le tienen encerrado aquí? Me gustaría saludarle.

—Me temo que no es posible; ha aparecido muerto en el mismo sitio donde encontramos a Leticia Fábregas.

Al menos tiene el consuelo de que alguien ha hecho el trabajo por él. Eso le produce cierto alivio.

—¿Tienen idea de quién lo ha hecho?

—No. Por eso le hemos traído aquí. Pensábamos que usted podría decirnos algo.

—Pues poco puedo decirles, aparte de que me alegro de que ese canalla haya corrido la misma suerte que la pobre Leticia.

—¿Quién estaba en el restaurante por la tarde?

—Todos menos Lois; pueden preguntar a Demetrio. Fue el último en irse junto conmigo. Cerramos a las once y media, y yo me retiré.

Marco llega a casa por la noche. En la mesita del vestíbulo encuentra un montón de hojas perfectamente alineadas. En la primera página puede leer: «Juzgado de 1.ª Instancia», tiene el sello de la Administración de Justicia. Le echa un vistazo y ve que aparece el nombre de su mujer, como demandante, y el suyo, como demandado. Sigue leyendo, y tarda un rato en asimilar que se trata de la demanda de divorcio que ha presentado María.

Se queda en estado de *shock* allí mismo; nunca la hubiera creído capaz de dar ese paso. La veía como una persona débil, con la que podía hacer lo que quisiera, incluso humillarla y maltratarla en público. Siempre había dado por sentado que su mujer estaría de forma incondicional a su lado, pasara lo que pasara.

Su primera reacción es la de obligarla a retirar la demanda, pero sabe que María ha cambiado; ya no es esa mujer sumisa, complaciente y conciliadora que busca hacer feliz a todo el mundo, en especial a su marido. Desde que aparecieron juntos ante las cámaras suplicando que liberaran a Ginna, María le había pedido dormir en habitaciones separadas y dejó de hablarle.

Han cambiado las tornas; su mujer es ahora la fuerte, y él, el débil. Le entra el pánico ante la idea de quedarse solo y arruinado. Teme caer en un pozo profundo y negro del que no pueda salir. Por primera vez, se da cuenta de hasta qué punto la necesita; aparte de ocuparse de la casa y de los chicos, es su soporte emocional. Por otra parte, un divorcio le obligaría a abandonar la casa. ¿Dónde viviría? ¿Cómo haría frente a los gastos de un alquiler, él, que no podía afrontar las deudas que había contraído?

—¡Hola, María! —grita—. Ya he llegado.

Su mujer no responde. Marco entra en el salón y la encuentra sentada leyendo una revista.

—María, ¿no me has oído?

—Perfectamente.

—¿Me puedes decir qué has hecho?

—Pedir el divorcio. Ya te dije que iba a hacerlo.

—Me parece que, con la desaparición de Ginna, esto se nos ha ido de las manos.

—¿A qué te refieres con *esto*?

—A nosotros, a nuestra relación. Ahora debemos estar más unidos que nunca.

—Hace tiempo que ya no hay un *nosotros*, mucho antes de que desapareciera Ginna; lo he intentado todo, pero ya no me quedan ganas ni fuerza. Se acabó, Marco.

No la reconoce; esa forma de hablar, esa determinación: no puede creer que sea su mujer quien le esté hablando. Se sienta a su lado e intenta pasarle el brazo por el hombro, pero ella lo rechaza.

Marco siente vértigo ante la perspectiva de quedarse solo y busca, con desesperación, la forma de no perderla.

—No quiero que echemos por la borda nuestro matrimonio —le dice en tono conciliador—. Es verdad que he pasado por una crisis y lo siento; pero recuerda los buenos momentos que hemos tenido. Podemos recuperarlos.

Está temblando y se le escapan un par de lágrimas.

—Marco, ya es tarde para eso. No voy a entrar a discutir lo que ha pasado. No te quiero, no te odio, no siento nada por ti aparte de desprecio; se acabó. Quiero que te vayas cuanto antes.

—¡Hay otro! ¡Eso es lo que pasa! Es Brais, ¿no? ¡Si no, de qué me ibas a hablar así!

—No hay nadie, Marco. No te cambio por alguien; es peor que eso. Te cambio para recuperar mi vida. No te quiero a mi lado.

Marco se va al cuarto de estar, donde los chicos están viendo la tele y los echa a gritos. Se pone a leer la demanda con detenimiento y trata de pensar qué puede hacer para convencerla de que la retire. Sabe que ahora no es el momento. Lo intentará mañana de nuevo.

25. En el mesón A Ría de Ortiguña

Gómez tiene aversión a los hospitales, y hoy es la segunda vez que visita uno. Al preguntar por Patricia, le hacen pasar a sala de espera de la UCI, con la que ya está familiarizado; solo que ahora desprende un fuerte olor a lejía. Si la espera dura quince minutos más, teme que le tengan que ingresar a él también. La estancia está solada con grandes baldosas brillantes; tiene unas cuantas bancadas de aluminio, una pantalla colgada de la pared, que no funciona, y una máquina expendedora de bebidas.

Las visitas se limitan a dos personas por paciente. Algunos de los que esperan como él se desahogan con quien tienen al lado, otros les consuelan, la mayoría habla en susurros y todos esperan con ansiedad a que aparezca el médico con noticias.

Contándose a sí mismo, son trece las personas que aguardan en la sala. «Mal número», piensa Gómez; además, él es el causante de que la cifra sea impar. Podría haber venido con algún compañero, pero prefiere recibir las noticias él solo, y luego decidir cuándo y con quién compartirlas.

Le han dicho que a las seis le informarían sobre el estado de Patricia. Ya son las seis y media, y sospecha que el retraso no augura nada bueno. Está nervioso y va a la habitación vacía que había descubierto esa mañana, desde donde puede llamar sin que le oigan.

—Hola, Melgar, ¿puede hablar ahora? —pregunta Gómez.

—Deme un segundo, que salgo fuera del coche.

Gómez oye cómo da explicaciones y excusas a la agente Urriaga por tener que salir del coche.

—¡Ya! Es que estaba en el coche con Noa, quiero decir, con la agente Urriaga vigilando la casa de Roibas…

—Imagino que si descubre su juego con Elizabeth se la va a liar. ¿Me equivoco? —le interrumpe.

—Supongo —dice Melgar.

—Tengo poco tiempo, así que solo dígame si Elizabeth ha respondido a su invitación de la red social.

—¡Sí, cabo! Ha respondido y después de intercambiar varios mensajes, hemos quedado el domingo a desayunar en una cafetería cerca de la ría. No se lo ha pensado mucho.

—Pues vaya pensando en cómo la abordará. Dispone de una semana para seducirla y de otra para convertirla en una Mata Hari que nos proporcione información de su jefe. Vaya al cuartel a las ocho y hablamos del tema.

—Cabo, yo no creo que pueda…

—Claro que puede. Usted tiene buena cabeza y mejor percha. Yo le ayudaré. Recuerde, a las ocho. Por favor, ni una palabra de esto a su compañera.

—No se preocupe, cabo.

El cabo vuelve a la sala, donde le está esperando el doctor Zaragoza con cara de pocos amigos. No se anda por las ramas.

—Su compañera sigue igual. Le hemos hecho pruebas neurológicas, y no encontramos nada que justifique que siga en coma.

—¿Cuál es su impresión, doctor? Dígame la verdad.

—Le repito lo que le dije esta mañana: puede despertar en cualquier momento o puede que no despierte.

—Agradezco su precisión —ironiza Gómez.

—Váyase a su casa y descanse. Si hay algún cambio, le llamaremos.

Gómez llega al cuartel a las ocho y cuarto. Aparte de un agente de atención al ciudadano, solo está Melgar. Se reúnen en la sala donde interrogan a los sospechosos; es la que mejor insonorizada está. Le explica que no hay cambios en el estado de Patricia, y entra en materia.

—Quiero dejarlo claro. No se puede decir que este operativo que vamos a montar sea muy ortodoxo, pero tranquilo; si algo sale mal, yo asumo la responsabilidad —aclara Gómez.

—Discúlpeme, cabo, pero no sé si eso me tranquiliza —responde Melgar dubitativo.

—Mientras lo averigua, discutamos el plan. Dígame si me olvido de algo: Elizabeth, dominicana, veinticinco años; entró como turista en España hace más de un año; trabaja para Nuno como empleada de servicio doméstico, aunque tiene menos papeles que una liebre; busca una relación estable con un hombre soltero o separado, con la cartera abultada y que goce de buena posición: justo el perfil de su avatar en la red de encuentros.

—Creo que eso es todo lo que sabemos —dice el agente con expresión pesarosa.

—No ponga esa cara, Melgar, que la chica es mona. Le voy a dar unas pautas para la cita; lo primero, vestimenta informal, pero elegante; todo lo que lleve encima debe ser de marca; lo segundo, su nombre, no lo olvide: Roberto González-Herrera, apellido compuesto; lo tercero…

—Un momento, que tomo nota —interrumpe Melgar.

—Tome todas las notas que quiera; pero en la cita no podrá usarlas y, sobre todo, guárdelas a buen recaudo. Como le iba diciendo, lo tercero es su tapadera: se divorció hace un par de años y ya ha pasado página. Es un tema del que prefiere no hablar. No tiene hijos y quiere rehacer su vida. Ha tenido alguna pretendiente, pero solo querían un rollito, y usted busca una relación estable.

Melgar se concentra en escribir todo lo más rápido que puede, y le cuesta asimilar lo que oye.

—Su padre es el dueño de las bodegas Rojillo —continúa Gómez—. Los de Informática han creado una página web por si la chica se conectase para ver información de la empresa. Usted trabaja en el negocio familiar promocionando sus vinos con los hosteleros de la zona.

—Cabo, yo no entiendo de vinos —objeta el agente, que aprovecha para tomar un respiro.

—Seguramente ella entenderá menos. Mire la página web que hemos creado y ahí encontrará la información que necesita. Seguimos con el cuarto punto: compre un móvil nuevo, el último modelo de iPhone, y utilícelo solo para las comunicaciones con ella y conmigo; el otro móvil lo usará cuando no esté con ella.

Melgar piensa que eso le va a traer problemas con la agente Urriaga. Apenas han empezado su relación, y Noa ya quiere saber en todo momento dónde se encuentra, y le envía mensajes continuamente.

—Quinto —sigue Gómez—: hable lo justo, muéstrese tímido, recatado, como si le costara tomar la iniciativa.

El cabo sonríe al pensar que el agente Melgar bordará esa parte.

—Intente que sea ella quién le seduzca a usted o, al menos, que lo crea. Hágale preguntas, pero sin resultar indiscreto. Interésese por su trabajo a ver qué le cuenta. Dígale que tiene previsto un viaje al Caribe para promocionar sus vinos y que pasará por República Dominicana. Si le pregunta detalles de su vida, mezcle anécdotas reales con su historia ficticia. Sexto: grabe toda la conversación.

—¿Con el móvil?

—No, con el zapato —ironiza el cabo—. ¡Pues claro, Melgar!

—Es que nunca he tenido un iPhone y no sé cómo va.

—Tiene el día de mañana para aprenderlo. Continúo: séptimo, y aquí entramos en un punto delicado: le he reservado una habitación en un hotel con encanto. No se preocupe, el dueño es amigo. Intente llevarla a tomar una copa al hotel o incluso a su habitación. Si todo va bien, debería besarla. Lo que decida hacer a partir de ahí es cosa suya.

Melgar lleva escritas dos páginas de notas. Tiene mil preguntas, pero el cabo no le da la ocasión de formularlas.

—Y ahora, déjeme que le invite a cenar. El hambre aprieta y aún tengo que explicarle para qué hacemos todo esto. Pero antes voy a llamar a Delgado para contarle cómo está la teniente.

El mesón A Ría de Ortiguña tiene las paredes enfoscadas, el suelo de baldosas de barro, una gran televisión colgada de la pared y las ventanas con cuarterones de madera desde las que se puede ver la ría; aunque a esa hora solo se ven algunas luces. El cabo ha elegido ese sitio porque, según la página web, no suele haber mucha gente, se come bien y no resulta muy caro. Está medio vacío, lo que le viene bien para tener la privacidad que necesitan. Se sientan en una mesa algo separada.

Melgar está sobrepasado por la nueva misión. Pierde la mirada en algún punto del otro lado de la ventana.

—Aproveche —le anima el cabo—, que no todos los días venimos a sitios como este. ¿Qué le apetece?

—Lo que usted quiera, cabo.

Gómez sigue las recomendaciones del camarero y pide varias raciones para compartir y un vino blanco.

—Déjeme que le diga una cosa, Melgar. Si no le entendí mal a la teniente, usted eligió ser Guardia Civil en contra de las preferencias de su padre, lleva poco tiempo en el cuerpo, y ahora le surge una oportunidad que pocos tienen en su carrera. Si le he seleccionado a usted, es porque es poco conocido en la zona y le creo apto para la misión.

Hace una pausa y se le queda mirando. Le irrita la expresión de miedo que tiene Melgar.

—No le estoy pidiendo que se juegue el tipo infiltrándose en una organización criminal —aclara Gómez—. Me basta con que le saque un poco de información a Elizabeth. Puede empezar preguntándole cómo es su trabajo, qué tal el señor de la casa, si tiene visitas, y así, poco a poco, veremos hasta dónde puede llegar.

—Pero ¿y si sospecha y me manda a paseo?

—Si llega ese momento, tendrá que descubrir sus cartas; cuanto más tarde suceda, mejor.

—¿Qué quiere decir con lo de las cartas?

—Quiero decir que, si le plantea cortar la relación, usted se identifica como lo que es: un Guardia Civil, y le dice que sabe que ella está ilegal en España, que sospechamos que trabaja para un delincuente y que puede ser parte de la organización criminal. A partir de ese momento, me llama y yo me encargo del asunto. ¿Lo ha entendido?

—Sí.

El camarero sirve un poco de vino en la copa del cabo para que lo deguste.

—Pruébelo usted, Melgar.

El agente da un pequeño trago y, antes de acabar de saborearlo, mueve la cabeza en señal de aprobación.

Les llena las copas y les trae una fuente de gambas cocidas. El cabo le mira a Melgar y se sonríe.

—Buen provecho —le dice.

—Igualmente.

—¿Se siente capaz de hacerlo? —pregunta el cabo mientras pela una gamba.

Melgar titubea.

—¡Vamos, hombre! ¡Salga del cascarón, Melgar! —le dice Gómez elevando el tono y mirándole a los ojos—. ¿Le suena el lema: «Todo por la patria»? No va a tener mejor ocasión de hacer algo relevante por su patria con el mínimo riesgo.

—Creo que puedo intentarlo.

—No me sirve, Melgar. No vamos a montar semejante operación para que solo crea que puede intentarlo.

Gómez se calla y se queda mirando fijamente a Melgar. Este mira a algún punto detrás de su jefe, como esperando encontrar la respuesta flotando en el aire. Por fin, asiente y contesta.

—Lo haré, cabo.

—Así me gusta. Sabía que podía contar con usted.

Gómez alza su copa de vino y Melgar le imita.

—Por su éxito, que será el éxito de la misión.

Chocan las copas y beben. El cabo emplea unos segundos en saborear el vino y continúa.

—El nombre clave de la operación es Antillas, en honor a la dominicana. Ahora le voy a contar por qué montamos esto. Esta es una misión de la UDYCO y nos han pedido que colaboremos con ellos; están tratando de desarticular la red de narcotraficantes más grande de la zona. Nuno Roibas no es más que un peón en el complejo entramado de tráfico internacional de estupefacientes. Según la información que nos han proporcionado, él organiza desembarcos de alijos de cocaína a pequeña escala, pero no sabemos ni cómo ni cuándo, ni dónde lo hacen. Si consiguiéramos pillarlo in fraganti, la UDYCO podría llegar a la cúpula de la red. ¿Se da cuenta de la oportunidad que tenemos?

—Sí, cabo.

—Bien. Ahora tenemos que tratar otro asunto delicado; su incipiente idilio con la agente Urriaga es un secreto a voces.

—Pero, cabo…

—Tranquilo, que no le voy a pedir explicaciones. Créame que lo entiendo. Los dos solos en el coche, compartiendo largas guardias nocturnas… Las miradas que le dirige Urriaga son muy elocuentes y me da la impresión de que es de esas mujeres que saben lo que quieren y van a por ello. A lo que vamos, mañana es sábado, y seguramente usted y la agente ya tenían algún plan, ¿me equivoco?

—No se equivoca.

—Invéntese una excusa para anular la cita. Puede decirle que yo le he enviado a una misión secreta. A ella la mandaré a la casa de María y Marco, a que le vigile a él como sospechoso de la muerte de Lois Alonso. Aproveche mañana por la mañana para comprar lo que necesite para la cita con Elizabeth y quédese el resto del día en la habitación del hotel que le he buscado, repasando su tapadera.

El cabo sirve más vino y mira hacia la televisión.

—Escuchemos la noticia que están dando, Melgar.

«De nuevo, tenemos que irnos a Ortiguña, donde ha aparecido el cuerpo sin vida de un hombre al pie de un acantilado, en el mismo sitio donde se encontró muerta a Leticia Fábregas. El fallecido se llamaba Lois Alonso y era natural de Ortiguña. Trabajaba en el mismo restaurante que Leticia Fábregas. Todo apunta a un ajuste de cuentas. Por el momento se mantiene el secreto de sumario».

La noticia va acompañada de unas imágenes del acantilado, y continúa:

«Sigue sin resolverse el misterio que rodea la desaparición de la niña de siete años, Ginna Bonanni, en Ortiguña. Las fuerzas y cuerpos de seguridad, junto con la familia y grupos de voluntarios, llevan a cabo batidas de búsqueda sin que, hasta el momento, hayan conseguido ninguna pista».

La imagen de Ginna ocupa toda la pantalla.

—Como no hagamos avances con este caso, se nos va a echar encima la opinión pública —comenta Gómez.

—Yo tengo una teoría —dice el agente.

Gómez pone cara de interesado; aunque, en su interior, piensa que Melgar va a decir alguna memez.

—La puerta de la cocina de la casa de María se podía abrir desde afuera. Cualquiera pudo entrar y raptarla o atraerla para que lo acompañara. ¿Recuerda el caso de Ignacio Segura?

—Refrésqueme la memoria, por favor —le pide Gómez.

—Le condenaron a varios años de cárcel por abuso de menores, y lo pusieron en libertad la semana pasada. Nadie sabe dónde está, pero no podemos descartar que haya vuelto a Ortiguña, donde nació. Este hombre tenía una habilidad extraordinaria para atraer a niñas pequeñas. El otro día, en un programa de tertulianos de la tele, pusieron una foto suya saliendo de prisión.

—¡Bien pensado! —dice alabándole el ego. Cuelgue una foto de Segura en el tablero de la comisaría, a ver si algún agente le ha visto.

26. Consciente

Primero es un leve movimiento de dedos. Luego un pequeño espasmo, y Patricia abre un poco los ojos. Lo primero que ve son los plafones del techo, alargados, con las bombillas led encendidas. «¿Dónde estoy?». Mira a un lado y otro. Parece que está en una sala grande, de paredes grises. Una mampara estrecha le impide ver más. Deduce que está en un hospital. Le duele todo el cuerpo y respira con dificultad. Nota que tiene algo en la cara. Una mascarilla. Se pone nerviosa y quiere quitársela, pero tiene las manos atadas. Ve que tiene una vía en el brazo y que está conectada a cables que monitorizan sus constantes vitales. Intenta recordar qué pasó.

Se le acerca un hombre con bata blanca. Patricia le hace gestos con la cabeza para indicarle que le quite la mascarilla. El enfermero se la retira y comprueba en el monitor que mantiene la función respiratoria espontánea y que la hemodinámica es estable.

—Hola, soy Jorge, tu enfermero. ¿Cómo te encuentras?

—¿Dónde estoy? —susurra ella mientras intenta quitarse las ataduras de las manos.

—Tranquila —le dice con voz pausada—. Estás en una unidad de cuidados intensivos. Has tenido un accidente de coche, y te hemos hecho una serie de pruebas. No observamos lesiones más allá de unas cuantas contusiones que no revisten gravedad.

—Javier, Javier... —dice en voz baja la teniente.

—¿Puedes decirme tu nombre? —pregunta el enfermero.

Patricia intenta asimilar la información.

—¿Cómo te llamas? —insiste el enfermero.

—Patricia Montenegro —responde en susurros.

—¿A qué te dedicas?

Lo tiene que pensar unos segundos antes de responder.

—Soy teniente de la Guardia Civil.

Hace una pausa y respira hondo.

—Desátame las manos, por favor.

—Te voy a quitar las sujeciones, pero antes quiero que me prometas que te dejarás de mover.

Patricia se calma, y el enfermero le libera las manos.

—Tengo mucha sed. ¿Puede darme agua?

Jorge le alcanza una botella con una tapa de la que sale una pajita.

—Es una bebida isotónica. Bebe despacio. Empieza con un sorbo.

Patricia bebe y le pregunta al enfermero:

—¿Qué día es hoy?

—Hoy es veinte de noviembre, viernes. Son las once y media de la noche. Llevas inconsciente desde ayer.

—¿Cuándo podré irme a casa?

—Tenemos que esperar hasta que mañana temprano haga una valoración tu médico. Si todo va bien, te trasladaremos a una sala de cuidados generales o incluso a planta para tenerte en observación. Pero dime, ¿cómo te encuentras?

Patricia da otro sorbo de la bebida isotónica.

—Me duele el cuerpo y estoy un poco confundida.

—Es lo mínimo después del accidente que tuviste. Ahora necesitas descansar.

—¿Puede llamar al cabo Gómez y decirle que estoy bien?

—Ahora mismo. Ha venido varias veces a ver cómo estabas.

—Gracias.

Gómez conduce al hospital todo lo rápido que puede. Es la tercera vez que lo visita en el día, pero ahora, es diferente; acaban de comunicarle que Patricia está consciente. Cuando llega, un enfermero le acompaña a la cama de Patricia. Esta tiene un hematoma en un ojo, pero a simple vista no aprecia más magulladuras.

—Hola, teniente —saluda Gómez sonriente—. Nos has dado un buen susto.

A Patricia, ver una cara conocida le resulta reconfortante. La conecta con su mundo.

—¿Cómo te encuentras?

—Como si me hubiera pasado un camión por encima.

—Tu coche se salió de la carretera.

—No lo recuerdo.

—Dele tiempo —le dice el enfermero a Gómez—. Es normal que tenga algún tipo de amnesia postraumática y no pueda recordar lo que sucedió antes del accidente.

—Estoy bien —dice Patricia.

—¿Qué es lo último que recuerdas?

—Que fui a casa de Javier. Luego pasó algo malo, pero no sé el qué.

A Patricia se le cierran los ojos.

—Déjela descansar —le pide el enfermero—. Vuelva mañana por la mañana a eso de las nueve. Seguro que se encontrará mejor y el doctor ya habrá valorado su estado.

Esa noche, el cabo Gómez recibe una llamada del agente de guardia del cuartel: un marinero insiste en hablar con quien dirija la investigación de la desaparición de Ginna. Dice que ha visto la foto de Ignacio Segura en televisión. Afirma que él y un amigo suyo se lo cruzaron en el puerto de Ortiguña la noche del sábado catorce, la noche en la que desapareció Ginna. Gómez le pide que los cite en el cuartel para el día siguiente a las once de la mañana. El agente también le comunica que ha llamado un huésped del hotel de Brais, que dice haber visto a un hombre de aspecto monstruoso corriendo por el monte.

El sábado por la mañana, Gómez informa al resto de la unidad de que Patricia ha recuperado la consciencia, y le pide a la agente Urriaga que le acompañe. A los demás les ordena continuar con lo que tengan que hacer.

A las nueve, llegan al hospital y se dirigen a la sala de espera de la UCI. Le comunican que el doctor que atiende a Patricia saldrá a recibirles en cuanto pueda. Gómez está impaciente; ve cómo a otras personas les van llamando para que pasen a ver a sus familiares. Utiliza la espera para entablar conversación con Urriaga.

—¿Alguna novedad? —pregunta.

—Ninguna. Ha venido una unidad especial con perros, pero la lluvia ha borrado cualquier rastro de Ginna.

—¿Y cómo lo lleva usted, Urriaga?

—Frustrada, como puede imaginarse —responde la agente.

—Quiero que se concentre en vigilar la casa de los Bonanni. Le voy a asignar un nuevo compañero, el agente Ruiz —le comunica Gómez.

—¿Y qué pasa con el agente Melgar? —pregunta ella con ansiedad.

—Lo necesito para una misión secreta. Lo siento, pero no podemos decirle nada a nadie.

—Como usted ordene —dice la agente contrariada.

A las diez, cansado de esperar, Gómez le pide a Urriaga que le acompañe. Abren la puerta del pasillo y aprovechan que salen los familiares de otro paciente para colarse dentro de la UCI.

—Mire, Urriaga, la teniente está en aquella cama, con el doctor —dice Gómez.

Se acercan sorteando otras camas. El doctor Zaragoza está sentado en una silla charlando con Patricia.

—¡Teniente! ¡Qué alegría verla! —la saluda Gómez.

—¡¿Se puede saber quién les ha dejado entrar?! —pregunta el doctor, visiblemente enfadado.

—Unos amables señores que salían por la puerta —responde el cabo en tono burlón.

—Yo también me alegro de veros —saluda Patricia.

—¿Cómo se encuentra? —pregunta Gómez.

El médico clava su mirada en el cabo durante unos segundos.

—Siendo usted un agente de la Guardia Civil, debería dar ejemplo y respetar las normas. Le estaba contando a la señora Montenegro que la trasladaremos a una habitación esta misma mañana, pero tendrá que estar en observación varios días. Ahora les dejo con ella. Les quedan diez minutos de los quince que dura la visita.

—Tiene la cabeza dura, teniente —dice Gómez cuando se ha ido el doctor.

—¡Vaya forma de saludar!

—¿Cómo está? —pregunta Urriaga.

—Dolorida, pero me recuperaré rápido.

—Tengo algo para usted —dice el cabo sacando del bolsillo el teléfono móvil de Patricia—. Creo que tienen prohibido usar móviles aquí, pero quizá quiera enviar algún mensaje. ¿Recuerda lo que pasó?

—Voy recordando por momentos. Sé que me salí de la carretera y que tuve un accidente.

—No fue un accidente; alguien aflojó los tornillos de la rueda de su coche, y se salió en una curva.

El cabo la pone al tanto del registro de la casa de Javier Garmendia, de la nota firmada por ella que encontraron arrugada en la basura y de la detención y puesta en libertad del escritor.

—No creo que haya sido él. Ni siquiera sabía que yo había descubierto que era el padre de Ginna.

La agente Urriaga no puede evitar un gesto de sorpresa.

—¿Quién lo sabe? —pregunta Gómez.

—Usted, yo y ahora Urriaga; aparte, como es lógico, de María y de Javier. Urriaga, ni una palabra de esto a nadir, ¿queda claro? —le advierte la teniente.

—No se preocupe. No diré nada.

—Volviendo a Javier Garmendia: ¿para qué iba a intentar matarme? Me fui enfadada de su casa pensando que me estaba utilizando. Esta noche he tenido ocasión de pensarlo, y he llegado al convencimiento de que Javier me iba a contar lo de su paternidad. Además, tampoco tuvo oportunidad de manipular la rueda.

El ruido de varios enfermeros que entran a paso rápido con una camilla atrae su atención. Por un momento, Patricia cree que vienen a por ella, pero se paran junto a la paciente de su izquierda.

—¿Cómo está? —pregunta la teniente a los enfermeros.

La cara que ponen anticipa la respuesta.

—Ha fallecido.

Patricia siente urgencia por escapar de allí cuanto antes. Toma aire y espera unos segundos antes de continuar.

—Denme unos segundos —les pide Patricia—. Hay algo que necesito ver.

La teniente usa el móvil para enfocar su cara y ver los efectos que le ha causado el airbag; no parece grave. Le han puesto crema alrededor del ojo, y parece que el hematoma va disminuyendo de intensidad.

—Como les decía —continúa—, Javier no pudo manipular la rueda. Lo que sí sabemos es que alguien quiere quitarme del medio, y no creo que sea casualidad que intenten asesinarme un día después de visitar a Roibas. Creo que tiene algo importante en marcha. Pida autorización al juez para intervenirle el teléfono.

—Ya me he anticipado; pero no consta que Roibas tenga contratada ninguna línea a su nombre.

—Pues pida autorización para poner micros en su casa.

—Lo intentaré; pero me temo que no tenemos suficiente para que lo autorice.

—Haga lo que pueda.

Un enfermero se acerca a ellos.

—Lo siento, pero se ha acabado el tiempo de visitas.

—Urriaga, espéreme fuera. Serán solo cinco minutos más —dice Gómez.

La agente abandona la sala de UCI, pero el enfermero insiste.

—La visita se acabó para todos.

—Mire, enfermero, no sea pelma. Solo le pido cinco minutos. Si quiere, llame a la Policía o, mejor, a la Guardia Civil —dice en tono socarrón.

—Cinco minutos, ni uno más.

Cuando están solos, el cabo la pone al tanto de la aparición del cadáver de Lois Alonso, de las llamadas de gente que dice haber visto a un ser monstruoso, y de la operación Antillas, que está montando con tanto interés.

—Sé que fue idea mía, pero no estoy convencida de que la operación Antillas vaya a funcionar—le advierte Patricia. Ten cuidado con Melgar. Es un buen chico, pero no deja de ser un novato al que estamos mandando hacer el trabajo de un veterano. Insístele en que no puede comentar con nadie la operación. Si Roibas se entera, tendremos un problema.

—Tranquila. Sé que podemos confiar en él.

—No te olvides de que nuestra prioridad es encontrar a Ginna, y te recuerdo que es misión de la UDYCO encargarse del narcotráfico de la zona. Nosotros solo les hemos ofrecido avisarles si encontramos algo. Me preocupa verte tan implicado. ¿Hay algo que se me escapa, Manuel?

—No. Ya sabes que pongo mi empeño en todo lo que hago.

—Está bien, pero te repito: la prioridad es Ginna. Nuestro éxito o fracaso dependerá de que la encontremos o no.

Cuando se queda sola, Patricia envía un mensaje a Javier:

«Creo que has pasado una noche en un hotelito a costa del contribuyente».

La respuesta no se hace esperar:

«¿De verdad eres tú? ¿Cómo estás? Aparte de encerrarme en el calabozo, tus amigos no me dicen nada».

«Estoy bien, algo magullada. Tenemos que hablar, pero prefiero hacerlo en persona».

«Claro. ¿Cuándo te dan el alta?».

«Dicen que pasado mañana».

«¿Puedo ir a verte?».

«Me temo que por el momento no. Son muy estrictos con las visitas y tengo que ocuparme de mi unidad».

«Entiendo. Avísame cuando podamos vernos».

27. Invitación a comer

Javier se ha alegrado al saber que Patricia está bien, pero la conversación le ha dejado con un cierto sabor agridulce. Se pregunta qué habrá sido de Ginna y le vienen a la mente las fotos que vio en el obrador de la pastelera. Había algo raro en la cara del niño, pero Lucrecia no le dio tiempo a verlo en detalle. «¿Por qué ocultarlo?», se pregunta. Una madre enseñaría orgullosa una foto de su hijo de pequeño. Y en cuanto a la foto de la niña, duda que sea su sobrina. Sabe quién puede ayudarle y hace una llamada.

—Buenos días, Ana, ¿Me puedo pasar un rato por tu casa? Quería consultarte un par de cosas.

—Espera que pregunte a Nacho, a ver si tenemos algún plan de última hora.

Al cabo de unos segundos responde:

—Oye, que sí, que te vengas a comer. Nacho tiene ganas de conocerte. Seguro que también puede ayudarte. Pásate a las dos y no hace falta que traigas nada.

—Allí estaré.

Nada más colgar, suena su teléfono. Es su agente literario, que se interesa por saber cómo lleva la novela. Javier la tranquiliza y le asegura que la tendrá lista a tiempo. Cuando cuelga, se da cuenta de que ha perdido la ocasión de sincerarse y decirle que difícilmente podrá cumplir con el plazo. Está un poco agobiado, pero no puede evitar seguir con la investigación de Ginna.

El escritor se presenta con una botella de un Terras Gauda blanco de 2018, uno de sus preferidos. Sabe que Nacho aprecia los vinos y este se lo agradece, descorcha la botella y sirve tres copas.

—Por Ginna, por que aparezca sana y salva —dice alzando la copa.

Brindan los tres.

—Excelente vino —comenta Nacho—. Deberíamos invitarte a comer más a menudo.

—¿Cómo van esos crisantemos? —pregunta Javier.

—Acompáñame y lo ves tú mismo —le invita Ana.

—Es una apasionada de la jardinería —comenta su marido, mientras pone música ambiental.

Toman la primera copa de vino en el porche, hablando de jardinería.

—Mi proyecto es estudiar paisajismo cuando me jubile o cuando la economía doméstica nos lo permita —dice Ana mirando a su marido.

Nacho se encoge de hombros.

—Pero si los ingresos fuertes de esta casa los aportas tú, *miña* querida. Creo que antes me jubilo yo —dice Nacho—. Vamos adentro, que hace fresco.

Entre los tres ponen la mesa. Tratan a Javier como a uno más.

—Bueno, cuéntanos qué te traes entre manos —le dice Ana mientras sirve la sopa de marisco.

—¿Vosotros recordáis si Lucrecia tuvo un hijo?

—Sí —dice Ana—. Lo recuerdo con tristeza. Lucrecia lo trajo a mi consulta cuando yo empezaba. Xiago, así se llamaba el niño, tenía cinco años y sufría de hipertricosis o síndrome del hombre lobo. Una enfermedad que consiste en tener gran parte del cuerpo cubierto de pelo. El niño tenía la cara y las palmas de las manos llenas. Imagínate lo que debió de ser para él. Era objeto de burla de sus compañeros y le maltrataban. Lucrecia lo cambió de colegio, pero el problema del acoso no se solucionó, así que le puso un profesor particular que iba a su casa. En algún momento se marchó a vivir con una tía, creo que a un pueblo Soria, y ya no se supo más de él. Ahora tendrá unos veinte años.

—¿Sabéis algo del padre?

—No llegamos a conocerlo. Desapareció al poco de nacer el niño.

—¿Recordáis cómo se llamaba?

—Déjame hacer memoria. Creo que Xurxo… ¡Xurxo Pedrafita! Eso era.

—Qué caso más triste —dice Javier—. Ana, en tu opinión ¿Cómo puede comportarse de adulto una criatura cuyo padre le ha abandonado y sus compañeros han maltratado?

—Puede comportarse de muchas formas, es difícil de decir.

—¿Podría tener un comportamiento agresivo?

—Podría ser. Incluso podría llegar a convertirse en un sociópata. Un ambiente malo en su casa o en su entorno pueden influir, qué duda cabe. Pero, por favor, tómate esto con todas las precauciones. Xiago no tiene por qué serlo.

—¿Cómo son los sociópatas?

—Antisociales, carecen de empatía, mienten, manipulan y pueden ser crueles y hacer daño a otros para conseguir sus objetivos. Incluso siendo niños, pueden torturar a otra persona y no sentir culpa. Bueno, ¡nos tienes en ascuas! ¿Por qué lo preguntas?

—El otro día estuve en la pastelería. Lucrecia me estaba enseñando el obrador y vi dos fotos pequeñas, medio ocultas en un rincón. Una de un niño, que por lo que cuentas debe ser su hijo Xiago, y otra de una niña. Cuando se dio cuenta de que las iba a mirar de cerca, las cogió rápidamente y las guardó.

—Seguramente era una foto de Xiago —afirma Ana.

—Efectivamente, me dio la impresión de que el niño tenía algo que le cubría la cara, y ahora me confirmas que padecía esa enfermedad. Me pregunto si el chico tiene algo que ver con la desaparición de Ginna. Según su madre, trabaja en una empresa de consultoría de Madrid, pero creo que puede estar mintiendo.

—Puede ser que esté en Madrid, con su padre.

—Sí, puede ser. ¿Sabes si tenía una sobrina?

—Lucrecia no tiene hermanos.

—¿De quién será foto de la niña?

—Ni idea. Ahí no te puedo ayudar. ¿Sabes tú algo, Nacho?

—Tampoco.

28. Un "pedrastrar"

Junto a la máquina del café, el cabo Delgado y el agente Ruiz están esperando a que vuelvan Gómez y Urriaga para informarles del estado de salud de la teniente. Yagüe, el guardia de la entrada, les comunica que hay dos marineros citados para un interrogatorio.

Salen a recibirlos.

—Buenos días. Soy el cabo Delgado. ¿En qué podemos ayudarles?

Los hombres se miran confundidos.

—Nos han dicho que vengamos aquí para contarles lo del violador de niñas.

Delgado los mira de arriba abajo. Despiden un olor difícil de identificar; una mezcla de pescado, tabaco, alcohol y salitre. Los dos visten pantalón y jersey azules, con múltiples manchas.

—¿Usted sabe algo, Yagüe?

—No, pero déjeme que revise las notas del agente de guardia de noche. ¡Ah, sí!, mire, aquí hay algo; el cabo Gómez les ha citado para que vengan a declarar sobre Ignacio Segura.

—¿Y quién es Ignacio Segura? —pregunta Delgado.

—Un «pedrastar» de esos —responde uno de los marineros—. Su foto ha salido en la tele y nosotros le hemos visto.

—Entiendo. Esperen fuera a que venga el cabo Gómez. Él les atenderá cuando llegue.

—No tardará mucho, ¿no? Tenemos faena.

—Está de camino. Y ahora sean tan amables de esperar fuera —les pide Delgado, que no aguanta el hedor que desprenden.

—¿Por qué no le dejan que lo interrogue usted? —pregunta Ruiz tras quedarse solos.

—Eso se lo tiene que preguntar usted a quien manda ahora —dice Delgado torciendo el gesto.

A las once llegan Gómez y Urriaga. El agente de la entrada les dice que fuera hay dos marineros esperando para hacer una declaración, pero que tienen prisa.

—Llévelos a la sala de interrogatorios. Y abra las ventanas. No hay quién aguante ese olor —responde Gómez —. Delgado, Ruiz, Urriaga, vamos a otra sala.

Gómez les cuenta que la teniente está consciente y se encuentra mejor.

—Ya sabéis cómo es —dice sonriendo—: está deseando volver al trabajo. Esperamos que le den el alta pronto. Mientras tanto, a ver si conseguimos avanzar con el caso. Delgado cuenta que los de Criminalística han analizado la gorra rosa que encontraron en la batida, y que no han hallado restos del ADN de Ginna. María tampoco reconoce la gorra.

—Ruiz y Urriaga, sigan coordinando las batidas de búsqueda de Ginna y vigilen la casa de los Bonanni.

—Delgado, usted interrogue al cliente del hotel de Brais, el que dice haber visto al ser monstruoso.

Gómez acude a la sala de interrogatorios, donde esperan los dos marineros.

—Buenos días. Les agradezco su colaboración. Soy el cabo Gómez.

—Y nosotros Jaime y Xoan, marineros del pesquero O Terror dos Mares, a su servicio.

—Cuéntenme, ¿qué es lo que vieron?

—Pues verá, queremos colaborar con la Policía y todo eso, pero mi compañero y yo nos preguntábamos qué vamos a sacar nosotros —dice Xoan.

—Cumplir con su obligación, como buenos ciudadanos, y la satisfacción de ayudar a una familia desesperada.

—¿Sabe si dan alguna recompensa? —pregunta Jaime, el desdentado.

—¿Recompensa? ¿Quién?

—*Carallo!* ¡Pues quién va a ser! Los padres de la *neniña*, por ayudarles. Hemos visto al hombre que lo hizo.

Gómez empieza a perder la paciencia y el fuerte olor de los marineros no ayuda.

—¿Que hizo el qué?

—Usted sabe, mi capitán, lo de la niña.

—Yo no sé nada, y estoy por encerrarles ahora si no empiezan a contarme lo que conocen.

—No nos entienda mal; queremos ayudar, pero hay una revista que nos ha ofrecido un buen pellizco por tener una entrevista con ellos. Compréndanos, la temporada ha sido floja, y esa ayuda la necesitamos para dar de comer a nuestras familias.

Gómez se levanta y se asoma por la ventana. Necesita coger una bocanada de aire fresco.

—Voy a decirles una cosa —les advierte—. Su deber como ciudadanos es colaborar con la Guardia Civil en esta investigación; la vida de una niña puede estar en peligro. Si no me cuentan ahora mismo lo que saben, y yo me entero de que se lo han contado a la prensa, no les va a hacer falta esa ayuda; les detendré por obstrucción a la justicia y tendrán alojamiento y comida gratis por una temporada. Así que ustedes verán.

Los marineros intercambian miradas.

—Tampoco sabemos mucho —dice Xoan—. El otro día vimos en la tele una foto de ese hombre, Ignacio creo que se llama. Andan buscándolo por todas partes porque es un violador de niñas.

—Ese hombre ha cumplido condena y está en libertad —aclara Gómez—. Si lo busca la prensa es para tener más audiencia. Tengan cuidado con lo que van diciendo por ahí; les puede demandar y, además, crean alarma social.

—Entendido —dice Jaime, que no tiene ni la más remota idea de qué es eso de la alarma social—. Xoan y yo estábamos refrescándonos el gaznate en el puerto cuando lo vimos por el muelle.

—¿Están seguros de que era él?

—Tan seguros como que me llamo Xoan. Llevaba el pelo raro, de color pelirrojo, y una gorra; pero no nos engaña, era él. ¿Verdad, Jaime?

—Pues claro que era él. Yo creo que llevaba una peluca.

—¿Cuándo fue eso?

—El sábado quince de noviembre, por la tarde —responde Xoan muy serio.

—El sábado no fue quince, sino catorce —corrige Gómez.

—Bueno, pues sería el catorce, ¡qué más da!, pero era un sábado.

—¿A qué hora lo vieron?

—Había oscurecido; serían las siete o las ocho.

—¿De dónde venía?

Los marineros vuelven a intercambiar miradas.

—No sabemos. Había mucha niebla —dice Jaime.

—Entonces tampoco verían adónde iba.

—Pues no capitán, no se nos ocurrió seguirle. Hablamos un poco con él, incluso le invitamos a tomar algo, pero iba con mucha prisa.

—¿Recuerdan cómo iba vestido?

—Llevaba un jersey azul —dice Xoan.

—No, era un chubasquero —le corrige Jaime.

—Pues sería un chubasquero —acepta Xoan.

—¿Algún otro detalle que recuerden?

—No, capitán —responde Jaime.

—Yo tampoco —dice su compañero.

—Les agradezco su colaboración. Si le vuelven a ver, llámenme y yo mismo les invitaré a una botella de orujo.

29. La oferta

Nuno cree que puede ser un buen momento para ofrecerle a Marco la compra de su parte de El Napolitano. Marco está en sus horas bajas y seguramente haya mermado su capacidad de lucha y aumentado su necesidad de dinero. Se presenta con Óscar en El Napolitano, sin avisar.

Son las dos de la tarde, y el restaurante está al cincuenta por ciento de su capacidad; teniendo en cuenta que es sábado, no es un buen nivel de ocupación. Nuno está convencido de que si él llevara la gestión, podría llenarlo; no en vano tiene muchos contactos.

—¡¿Qué hacéis aquí?! —exclama Marco al verlos entrar por la puerta—. Lo que me faltaba.

—*Bos días* —saluda Roibas—. Creo que deberíamos hablar. Te va a interesar lo que te voy a proponer.

—Lo dudo. Dile a tu *rottweiler* que espere en la barra.

Nuno le pide a Óscar que lo haga y que se tome lo que quiera. Marco y él van a un reservado.

—Estoy liado, así que dime cuál es tu oferta —le apremia Marco.

—Antes, quiero que sepas que nosotros también estamos buscando a Ginna —dice Nuno.

—¡A mi hija ni la menciones!

—No rechaces mi ayuda. Tenemos ojos en todas partes.

—Pues aquí tienes dos ojos menos trabajando para ti: los de Lois, al que supongo mandaste eliminar.

—Si fuera así, te habría quitado un problema del medio. Mira, Marco, sé que estás pasando por un momento difícil. Al menos hazte con algo de dinero y podrás empezar en otro sitio.

—¿Qué te hace suponer que quiero dejar el pueblo?

—Sé que María te ha pedido el divorcio y que El Napolitano marcha mal; la gente de Ortiguña no te tiene especial cariño y tomarán partido por tu mujer. ¿Quién crees que vendrá al restaurante? Ahora soy propietario del cincuenta por ciento de El Napolitano, y me preocupa que no vaya bien. Estoy dispuesto a comprarte tu parte por cincuenta mil euros y entregarte otros cincuenta mil para saldar tus deudas. Con eso puedes montar algo por tu cuenta.

Marco mantiene el tipo, pero la desaparición de Ginna y el divorcio en ciernes no le ayudan a pensar con claridad.

—Me parece poco —responde.

—No lo es para un negocio que tiene pérdidas.

—Sé que puedo sacarlo adelante.

—Eso me dijiste cuando te hice el préstamo y solo has generado más deuda.

—Me lo pensaré —dice Marco —Ahora, ya podéis largaros.

Cuando están fuera, Nuno recibe una llamada.

—Sí, dime —contesta.

—La teniente se ha recuperado. Es cuestión de uno o dos días que le den el alta.

—¡Hay que joderse! Esta mujer es un grano en el culo. No sé cómo sobrevivió al accidente, pero ahora se andará con más cuidado; sabe que vamos a por ella.

—Os están vigilando.

—Tenemos prevista la operación para el lunes. No quiero interferencias. En cuanto salga del hospital, envía las fotos a la prensa. Yo hablaré con el alcalde para que eleve una queja formal de la teniente a Madrid. ¿Sabéis algo de la niña?

—Nada. Es un misterio; pero ahora que hablas de ella, hay otra cosa que tengo que comentarte: unos marineros han visto a Ignacio por el muelle la tarde que desapareció la niña.

—Sabía que nos iba a traer problemas.

Javier está en su casa, escribiendo su novela todo lo rápido que es capaz, pero le resulta difícil concentrarse. Su inspiración se ve interrumpida cuando Patricia le llama por teléfono.

—¿Cómo está, mi teniente? —responde.

—Mejor. He salido de la UCI, y estoy en una habitación. Me dejan recibir visitas. Te invito a una copa, pero el vino lo pones tú.

Camino del hospital, Javier decide que, por el momento, no va a comentarle nada acerca de sus sospechas del hijo de Lucrecia; quiere investigarle por su cuenta y teme que Patricia le diga que no juegue a policías y lo deje en manos de la Guardia Civil.

—Hola, guapa —la saluda desde la puerta.

—¿Desde cuándo te has vuelto tímido? No te quedes ahí y pasa —le invita Patricia.

La teniente está acostada en una cama articular eléctrica. Mueve el respaldo para colocar la espalda en posición inclinada y Javier se sienta a su lado.

—¿Cómo te encuentras?

—Me duele todo el cuerpo, pero he tenido suerte; no tengo nada roto. ¡Mira qué cara me ha dejado el airbag!

—No te quejes. Un poco de maquillaje y resuelto.

—Lo que no aguanto es esta inactividad, con todo lo que tengo que hacer. Quiero salir de aquí cuanto antes. Quieren tenerme en observación un par de días, pero no voy a esperar.

—¿Quieres venirte a mi casa? Tengo un cuarto de cuidados intensivos.

—Es muy tentador, pero mejor que no —responde riéndose.

—Te debo una disculpa, Patricia.

—No, Javier —le interrumpe—. Soy yo la que tiene que disculparse. El otro día, cuando me iba a ir de tu casa, te escribí una nota. Al dejarla en la mesa, donde tienes el ordenador, vi un sobre con fotos. No pude resistirme.

Patricia hace una pausa para tomar aire. Mira unos segundos alrededor y continúa.

—Eran fotos tuyas de cuando eras niño. Me quedé de piedra al ver que Ginna es tu vivo retrato. No puedes negar que seas su padre; sois clavados. Entendí de quién ha heredado ese pelo rubio. Te confieso que tuve celos de María. Incluso llegué a pensar que me estabas utilizando. Arrugué la nota y la tiré al cubo de la basura.

Javier lamenta que Patricia haya descubierto su paternidad de esa manera.

—Temía que nuestra relación se enfriase si te lo contaba en ese momento. Ginna es el resultado de una noche de desenfreno hace siete años. Solo fue una vez, y lo he mantenido oculto para proteger a María.

—No hace falta que me des explicaciones. El pasado, pasado está, pero si antes debimos mantener cierta distancia, ahora con mayor motivo. Eres el padre natural de Ginna y un elemento clave en la investigación. Por si fuera poco, te han detenido como sospechoso, y hay quien piensa que estás detrás de mi atentado.

—¿Y tú que crees?

—Que tienes mucho peligro, guapo —responde sonriendo.

Javier descorcha la botella y rellena dos copas.

—Por nosotros —brinda.

Patricia da un sorbo de su copa.

—Gómez me puso al tanto de tu detención. Siento que hayas tenido que dormir en el calabozo.

—Por una noche vale, pero no es el destino que elegiría para pasar las vacaciones.

Patricia recibe una llamada de Delgado.

—Le llamo en un momento, cabo —responde.

Cuelga y se queda pensando un instante.

—Javier, ¿puedes hacerme un favor? Coge las llaves que hay en la mesilla y ve a la casa rural donde me alojo. Se llama A Cabañas de Maruxa. Dices que vas de mi parte. Si tienen alguna duda, que me llamen. Me traes ropa de calle, zapatillas de deporte y una gorra. Te dejo elegir la lencería que más te guste. Lo metes todo en la bolsa de cuero que hay en el armario, y me la traes cuanto antes. Necesito que me ayudes a salir de aquí.

—¿Crees que es una buena idea?

—Creo que no aguanto otra noche encerrada aquí.

Javier la besa y abandona la habitación.

Patricia le devuelve la llamada a Delgado. Este se interesa por su estado, y ella le pone al tanto.

—Celebro oírla recuperada, teniente.

—Gracias, cabo. Necesito que vuelva a comprobar la coartada de Maruxa.

—¿Está usted al mando de nuevo?

—Sí. Puede llamarme para cualquier cosa que necesite. Dígale al resto del equipo que estoy bien.

30. La cita

El agente Melgar tiene todo bajo control, menos lo más importante: los nervios. El día anterior por la mañana, le había enviado un SMS a Noa Urriaga lamentando que no se pudieran ver debido al cambio en su misión. Compró ropa, zapatos, un iPhone con tarjeta de prepago y una cartera nueva. Sacó seiscientos euros de un cajero, que metió en la cartera, y alquiló un Volvo SUV híbrido.

Pasó la tarde en el hotel con encanto que le había encontrado Gómez. Era una construcción reciente con pocas habitaciones, a veinte minutos del pueblo. Tenía un pequeño salón, con la chimenea encendida y tres núcleos, formados por varios sillones tapizados con telas de colores vivos. De las paredes de piedra colgaban varios cuadros abstractos, y, a través de sus ventanales, podía verse el porche y un jardín bien mantenido.

El director le había saludado afectuosamente cuando llegó y le había invitado a un café. Le dijo que Gómez le había puesto al tanto, y que él se ponía a su disposición para lo que necesitara. Le dio dos llaves de una suite con vistas, cama doble, cuarto de baño con bañera y ducha y un escritorio de madera de abedul.

Repasó su papel de «empresario divorciado en busca de una relación estable», y preparó una pequeña lista con preguntas que hacer a Elizabeth. Cada poco tiempo, repetía su nuevo nombre: Roberto González-Herrera. Se conectó a la página web de Bodegas Rojillo y se quedó sorprendido al ver su foto como socio y consejero delegado de la empresa. Estudió el nombre de los vinos y otra información como la historia de la compañía. Le impresionó lo que habían hecho los de informática en tan poco tiempo.

Se fue tarde a la cama y estuvo una hora dando vueltas hasta que se durmió.

A la mañana siguiente, madruga. Consulta la previsión del tiempo; bueno por la mañana y con nubes de evolución.

A las nueve y media, Melgar llega a la cafetería impoluto; estrena la ropa que se ha comprado el día anterior. Hay tres personas desayunando en la barra y un par de mesas ocupadas. Le pide al camarero que le reserve una mesa para las diez de la mañana, junto a la ventana, y sale a dar una vuelta por la ría.

Respira hondo mientras camina por una pequeña playa de arena blanca y fina, y se concentra en admirar el paisaje. La playa nada tiene que envidiar a las del Caribe.

Le llama el cabo Gómez.

—Cerocerosiete, ¿todo en orden? —bromea este.

—Eso creo. Muchas gracias por el hotel. Está muy bien.

—Acuérdese de pedir el Martini seco, agitado, no revuelto —sigue bromeando Gómez en un intento de tranquilizarle.

—De lo demás, no sé; pero de eso, sí me acordaré —responde siguiendo la broma.

—Debe intentar quedar para una segunda cita. Eso sería una buena señal.

—Descuide, cabo. Le llamo cuando termine. Y vaya preparando la cartera porque la nota de gastos va a ser elevada.

—No se preocupe por eso; el hotel ya está pagado. Le hemos ingresado tres mil euros en su cuenta para que vaya tirando. Disfrute del desayuno.

Melgar vuelve a la cafetería. Elizabeth todavía no ha llegado. Se sienta de espaldas a la ventana para que la chica tenga vistas al exterior. La espera le pone nervioso.

A las diez y cuarto, aparece una chica, con unos vaqueros ceñidos, un polo blanco y una chaqueta gris claro de algodón; lleva un collar con un gran colgante, dos grandes pendientes, a juego, y varias pulseras doradas; tiene el pelo negro, rizado y los labios pintados de rojo.

Melgar cree que es buena señal que se haya tomado su tiempo para arreglarse, y reconoce que es atractiva y con más clase de lo que esperaba. Sale a su encuentro.

—Buenos días, Elizabeth. Eres mucho más guapa que en la foto —Melgar le suelta la frase que ha estado practicando.

—*Grasias*, pero me llamo Marcela —responde la chica sonriendo.

—Perdona, creía que eras otra persona —dice él con expresión contrariada.

—Es broma. Soy Elizabeth Pérez.

—Yo soy…

—No me lo digas —le interrumpe tratando de impresionarle—. Eres Roberto González-Herrera.

Melgar le sonríe. Ella le besa y deja su impronta de carmín en las mejillas del agente. Elizabeth le limpia la cara con una servilleta, y se sientan. El camarero les trae la carta y se queda esperando.

—¿Te parece que pidamos un *brunch*? —le propone ella.

—Me parece perfecto. Tráiganos dos *brunchs* y una botella de champán —le ordena al camarero.

—Lo siento, pero solo tenemos cava.

Melgar echa un vistazo a la carta.

—Pues tráiganos un Juvé & Camps de 2016 —pide Melgar.

El camarero los deja solos.

—Creo que los comienzos hay que celebrarlos, ¿no te parece, Elizabeth?

—Sí, guapo. No esperaba que fueras tan joven, ¡y ya divorciado!

—Errores de juventud. La separación fue un golpe duro. Estaba muy enamorado, pero ya lo he superado; y ¡aquí estoy!, con ganas de rehacer mi vida.

Javier intenta controlar los nervios, pero le cuesta; habla más rápido de lo que debería.

—Qué bonito sitio elegiste. He visto la playa y me recuerda a las de mi tierra —dice Elizabeth.

—A mí también me ha sorprendido; yo soy de Madrid y estoy descubriendo Galicia. No me lo esperaba así.

—¿Y tú qué haces? —pregunta Elizabeth.

—Trabajo en una empresa familiar. Tenemos una bodega y exportamos vino. Ahora hemos empezado a promocionarlo en el mercado nacional. Por eso estoy aquí.

Ella no para de mirarlo, sonriendo, y eso le pone nervioso.

—¿Te gusta el vino? —pregunta Melgar.

—Sí, pero yo soy más de ron. ¿Conoces la mamajuana? Es un licor de mi tierra que se hace con ron, vino tinto y miel.

—Te confieso que no, pero lo probaremos.

—No creo que lo vendan aquí, pero podemos hacerlo nosotros.

—¿Y qué me dices de ti? ¿A qué te dedicas?

—Estudié corte y confección en mi país, y estoy buscando trabajo en una empresa de moda en España. He enviado mi currículo a Inditex, y me dirán algo en un par de semanas.

El camarero le muestra la botella a Melgar, que mira la etiqueta y asiente. Al descorchar la botella, se oye un taponazo acompañado de un chorro de espuma que cae sobre la cabeza de Melgar. Este se queda atónito, sin saber qué decir, con los ojos bien abiertos. Se levanta y separa los brazos de su camisa empapada.

Los demás comensales le miran, algunos con cara de sorpresa; otros, conteniendo la risa. Elizabeth suelta una carcajada, y él se ríe también.

—¡No sabe cuánto lo siento! —se excusa el camarero—. Ahora le traigo una toalla y otra botella de cava.

—Está bien —dice Melgar; pero, esta vez, apúntela a ella.

Los dos se ríen, y él se va al aseo.

El camarero vuelve con otra botella, que consigue abrir sin percances, y una bandeja cargada de platos pequeños.

—Por nosotros —dice Elizabeth.

—Por nosotros —repite Melgar.

Beben un trago largo mientras se miran a los ojos.

—¿Y qué haces mientras encuentras trabajo en el mundo de la moda?

—Trabajo en casa de un millonario.

—¡Qué me dices! ¡Qué interesante!

—No sabes la casa que tiene; con gimnasio, un jardín enorme y las habitaciones están muy bien.

—Mi padre tiene un amigo que también es millonario. Tiene un escolta que va con él a todas partes.

—Este tiene un escolta que vive en la casa; aunque más bien parece el chico de los recados. No hace más que mandarle de un sitio para otro.

—Pero ¿qué le manda a hacer? ¿La compra? —dice Melgar riéndose.

—No, hombre. Hace cosas del negocio. Llevan muchos años juntos.

Melgar cree que otra pregunta más en esa dirección le hará sospechar.

Elizabeth está comiéndose los huevos fritos y la salchicha como si no hubiera un mañana. Él le rellena la copa.

—¿Y tú estás contenta?

—Me paga bien, y libro los sábados por la tarde y el domingo. Algunos días, sin venir a cuento, me da medio día libre o el día completo.

—¡Qué suerte!

—No te creas; siempre me lo dice el día anterior y no me da tiempo a hacer planes.

La conversación continúa por otros derroteros; Elizabeth le hace preguntas acerca de su negocio, de cómo vive, qué aficiones tiene y qué es lo que quiere. A la última pregunta, él le responde que lo que busca es una pareja estable que le haga feliz y en la que pueda confiar.

—¿Y tú qué buscas? —pregunta Melgar.

—Lo mismo que tú.

Abandonan el restaurante pasadas las doce y dan un paseo por la playa. Se ha levantado algo de viento; no hace mucho frío, pero sí humedad. Hay otras dos parejas paseando. Elizabeth le coge de la mano, y él se la aprieta.

Al llegar a un extremo de la orilla, toman un sendero que atraviesa un pequeño bosque de arbustos. Elizabeth se para y le besa. Él la corresponde y siguen el camino que lleva al aparcamiento de la cafetería.

—¿Te apetece conocer el hotel donde me alojo? Podemos tomar una copa. Es un sitio especial.

—Vamos —dice ella sin dudarlo.

Melgar tiene la falsa impresión de que controla la situación.

Gómez recibe la llamada de Melgar; consulta el reloj y se alegra de ver que son las ocho de la noche. Eso significa que la cita ha debido ser un éxito.

—Dígame, ¿cómo le ha ido en su primera cita? —pregunta.

—¡Mejor imposible! —responde entusiasmado.

Melgar está pletórico y no puede ocultarlo.

—Me parece que se ha tomado el «todo por la patria» muy en serio —dice Gómez.

—Más o menos.

—¿Qué ha averiguado?

—Elizabeth dice que Roibas no es trigo limpio, que debe ser el jefe de una banda, y que, cuando recibe visitas de su gente, le pide a ella que se vaya. Pero aquí viene lo importante: me comentó que había cientos de tetrabriks de leche vacíos en la despensa; los envases están preparados para rellenarse por abajo y cerrarlos con facilidad. El último día que la mandaron salir, los contó, y, a la vuelta notó que faltaban treinta; ahora ya no queda ni uno. Ella cree que se los han llevado a otra parte, porque oyó una discusión de Nuno por teléfono, y hablaban de un barco y de un albergue.

—¿Un albergue?

—Sí. Eso es lo que oyó.

—¿Cómo has conseguido que te cuente todo eso?

—Tenía ganas de desahogarse y de contárselo a alguien; tiene miedo.

—Y usted le ha dado cariño y confianza.

—De eso se trataba, ¿no?

—Sí, pero sea cuidadoso con las preguntas que le hace y no le pida que se arriesgue.

—La he dejado hace un rato en casa de Roibas. Cree que le van a dar alguna tarde libre esta semana.

—Bien hecho. Olvídese del uniforme por unos días y procure salir del hotel lo menos posible. Esté a la espera de su llamada. ¡Buen trabajo, agente! ¡Sabía que lo iba a hacer bien!

—¿Cómo está la teniente?

—Muy bien. Con ganas de salir del hospital.

—Mándele saludos de mi parte.

Melgar no lo sabe, pero Gómez había mandado vigilar a Elizabeth para asegurarse de que la gente de Roibas no la seguía.

31. Preparando el desembarco

Prolacser se dedica oficialmente a la venta y distribución de productos alimenticios; en concreto, a leches y derivados. José-Luis Hernández figura como propietario y administrador único de la empresa, pero un documento que obra en poder de Nuno da fe de que él es el auténtico propietario.

Las oficinas y el almacén se encuentran en una nave en un polígono industrial. El nombre clave que utilizan para referirse a ellas es El Albergue. En su interior pueden aparcar hasta seis vehículos. La furgoneta de reparto suele estar allí, con el logotipo de la empresa. El Albergue cuenta con una cámara frigorífica en la planta de abajo y una zona de almacenaje de productos no perecederos. Subiendo por unas escaleras, se accede a tres despachos y a una amplia sala de reuniones. En el exterior de la nave, hay varias cámaras de vigilancia que cubren el perímetro.

Es la víspera del gran día y Nuno quiere asegurarse de que todo esté bien atado. Ha ordenado que a la reunión de hoy asistan todos: Óscar, su guardaespaldas y persona de máxima confianza; Manuel Galindo, patrón del Yako25, con su hermano Víctor; Ignacio Segura, el expresidiario; y Camilo Vázquez, que trabaja con él desde hace muchos años. Es algo muy inusual reunirse todos en el mismo sitio, por el riesgo que representa, pero la ocasión lo requiere.

Roibas y Óscar llegan a las siete de la mañana. Saben que les vigilan durante el día, pero no a esas horas. De todas formas, se han asegurado de que no les sigan. A medida que van llegando los demás, Óscar los cachea, les retira los móviles y cualquier cosa que pueda parecerse a un arma.

Hay nervios entre su gente por la muerte de Lois Alonso, amigo de Nuno desde la infancia y miembro activo del grupo desde que empezaron con el negocio. Salvo Nuno y Óscar, nadie sabe con certeza quién lo asesinó, pero hay rumores de todo tipo.

—Buenos días —saluda Nuno.

Los demás le devuelven el saludo.

—En primer lugar, quiero pedir un minuto de silencio por la muerte de nuestro buen amigo y compañero Lois Alonso. Óscar y yo hemos ido a casa de su viuda y de su hijo a darles nuestras condolencias. Como podéis suponer, están destrozados. Aunque no es un consuelo, les he asegurado que no tienen que preocuparse por el tema económico. No les faltará de nada, y el chico podrá estudiar en la universidad el día de mañana, si ese es su deseo.

Nuno parece compungido y dirige la mirada al suelo.

—Una pena, sí; es una verdadera pena —dice en susurros—. Pobre Lois.

A continuación, sube el tono de voz.

—Supongo que sabéis que la Guardia Civil averiguó que Lois arrojó a Leticia por el acantilado. ¡Qué ironía que él haya acabado corriendo la misma suerte! ¿Cómo ha sucedido? La gente del pueblo cree que se trata de una venganza de Marco, y eso es lo importante. Lo he sentido en el alma; pero, en nuestro negocio, un error significa que podríamos acabar todos encerrados. Ahora os pido que nos pongamos todos de pie y guardemos un minuto de silencio por Lois.

Óscar aprovecha para mirar los monitores de las cámaras. No ve a nadie por los alrededores.

—Ya podéis sentaros. Esta noche, Manuel, Víctor, Ignacio y Camilo saldréis a recoger en alta mar el mayor cargamento que jamás hayamos transportado. Volveréis a puerto a eso de las dos de la madrugada del martes; como en las veces anteriores. Junto con la mercancía, cargaréis pescado para no llegar con las bodegas vacías. Cuando atraquéis y estéis seguros de que no hay vigilancia, me llamáis; Óscar irá a buscaros con la furgoneta para traer la mercancía aquí; Ignacio se queda en el barco. Fácil, ¿no? ¿Alguna pregunta?

—¿Qué pasa con la teniente? —pregunta Camilo—. Nos está dando problemas y más que va a dar ahora que ha sobrevivido al accidente.

—Bueno, Camilo, hiciste un buen trabajo con la rueda del coche de la teniente. Desafortunadamente, no funcionó como esperábamos, y eso está resultando un incordio. Por eso, hemos preparado un plan para que la retiren del caso y la hagan volver a Madrid. ¿Más preguntas?

Nadie tiene más preguntas para Nuno. Abandonan la nave en sus coches a intervalos de cinco minutos para no levantar sospechas, salvo Ignacio, que se queda hablando con Óscar y con Nuno.

—Ignacio, tenemos un problemilla —le anuncia Nuno.

—¿De qué problema me hablas?

—Dos marineros te vieron la noche en que desapareció la niña.

Ignacio siente las miradas de Nuno y de Óscar clavadas en la cara. Va a negar que salió del barco, pero cambia de opinión.

—El sábado salí cuando ya había oscurecido a dar una vuelta. Entendedlo, salgo de una cárcel y me meto en otra. Necesitaba tomar aire fresco.

—¿Tienes algo que ver con la desaparición de la niña? —pregunta Nuno—. Piénsatelo antes de responder, y no me mientas.

—No sé nada de la niña, ¡te lo juro!

—Vale, vale. Te creo —dice Nuno pasándole la mano por el hombro. Si estás con nosotros es porque sé que no cantarás si te cogen. Pero ya no puedes salir más del barco hasta que te lo diga. Una vez terminemos el desembarco, decidiremos si te quedas o te enviamos a otro sitio. ¿Ha quedado claro?

Ignacio mira a Óscar, que tiene las manos entrelazadas encima de la mesa y los hombros echados hacia delante.

—Está claro. No tienes de qué preocuparte.

—Pues eso es todo. Ya te puedes ir, y ten cuidado ahora de que no te vean. Óscar te acercará al puerto.

32. Un sitio discreto

Javier se cruza con el doctor Zaragoza cuando va a entrar en la habitación de Patricia.

—Buenos días, doctor, ¿cómo se encuentra nuestra paciente? —le pregunta, intentando no mostrar la bolsa de cuero donde lleva la ropa de la teniente.

El doctor ha pasado la noche del sábado de guardia y no anda de buen humor.

—¿Y usted quién es?

—Javier Garmendia, un buen amigo suyo —responde mientras saluda con la mano a Patricia.

—Parece que la señorita Montenegro ha tenido suerte, considerando el accidente que ha tenido. Por el momento, todo va bien.

—¿Eso quiere decir que pronto podrá irse a casa?

—Le digo lo mismo que a ella —responde mirando a Patricia: tiene que estar en observación dos o tres días por lo menos; no podemos descartar posibles daños cerebrales.

—Entiendo, doctor. Aquí la van a cuidar como en ningún sitio.

—Los dejo. Tengo otros pacientes que atender —dice a modo de despedida saliendo al pasillo.

—Es todo un encanto, ¿no? —le dice a Patricia, cerrando la puerta de la habitación.

—¡No aguanto un minuto más aquí! —exclama ella—. Veo que me has traído lo que te pedí.

—Aquí lo tienes. Pero dime, ¿cómo estás?

—Con ganas de ponerme en marcha.

—¿Estás segura de …?

—No voy a cambiar de opinión —le interrumpe—. En cuanto me vista, nos vamos.

—¿Quieres que te ayude a cambiarte? —se ofrece Javier.

La teniente se le queda mirando con una sonrisa.

—¿Para que me veas llena de moratones? Anda, métete en el cuarto de baño y no salgas hasta que yo te diga.

Patricia se cambia y escribe una nota que firma: «A la atención del doctor Zaragoza: Asuntos urgentes me obligan a abandonar el hospital. Agradezco sus cuidados. Sirva esta nota para eximirle de toda responsabilidad a usted y al hospital por cualquier complicación de salud que yo pudiera tener. Un saludo». La deja encima de la cama. A los pocos minutos, caminan de la mano por el pasillo del hospital hacia la salida. Ella lleva unas gafas, una gorra y una prenda larga de abrigo. El poco personal que hay de guardia no le presta atención.

—¿A dónde te llevo? —pregunta Javier cuando están afuera.

—Al sitio más cercano donde pueda alquilar un coche.

—Al aeropuerto, entonces. Creo que será el único sitio abierto.

Javier conduce despacio, y Patricia reclina el asiento y se quita la gorra.

—¿Estás bien?

—Mucho mejor que en el hospital —responde ella.

—Estoy preocupado por ti; has salido de esta, pero podrían haberte matado y es posible que vuelvan a intentarlo.

—Ya lo sé. Tendré más cuidado.

—¿Qué me dices de nosotros? ¿Cuándo volveremos a vernos?

—Tengo tantas ganas como tú, Javier; pero hasta que todo esto termine, es mejor que no nos volvamos a ver.

Gómez se ha tomado un rato para desconectar del trabajo y camina por Ortiguña; intenta relajarse y disfrutar de un paseo dominical. La teniente se recupera, la operación Antillas va viento en popa y le parece que todo va bien; todo, salvo un pequeño detalle: no tienen ni idea de dónde está Ginna. El sonido del móvil interrumpe sus cavilaciones. Es la teniente.

—Tenemos que vernos, Manuel.

—Buenos días, teniente. No esperaba verte dando guerra tan pronto. ¿Qué te parece si nos encontramos en la terraza del hotel El Pulpo de la Ría? Es un sitio discreto. Te va a gustar; la terraza está acristalada y tiene vistas al bosque.

—Para ser de Madrid, te veo muy puesto, Manuel.

—Uno tiene sus contactos.

—Perfecto, te veo a las doce.

Gómez llega antes y se instala en una mesa. Reflexiona acerca de los caprichos del destino y del motivo por el que aceptó irse a Ortiguña en comisión de servicio, aparte de por su buena relación con Patricia. Quería saber si tenía heridas abiertas, pero no esperaba que el destino se lo pusiera fácil.

Manuel Gómez nació en Ortiguña, y es la primera vez que ha vuelto al pueblo desde que lo abandonó a los trece años. Nadie le reconoce, y es mejor así. Ese pequeño hotel, donde se encuentra ahora, lo había construido y dirigido su abuelo con gran éxito. A la muerte de este, pasó a ser propiedad de su padre, un ludópata incurable. El hombre participaba a menudo en timbas ilegales de póker. Una noche, le entraron buenas cartas. Vio un buen fajo de billetes en medio de la mesa y pensó que era el momento de echar el resto. No iba a tener una mano así en mucho tiempo; era su oportunidad de recuperarse. El problema era que «el resto» era poco. Necesitaba apostar más de lo que tenía para poder recuperar las pérdidas acumuladas, así que no dudó en pedirle prestado a un desconocido que presenciaba la partida clandestina. Este le dejó una importante suma. A cambio, él firmó un documento en el que avalaba el préstamo con el hotel. El padre de Manuel perdió esa mano y las que siguieron. No pudo devolver el préstamo y perdió el hotel, su medio de vida. Acusó a los jugadores de haber hecho trampa, de estar confabulados con el prestamista, y exigió que le devolvieran el dinero y el aval. Lo único que consiguió fue recibir una paliza y amenazas a su familia si se le ocurría denunciarles. El prestamista vendió el hotel y repartió el dinero entre sus cómplices.

Manuel Gómez tenía doce años cuando encontró a su padre muerto en el suelo de la cocina. Sus esfuerzos y los de su madre por revivirle resultaron infructuosos. «Cianuro», sentenció el forense.

En el pueblo, hablaban del tema y se compadecían de la viuda y de su único hijo. Algunos le ofrecieron a la mujer trabajar de cocinera, pero ella sabía que siempre estarían marcados por la desgracia. Decidió irse a Madrid, donde tenían familia. Le había enseñado a Manuel a mirar hacia delante y olvidarse del pasado. Y así lo había hecho este hasta que llegó a Ortiguña, unos días antes.

Gómez no esperaba encontrarse con el apellido Roibas de nuevo; el mismo apellido del prestamista. Nuno Roibas era el hijo del hombre que causó la ruina y muerte de su padre. Sin haberlo buscado, el destino le ofrecía la posibilidad de vengar a su padre. Y esa posibilidad tenía un nombre: operación Antillas, en la que tanto empeño estaba poniendo.

—¡¿Qué estarás tramando que te veo tan absorto en tus pensamientos!? —le saluda Patricia—. Ni siquiera me has visto entrar.

—¡Qué bien te veo, teniente!

—¡Y tú que mal mientes! —dice sonriendo—. Parece que estoy de una pieza. Antes que nada, te agradezco que te hayas ocupado de todo en mi ausencia. Sé que fuiste a verme al hospital.

—Es lo menos que puedo hacer por mi buena amiga y compañera de trabajo. Tú habrías hecho lo mismo por mí.

A Patricia le gusta el sitio. Sabe que Manuel ya lo conocía y presiente que hay algo que le oculta.

Patricia cojea un poco y Gómez la obliga a quedarse en la mesa, mientras él se levanta para traerle el desayuno del bufé. La poca gente que hay en el restaurante tiene la deferencia de hablar bajo.

Gómez la pone al tanto de la declaración de los marineros, que decían haber visto a Ignacio Segura, y de cómo fue el encuentro de Melgar con la dominicana.

—Bien hecho —le felicita Patricia—. A ver si por ahí encontramos alguna pista de Ginna.

—Falta nos hace. Sigue desaparecida, y yo ya no sé por dónde buscar. Me horroriza pensar que se vaya a convertir en otro caso de menor desaparecido del que nunca más se sabe.

—Pongámonos en lo peor. Supongamos que alguien ha asesinado a Ginna —especula la teniente.

—Móvil sexual, supongo —apunta Gómez.

—Sexual o económico. Podría ser que Roibas quisiera chantajear a Marco y ordenara a alguien que raptara a Ginna. Ese alguien podría acabar matándola, como pasó con Leticia.

—Patricia, hemos registrado a conciencia los alrededores de la casa de los Bonanni y el acantilado, y no hemos encontrado el cuerpo. Si alguien la hubiera asesinado, seguramente se habría llevado el cuerpo a otro sitio para hacerlo desaparecer y necesitaría un coche.

—Estamos hablando de alguien que conduce —aventura la teniente—, que aparca su coche lejos de la casa y que se acerca caminando, con cuidado de que no le vean. Alguien que sabe que María está ocupada con la visita y que la puerta de la cocina se abre desde afuera. Ese alguien convence a la niña de que se vaya con él o con ella y de que lleve su anorak y sus botas. Tendría que ser alguien que conociera a Ginna y posiblemente a su familia. Resulta muy improbable que sea alguien de la banda de Roibas.

—Improbable pero no imposible. Volvamos a Ignacio Segura —propone Gómez.

—¿El pederasta?

—El mismo. Tenemos la declaración de los marineros que lo vieron por el puerto, la tarde del sábado en que desapareció Ginna. Tenía motivos, medios y oportunidad.

Un camarero les trae café, tostadas y zumo de naranja. Cuando los deja solos, el cabo continúa con su explicación.

—Los motivos de Ignacio Segura serían de índole sexual. Está en libertad; le vieron aquella tarde por el puerto. Pudo ir en coche.

—¿Y la oportunidad? —pregunta Patricia; ¿cómo iba él a saber que la niña vivía en la casa, que podía entrar por la cocina y todo lo demás?

—A veces las cosas suceden sin que las planifiques. Él aparca en un sitio donde no hay gente. Hace poco que ha salido de la cárcel y le apetece dar un paseo para tomar el aire, ya sabes. Sin proponérselo, llega a la casa y llama a la puerta de la cocina, pensando en preguntar cualquier cosa.

—¿Para qué va a llamar si no sabe quién vive en la casa?

—Quizá quiere un vaso de agua, o preguntar por dónde se va a San Petersburgo. No tengo respuesta a eso. Al no abrirle nadie, entra; oye la música de la película infantil y se dirige al cuarto de estar.

—¿Así, sin más? —se cuestiona Patricia.

—Es un depredador sexual; ha olfateado a su víctima, y no considera el riesgo que corre, ni las consecuencias. Incluso es posible que, si hubiera aparecido María, la hubiera agredido.

—¿Y cómo convenció a la niña?

—Parece que es un artista en ese aspecto, como ya lo demostró con las dos niñas de las que abusó con anterioridad.

—No lo veo, pero de acuerdo; incluyámoslo en la lista de sospechosos —acepta Patricia.

—Otra posibilidad es que no haya muerto, que alguien la haya raptado y la tenga encerrada en algún sitio —aventura Gómez.

—¿Con qué objeto? —pregunta Patricia.

—Quizá para chantajear a la familia.

Suena el móvil de Patricia y responde a la llamada.

—No sabe la que se ha liado en el hospital, teniente —dice el cabo Delgado—. He ido a verla para contarle un descubrimiento que hemos hecho y me he encontrado al doctor Zaragoza hecho un basilisco. Ahora está dando cuentas a la directora del hospital.

—Tranquilícese, Delgado. ¿Cuál es ese descubrimiento?

—¿Recuerda el hombre que salió la semana pasada de la cárcel?

—Sí, Ignacio Segura.

—Eso es, el pederasta. Pues bien, trabaja para Nuno Roibas, o, al menos, trabajaba antes de entrar en la cárcel.

—¿Y cómo ha llegado a esa conclusión?

—Por un primo que tengo en Marbella que trabaja en un bufete de abogados. Me ha llamado para contarme que los letrados que defendieron a Segura fueron contratados por Roibas y no son de los baratos.

—Es una información muy valiosa. ¿La ha compartido con alguien?

—No, me acabo de enterar.

—Pues no se lo diga a nadie.

—¡Ah! Se me olvidó preguntarle: ¿Cómo se encuentra?

—Bien, gracias.

—Me alegra oírlo, teniente.

—Delgado, ¿volvió a comprobar la coartada de Maruxa?

—Sí, y estuvo todo el tiempo con una pandilla de gente poco aconsejable.

Patricia cuelga y pone al tanto a Manuel de la conversación.

—Si Ignacio trabaja para Roibas, seguramente sabía dónde vivía la niña. Ya no hablamos de un paseo fortuito, sino de algo planificado. Por otra parte, si de verdad los marineros lo vieron por el muelle, es posible que esté oculto en una lancha o en un barco atracado. Ya me dirá, si no, ¿qué hacía paseando por el muelle la noche del sábado? Tenía que venir de algún barco.

—Siga. Le escucho —dice la teniente.

—El resumen es que un pederasta estuvo por ahí la tarde en que desapareció Ginna, y le han visto por el puerto. Es posible que la tenga escondida en un barco.

—No es tan fácil —objeta Patricia.

—De acuerdo, pero es lo mejor que tenemos. Nadie le vio volver.

—Cierto, y debemos vigilar el puerto. Llame a Delgado, y que se encargue él. Volviendo a la teoría de que la hubiese raptado una persona conocida, quiero interrogar a Julia, la amiga de Natalia, la que dice que estuvo con ella aquel sábado. Mañana nos pasamos a primera hora por su casa antes de que vaya al colegio y sin previo aviso. No quiero darle la oportunidad de que hable con Natalia antes de nuestra visita.

33. Misión secreta

Melgar se siente culpable; le gusta su Urriaga, ha iniciado una relación con ella y siente que la está engañando con Elizabeth. Se repite a sí mismo que lo de la dominicana es trabajo, que se lo ha pedido el jefe, que lo hace por el país. Claro que, por otra parte, nadie le pidió que llegara tan lejos. El agente revive la tarde que pasó con la chica; sin darse cuenta, sonríe; ahora le toca hacer algo desagradable: tiene que anular la cita con Noa Urriaga, que está esperando su llamada.

—¡Buenos días! —la saluda con tono jovial.

—¿Dónde te has metido? —le pregunta Urriaga.

—Estoy en misión secreta, en un hotelito.

Nada más terminar la frase, Melgar se arrepiente de lo que acaba de decir.

—¿En qué hotelito, cariño?

—En ninguno. Es una forma de hablar.

—No insultes mi inteligencia.

—Lo siento. Todo esto es nuevo para mí.

—Te voy a hacer una propuesta deshonesta que no podrás rechazar.

Melgar mira por la ventana de su habitación. Sospecha de qué va la propuesta.

—Mañana lunes por la tarde, tengo entrenamiento de boxeo. De ahí me voy toda sudadita, sin cambiarme, a tu habitación del hotel, y nos duchamos juntos. Luego picamos algo y nos vamos a la cama. No me negarás que es un planazo para empezar la semana.

Melgar no sabe cómo salir de esta.

—Cariño, sabes que no puedo.

—No me seas estrecho, Raúl. Un tiarrón como tú no se puede perder esta oportunidad. ¿Qué te preocupa? ¿Que se lo diga a alguien? Puedes confiar en mí. Te prometo que no diré nada.

Melgar suelta una sonrisa nerviosa.

—Ya me gustaría.

—¿Eso es un sí?

—Me temo que es lo contrario.

—Oye Raúl, ¿te puedo hacer una pregunta?

—Pues claro.

—¿Tú crees que cumplimos las normas la otra noche, en el coche patrulla, mientras vigilábamos la casa de María? Porque yo no recuerdo que mencionaras nada de las normas; quizá lo hiciste y yo no me enteré entre tantos jadeos.

—No te pongas así.

—¡Vamos, Raúl! Seguro que tienes una habitación preciosa. No seas egoísta. Además, sabes que, si quiero, puedo averiguar dónde te alojas.

La voluntad del chico se va debilitando.

—No sé, tenemos trabajo por la tarde.

—Pues nos vemos por la noche. No se hable más.

Melgar acaba cediendo y le da la dirección del hotel. Quedan el día siguiente a las ocho de la noche.

34. La coartada

—¡Julia, cariño! Levántate, que vas a llegar tarde —le grita Mariña, su madre, desde la cocina—. Ya son las siete y media.

—Ya voy, ya voy. ¡Qué pesada eres, mamá!

Alguien llama a la puerta.

—¿Quién podrá ser a estas horas, Joaquín? —le pregunta a su marido, que está oyendo la radio mientras desayuna.

La familia vive en un modesto piso en el pueblo. Joaquín ve a través de la mirilla a una mujer y un hombre de mediana edad.

—¡¿Qué quieren?! —grita sin abrir la puerta.

—Guardia Civil —responde Gómez en voz alta—. Vuelva a mirar.

Joaquín vuelve a poner el ojo en la mirilla y ve el carné profesional de Gómez.

—Es la Guardia Civil, Mariña.

—Pues ábreles a ver qué quieren.

Joaquín abre la puerta, pero no les invita a pasar.

—Buenos días. Soy la teniente Montenegro y este es el cabo Gómez. Queremos hablar con su hija Julia.

—*Carallo!* ¿Qué ha pasado? ¿Ha hecho algo? —pregunta Joaquín alarmado.

—Solo queremos hacerle unas preguntas acerca de una amiga suya.

—Si se refieren a Natalia, ya estuvieron preguntándole por ella.

—Oiga, ¿nos va a dejar pasar para hablar con su hija? ¿O prefiere que traigamos una orden y la interroguemos en el cuartel? —pregunta Gómez.

—No, no. Pasen, por favor —dice Mariña que está detrás de su marido.

El piso huele a café y tostadas. El matrimonio los acompaña al salón. Hay dos sofás de dos plazas cada uno, una pequeña mesa redonda con cuatro sillas, unas cuantas fotos de la hija con los padres, un par de cuadros y la televisión. Aún no ha amanecido y tienen la luz encendida. Joaquín les invita a sentarse.

—Voy a avisar a Julia. ¿Quieren un café? —les ofrece Mariña.

—No gracias —responde Patricia.

La mujer desaparece por el pasillo.

—¿Qué es lo que quieren saber? —pregunta Joaquín.

—Queremos saber dónde estuvo su hija el sábado catorce por la tarde.

—Pues ahora se lo dirá ella. Yo solo puedo decirles que no estuvo en casa.

Julia entra en el salón con su madre. Lleva puesto un albornoz encima del camisón y se la ve adormilada. Se sienta en una silla y su madre en otra, a su lado.

—¿Qué quieren? —pregunta la chica.

—Hola, Julia —saluda Patricia—. Queremos saber dónde estuviste el sábado catorce de noviembre.

—¿Qué sábado es ese?

—Hace dos sábados.

—No recuerdo bien.

—Haz memoria. Es importante —le dice Gómez en tono serio.

—Ya recuerdo. Pasé la tarde con Natalia Mosqueira.

Su madre la mira.

—Hija, ¿estás segura?

—Sí, mamá, sí —responde con tono cansino.

—Me alegro de que lo recuerdes, pero la pregunta es dónde estuviste —insiste Gómez.

—La fui a buscar en el coche de mis padres, y pasamos la tarde por ahí, paseando.

—¿Dónde es «por ahí»? —pregunta Patricia.

La chica se toma su tiempo antes de responder. Tiene las manos apoyadas en las rodillas y los hombros ligeramente echados hacia delante.

—Por el paseo marítimo.

—¿Entrasteis en algún sitio a tomar algo? —Patricia continúa con el interrogatorio.

—No.

—¿A qué hora fuiste a recogerla?

—No estoy segura… Serían las tres o las cuatro.

—Y de ahí fuisteis directas al paseo marítimo, ¿no?

—Sí, creo que fue así.

—¿Dónde aparcasteis?

Julia tiene que pensarlo.

—En la calle.

—¿En qué calle?

—No me acuerdo.

—Luego la llevaste de vuelta a casa, ¿no?

—Sí.

—¿A qué hora?

—A las ocho o así.

Gómez observa al padre de Julia, que mira atento a su hija y se mueve inquieto en el sofá.

—Sois muy buenas amigas, ¿verdad? —pregunta Patricia.

—Se llevan casi cuatro años, pero son muy amigas. Van al mismo colegio y siempre están juntas —responde su madre por ella.

—Siempre están juntas, menos aquella tarde —dice Gómez.

—¡Mi hija no miente! —afirma el padre de manera categórica.

Gómez pregunta por el aseo y abandona el salón por unos minutos.

—Julia, tu declaración no coincide exactamente con la de Natalia —dice la teniente—. Aquella tarde, hacía un tiempo de perros. Me cuesta creer que estuvierais paseando cuatro horas sin entrar en ningún sitio.

Patricia hace una pausa. La chica mira al suelo.

—Tienes dieciocho años —continúa Patricia y eres mayor de edad—; si no nos dices la verdad, estarías cometiendo un delito de obstrucción a la justicia en un posible caso de asesinato.

La chica calla y sigue con la mirada fija al suelo. Gómez regresa al salón convencido de que ha llegado el momento de sacar la artillería pesada.

—Julia, tienes un teléfono móvil del que te separas menos que de tu amiga Natalia, ¿verdad?

—¿Y qué?

—Ahora mismo, lo llevas en el bolsillo del albornoz. ¿Quieres enseñárnoslo un momento?

—¿Para qué? —responde la chica.

—Cariño, haz lo que te dicen —le pide su madre.

—Me parece que necesitarían una orden para eso —Julia intenta eludir la petición del cabo.

—¡Ya está bien, hija! ¡Enséñales el teléfono y acabemos de una vez! —le ordena su padre.

—Es que… — empieza a decir Julia, dubitativa; Gómez la interrumpe.

—Es que has llamado a tu amiga Natalia, que está oyendo esta conversación, ¿verdad? —aventura Gómez.

—¿Es eso cierto? —pregunta su padre visiblemente enfadado.

—Es mi teléfono y tengo derecho a mi privacidad.

El padre de Julia se levanta y se pone frente a la chica, extendiendo el brazo con la palma de la mano hacia arriba.

—Dame el teléfono ahora mismo.

Julia mete la mano en el bolsillo del albornoz y cuelga la llamada. Lo saca y se lo da a su padre, que mira a la pantalla.

—No hay ninguna llamada en curso —dice triunfante, dirigiéndose a Gómez—. Compruébelo usted mismo.

Julia se queda lívida al ver que su padre le da el móvil a Gómez. Este comprueba la lista de llamadas recientes.

—Tiene usted razón. No hay ninguna llamada en curso; sencillamente, porque Julia acaba de colgar. Mírelo. Aquí lo puede comprobar, en llamadas recientes. La última es a Natalia, la hizo hace quince minutos, y la duración ha sido de catorce minutos.

El padre mira a su hija fijamente.

—Julia, lo que has hecho es grave —dice Patricia—. No solo nos has mentido con lo que hiciste aquel sábado, sino que además has compartido este interrogatorio con una sospechosa sin decírnoslo. Eso te convierte en cómplice.

La teniente mira a Gómez y ambos se encogen de hombros.

—No tenemos nada más que hablar. Nosotros hemos terminado —dice Patricia, incorporándose—. Esto es lo que sucederá: pediremos una orden judicial para investigar a través de tu móvil dónde estuviste aquella tarde; la próxima vez vendremos con una orden de detención. Mientras tanto, no te vayas muy lejos.

Patricia y Gómez se levantan.

—No hace falta que nos acompañen. Conocemos el camino —dice Gómez.

—¡Natalia no ha hecho nada malo! ¡La conozco! —grita Julia cuando los guardias están en la puerta.

Patricia y Gómez giran la cabeza.

—¿Hay algo que quieras contarnos? —pregunta el cabo.

Las lágrimas recorren las mejillas de Julia.

—La quieres, ¿verdad? —aventura la teniente.

—Sí.

—Pues ayúdanos y la ayudaremos.

Vuelven al salón.

—Natalia me llamó el sábado al mediodía y me pidió que, si me preguntaban, dijera que había pasado la tarde con ella.

—¡Pero, hija! —exclama su padre escandalizado—. ¿Qué te pasa con esa chica? Siempre me ha parecido algo rarita.

—¿Te dijo adónde iba?

Esta parte del interrogatorio la conduce Patricia.

—No. Se lo pregunté muchas veces, pero no quiso decírmelo.

—¿Sabes si tiene pareja?

Julia tarda unos segundos en responder.

—Sí.

—¿Sí lo sabes o sí tiene pareja?

—Sí tiene pareja —responde sollozando.

—¿Sabes quién es?

Otra vez, se toma su tiempo antes de responder.

—Sí.

—No les molestamos más. Con esto es suficiente por el momento. Es posible que tengamos que volver a hablar.

Regresan al coche de Patricia.

—¿Cómo supiste que Julia había llamado a Natalia? —pregunta Patricia.

—Cuando entró en el salón, vi que tenía un bulto cuadrado en el bolsillo del albornoz, y supuse que era el móvil. ¿Para qué lo querría en esos momentos? Recordé que yo tenía su número, de cuando la interrogamos la primera vez; fui al aseo para llamarla y estaba comunicando. Pensé que había llamado a Natalia para que oyera nuestra conversación.

—No está mal, cabo.

—Y tú, ¿cómo no le preguntaste por el nombre de la pareja de Natalia? —pregunta Gómez.

—No te enteras. ¿Por qué crees que casi le da un ataque de nervios cuando le preguntas si conoce a la pareja de su amiga y es capaz de mentir a la Guardia Civil para protegerla? Solo se me ocurre un motivo: Julia está enamorada de Natalia. Ella es su pareja. No quise seguir preguntando delante de sus padres.

—¿Vamos a ver a Natalia?

—Necesito un descanso. No me encuentro bien. Ya te llamo yo a la tarde. Natalia no conduce ni tiene coche, no podrá ir muy lejos. Diles a Ruiz y a Urriaga que la sigan todo el día. Ya verás cómo Julia la va a buscar para ir al colegio o quizá pasen la mañana en una cafetería planeando qué hacer.

—¿No deberías volver al hospital?

—Me basta un paracetamol y descansar un rato.

Al llegar a la casa rural, Patricia se encuentra con la dueña.

—Querida, qué alegría verte por aquí. ¿Cómo estás? —la saluda esta.

—Bien, gracias, aunque un poco mareada. ¿No tendrá un paracetamol por ahí?

—Vamos a la cocina a ver qué tengo. Estoy preparando un cocido gallego que levanta a un muerto, y que te vendría bien. Mírate, estás delgada como una sardina. Así no le vas a gustar a tu novio.

—¿Mi novio?

—Sí, ese chico guapo que vino ayer a por tus cosas.

—¡No es mi novio!

—¡Ah! Pues si quieres que lo sea, come bien y échate unos quilitos encima.

Patricia no se puede creer la conversación que está teniendo con Uxía; la cabeza le va a estallar. Solo quiere el paracetamol, si es un gramo, mejor. La mujer saca una caja de cartón llena de medicamentos de un armario despensero. La vuelca encima de la mesa.

—Así es más fácil buscarlo —explica.

Por fin encuentra el blíster y le da una pastilla. Patricia se retira a su cuarto.

La luz le molesta y baja la persiana hasta dejar la habitación a oscuras. Se quita la ropa, se mete en la cama; no tiene fuerzas, el dolor de cabeza no cede y tiene náuseas. Quizá el doctor tenía razón, debía haberse quedado en el hospital.

Intenta concentrarse en Natalia. Hay algo en esa chica que le recuerda a ella, pero no sabe el qué. El dolor va y viene a intervalos cortos. Es muy intenso: le impide pensar con claridad. Le dan un par de arcadas y casi no llega al baño a tiempo de vomitar.

Se toma una pastilla para dormir con lo que queda de la botella de albariño. El dolor va remitiendo y se queda dormida.

—¡Otra vez no, por favor!

La niña está acostada en la cama y a su lado se sienta un hombre que le está contando un cuento. Este apaga la lámpara de la mesilla.

—No apagues la luz —le ruega la niña.

—Es para que te duermas.

Sin dejar de contar el cuento, el hombre mete la mano por debajo del pijama de la niña y la empieza a acariciar el pecho.

—No me toques —le suplica ella.

—Verás cómo esto te ayuda a relajarte y te duermes antes.

—¡Mamá! —grita la niña.

—Tu mamá trabaja de noche hasta tarde. Deberías de saberlo ya.

El hombre se acuesta a su lado. Ella se mueve todo lo que puede al lado opuesto de la cama.

—¡Déjame! —le grita de nuevo.

—Shhh, tranquila, relájate. Piensa en algo que te guste —le dice el hombre.

La niña nota cómo baja las manos por la cintura hasta llegar a las ingles. Cierra las piernas con fuerza, pero no consigue evitar que le toque. Moja la almohada con las lágrimas. Siente vergüenza y asco, y le entra una tiritona. Oye aterrorizada cómo el hombre se desabrocha el cinturón y se baja los pantalones.

«Deja de llorar, piensa en algo», se dice a sí misma; y piensa que, si el hombre ha apagado la luz, quizá pueda hacer que pare si la enciende; sabe que hay un interruptor en ese lado de la cama, y lo hace. El hombre deja de acariciarla y se tapa la cara con las manos. La niña le reconoce.

Un escalofrío recorre su cuerpo al ver que el hombre es Marco y que la chica de su pesadilla no es ella, sino Natalia.

Se despierta empapada en sudor, hiperventilando, está a oscuras, y necesita unos segundos para recordar dónde se encuentra. Se incorpora despacio y nota que el dolor de cabeza sigue ahí, acechándola si se mueve. Va a subir las persianas, pero se lo piensa mejor y se vuelve a acostar. Enciende la luz de la mesilla.

En sus pesadillas recurrentes, ella es la niña, y el hombre que está a su lado es la pareja de su madre. En esta, sin embargo, la trama es la misma, pero los actores son otros: Natalia y Marco.

¡Eso es lo que le resultaba familiar de la chica! Las dos tienen algo en común: han pasado por la misma experiencia; Natalia vive encerrada en su mundo, tiene mucho dolor, odia a su padrastro. Marco se mudó al pazo cuando Natalia tenía siete años. Es un hombre muy violento; pudo abusar de ella y amenazarla si decía algo a su madre. Delatar a Marco podría suponer que este le diera una paliza a su madre.

Patricia se va encontrando mejor. Son las cuatro de la tarde. No es consciente de haber dormido tanto, pero necesitaba descansar. Se pregunta qué podría hacer una niña como Natalia, sin más remedio que convivir con el hombre que ha abusado de ella de pequeña o que, quizá, lo sigue haciendo.

En su caso, ella se convirtió en una mujer hermética, con dificultades para establecer relaciones más allá del trabajo, del que hizo su refugio. Aquella experiencia traumática la seguía persiguiendo a sus casi cincuenta años, a pesar de que el abusador murió cuando ella tenía doce.

En el caso de Natalia, pudo afectarla de otra forma; recuerda la cara de odio que le dirigió a su padrastro el día de la concentración. Si quisiera vengarse de él, podría hacerlo causando daño a lo que más quiere: Ginna. Patricia siempre ha trabajado con casos de adultos, y desconoce hasta dónde puede llegar una menor.

Se levanta lentamente y sube la persiana. Se ha traído una *tablet* consigo, pero no tiene la clave wifi del hotel. Llama a Uxía, que se la proporciona, y de paso, también le insiste en que debe probar el cocido. Patricia le dice que quizá para cenar. Cuelga y se conecta a internet. Teclea en el buscador «Casos de niños asesinos en el mundo»; y se queda impresionada al ver qué hay más de doce millones de resultados. Lee varios casos, y llega a la conclusión de que los menores son capaces de asesinar, incluso de forma cruel.

Llama a su compañera de Madrid, una psicóloga especializada en casos de menores.

—Buenas tardes, Marga —la saluda—. Soy la teniente Patricia Montenegro, ¿me recuerdas?

—Pues claro, teniente. Recuerdo que se fue a Galicia. He visto en las noticias el caso del asesinato de la chica y el de la desaparición de una niña en Ortiguña. ¿Quién no lo ha visto? Imagino que estará muy ocupada.

—Por favor, tutéame. ¿A ti cómo te va?

—Lo mío es más aburrido; me paso el día en la oficina asesorando en casos de menores. Nada de particular.

—Te llamaba para ver si me puedes ayudar con un asunto que llevo entre manos.

—¿El de la niña desaparecida?

—Sí, pero te ruego que quede entre nosotras lo que hablemos.

—Por supuesto.

—La niña se llama Ginna y tiene siete años. Estoy investigando si su hermanastra Natalia, de catorce años, tuvo algo que ver con su desaparición.

Patricia le pone al tanto de los antecedentes de la familia. Es posible que el padrastro haya abusado de Natalia desde los siete años. Es un hombre muy agresivo, maltrata a la madre y a su otra hija. Solo se salva la pequeña Ginna, su hija pequeña, a la que adora y malcría.

—Tengo que hacerte una pregunta delicada. ¿Natalia podría haber llegado a secuestrar o a asesinar a su hermanastra, ya sea por envidia o por venganza?

—Patricia, para responderte, necesitaría mucha más información y hablar con cada miembro de la familia...

—Lo entiendo, pero eso no es posible. No te pido un diagnóstico seguro, sino que me digas solo si es posible.

—¿Es una niña sociable?

—Por lo que me han contado, apenas tiene amigas. Es muy callada. Tiene una relación con una chica cuatro años mayor que ella, que conduce, la trae y la lleva de un sitio para otro. Ella era su coartada para la tarde que desapareció Ginna, y hemos descubierto que mintió.

—Te respondo a tu pregunta: Natalia podría hacer daño a su hermanastra, pero insisto en que con los datos que tengo, es muy aventurado hacer una valoración. Tómatelo como lo que es: solo una posibilidad. No es frecuente, pero no sería el primer ni el último caso.

—Muchas gracias, Marga.

—Que tengas suerte. Ya me contarás.

Javier tiene que postergar su novela para atender otra prioridad: localizar el teléfono y la dirección de Xurxo Pedrafita, el exmarido de Lucrecia. Mientras desayuna su *brunch* dominguero, lo busca por las redes sociales, hasta que por fin lo encuentra a través de un contacto común en LinkedIn.

Quiere tener una conversación con él; pero no por teléfono. Así que reserva un vuelo para el día siguiente a primera hora.

Tiene la tentación de llamar a Patricia, aunque sabe que no es una buena idea. Hace un esfuerzo y dedica el resto del día a escribir. Se levanta a cada rato y sale al porche a respirar aire fresco. A veces, le entran las dudas: «¿Por qué hago esto?»; y el mismo se responde: «Por Ginna y por María».

El lunes aterriza en la terminal 4 de Barajas. Le pide al taxista que le lleve a Torre Picasso. Entran por la plaza de Castilla y hay un atasco por obras. Ya se le había olvidado el tráfico de Madrid. Le llaman la atención los cuatro rascacielos que han cambiado el *skyline* de la ciudad.

Se pregunta si sería capaz de adaptarse de nuevo a la vida de una gran ciudad.

Al llegar a la recepción, le preguntan si tiene cita. Responde que no, pero que necesita ver al señor Piedrafita por un asunto personal y urgente. Aun así, le hacen esperar casi una hora.

Un hombre alto, moreno y con la barba recortada sale a recibirle. Viste traje gris, camisa de doble puño con gemelos y corbata.

—Buenos días. Soy Xurxo Pedrafita. Me dicen que quiere verme. He consultado mi agenda y no veo que tuviera ninguna reunión conmigo.

—Buenos días. Acabo de llegar de Ortiguña. Necesito tratar con usted un asunto confidencial y urgente.

—¿De qué quiere hablarme?

—De Lucrecia García y de su hijo Xiago.

—Acompáñeme, por favor.

Suben en un ascensor que solo para en las plantas más altas. Allí hay otra recepción en la que tiene que volver a identificarse. Hace tiempo que Javier no pisa moqueta y no echa de menos el mundo en el que se mueve Xurxo. Entran en un despacho pequeño, con el mobiliario justo: una mesa de trabajo, un perchero y un cuadro abstracto. Por la ventana, puede ver el paseo de la Castellana desde una perspectiva privilegiada.

Javier no ve fotos ni objetos personales en la mesa, tan solo una carpeta al lado de una pantalla de ordenador, el teclado, el ratón y un teléfono. Deduce que ese hombre debe de ser un alto cargo de la empresa. Xurxo le pide que se siente y le ofrece una taza de café que él rechaza.

—¿Qué pasa con Xiago y con Lucrecia? ¿Están bien?

—Sí, pero sospecho que han cometido un delito.

—¿Qué delito?

—Mire, no nos conocemos de nada, y la conversación que vamos a tener debería de quedar entre nosotros. Si acepta esta condición, podemos seguir adelante —propone Javier.

Pedrafita se lo piensa.

—De acuerdo; esto queda entre nosotros.

—Perfecto. Antes de continuar, permítame que me presente. Soy Javier Garmendia, escritor, y vivo cerca de la pastelería de su exmujer. He conseguido su teléfono a través de un amigo común, Antonio Zamora.

—¡Ah, sí! Antonio. Hace tiempo que no le veo. Dígame, ¿de qué delito me quería hablar?

—Estará al tanto de la desaparición de una niña de siete años en el municipio de Ortiguña.

—Imposible no estarlo. No hacemos más que oír hablar de Ginna y de Ortiguña en televisión.

—Sé de la enfermedad de Xiago y de los sufrimientos que padeció de pequeño. Creo que el chico vive escondido con su exmujer, pero necesito confirmarlo.

—¿Por qué quiere saberlo?

—Tengo la sospecha de que Lucrecia y Xiago podrían tener algo que ver con la desaparición de Ginna, pero es solo un presentimiento.

Xurxo tarda en responder.

—Esto me resulta incómodo. Me está pidiendo que le cuente información muy confidencial y sensible y yo no le conozco.

—*Quid pro quo*. Yo le voy a revelar un secreto acerca de mi persona, y que no debe salir a la luz. A cambio, le pido que me responda a un par de preguntas acerca de su hijo y de Lucrecia.

—¿Cómo sé que es cierto lo que me va a contar?

—Por los detalles que puedo darle. Además, puede preguntar a nuestro común amigo, Zamora, si quiere. Soy de fiar, y creo que usted sabe guardar un secreto.

—Está bien, siga.

—Mi interés por Ginna es porque soy su padre biológico. Quiero ayudar a su madre a encontrarla, pero no quiero que Lucrecia y Xiago salgan perjudicados. Como le decía, le agradecería, en primer lugar, que me confirmara si su hijo vive con Lucrecia.

—Se lo confirmo. Viene a Madrid de vez en cuando, pero vive con su madre.

—Gracias. Vi una foto de una niña en la pastelería. Lucrecia me dijo que era su sobrina, pero sé que mentía.

Xurxo no puede ocultar la expresión de tristeza.

Suena el teléfono de la mesa de Xurxo y él pide que no le pasen llamadas.

—La foto que ha visto era de Begoña, nuestra hija. En aquella época, vivíamos en otra ciudad. Un día, Lucrecia fue a buscarla al colegio. Había muchos coches aparcados en doble fila; ya sabe el lío que se monta a la salida de los colegios.

Javier solo recuerda cómo era su colegio cuando él era pequeño.

—Lucrecia caminaba con Begoña hacia el coche. Se encontró con otra madre, con la que entabló conversación. En un descuido, la niña, que tenía cuatro años, salió corriendo a saludar a una compañera. Un todoterreno grande que iba marcha atrás la atropelló justo cuando su madre corría a por ella; Lucrecia golpeaba el coche una y otra vez, pero la conductora estaba hablando por teléfono y no la oía. Fue una muerte horrible. No lo superó.

—Lo siento. Debió ser terrible.

—¿Cómo puede superarse ver a tu hija morir aplastada por un coche? Lucrecia estaba embarazada de Xiago, pero ella quería a toda costa que tuviéramos otra niña, y yo me negué. Se obsesionó. Incluso se empeñó en que adoptáramos, pero yo no quise. Perdió la cabeza. Día sí y día también, no hacía más que hablar de Begoña y de que quería otra niña. Aquello acabó con nuestro matrimonio.

—¿Cree que su obsesión pueda llegar al punto de raptar a una niña?

—Aunque han pasado más de veinte años, dudo que lo haya superado. Sin embargo, me cuesta creer que sea capaz de raptar a una niña.

Javier ya sabe lo que quería saber.

—Le agradezco su tiempo. No le entretengo más —se despide.

—Por favor, tenga en cuenta que Lucrecia es una mujer atormentada.

—Lo sé.

Esa misma noche Javier vuelve a casa.

35. Material comprometedor

Aún no ha oscurecido. Raúl Melgar pasea por un bosque en las inmediaciones del hotel. Necesita poner en orden sus ideas, y revisa mentalmente los últimos acontecimientos. Por una parte, se siente importante por la misión que le han encomendado y la responsabilidad que conlleva. Está orgulloso de que su jefe reconozca su trabajo. Sus últimas palabras resuenan en sus oídos: «¡Buen trabajo, agente! ¡Sabía que lo iba a conseguir!». Por otra parte, le incomoda la cita con Noa. No debió darle la dirección del hotel ni, mucho menos, haber quedado.

Suena su móvil nuevo.

—Hola, soy Elizabeth.

—¡Qué sorpresa, Elizabeth!

—¡Yo sí te voy a dar una sorpresa! Mi jefe me ha dicho que puedo irme, o, más bien, me lo ha pedido. Tengo el resto de la tarde libre y mañana el día entero. Le he preguntado si no le importa que duerma fuera, y me ha dicho que sin problema. ¿Qué te parece?

Melgar se queda bloqueado y no responde. Tiene que quedar con Elizabeth, pero ya ha quedado con Noa, y no sabe cómo salir airoso de esta.

—Oye, no hace falta que des saltos de alegría. Creí que te apetecería. Si no quieres, me lo dices, y lo dejamos —dice Elizabeth enfadada—. No hay ningún compromiso.

—No es eso. Tenía citas concertadas; pero las cancelo ahora mismo.

—¿Entonces, me pasas a recoger a las siete?

—Allí estaré.

—¡Qué ganas tengo de verte!

—¡Y yo! —responde Melgar con fingida voz de entusiasmo.

Melgar está sobrepasado. Se queda en blanco sin saber qué hacer. Tiene ganas de huir, de escapar a donde sea. Se sienta en un banco, cerca del hotel y respira hondo. Sabe que debe llamar a Gómez cuanto antes y contarle que ha quedado con las dos chicas dentro de unas horas; y, lo que es peor, Noa sabe dónde está.

Decide llamar primero a Noa.

—¡Mira quién llama! —saluda Urriaga—. ¿Tantas ganas tienes de verme que no puedes esperarte a la noche?

—Hola, Noa, cariño. Me temo que ha surgido algo, y no podremos quedar esta noche.

—¿Se puede saber qué mierda de misión es esa en la que estás metido? —dice Noa sin ocultar su frustración.

—Sabes que no puedo contarte nada.

Raúl se queda helado cuando oye que, alguien al lado de Noa, le pregunta con quién está hablando.

—Oye Noa, ¿Quién está contigo? —pregunta Melgar.

—Ruiz; estamos en el coche patrulla, al lado de la casa de María, vigilando a Natalia. En un par de horas plegamos.

Raúl se enfada; delante de Ruiz, Noa habla acerca de sus asuntos confidenciales como si fueran de dominio público, a pesar de que sabía que era una misión secreta.

—Ya te llamaré en otro momento —le dice enfadado—. No te olvides de que lo de esta noche lo dejamos para otro momento.

Cuelga y reanuda el camino al hotel, esta vez dando grandes zancadas. La operación Antillas se le ha ido de las manos. «La he cagado. ¿Cómo puedo haber metido la pata hasta ese punto? Tengo que recoger a Elizabeth en un rato y pasar con ella lo que queda de tarde, la noche y mañana el día entero. Si me paseo por el pueblo con ella, corro el riesgo de cruzarme con Noa o con alguien conocido. Sería el final de la operación. Voy a llamar a Gómez».

—Hola, Melgar, ¿alguna novedad?

—Me ha llamado Elizabeth para decirme que Roibas le ha dado libre hasta mañana por la tarde, o sea que pasaremos juntos la noche. La recogeré a las siete. Supongo que Roibas se trae algo entre manos. A ver si consigo que Elizabeth me diga algo.

—Bien hecho. Es posible que planeen un desembarco esta madrugada. Exprímala, emborráchela, haga lo que sea; el momento lo requiere. Necesitamos que le cuente hasta el más mínimo detalle de lo que sepa: retazos de llamadas que haya podido oír, alguna visita que haya ido por la casa. Bueno, usted ya sabe de lo que le hablo.

—Cabo, necesito que mantenga a Noa, perdón, quiero decir a la agente Urriaga ocupada. No quiero encontrármela por ahí si salgo con Elizabeth.

—¿No le habrá contado nada? —pregunta Gómez.

—Solo que estoy de misión y que no podemos vernos —miente Melgar.

—Le pediré que vigile la casa de María hasta las doce de la noche.

—Gracias, cabo. Le llamaré con lo que averigüe.

Melgar está hecho un manojo de nervios. Al llegar al hotel, se sienta en un sofá del salón y pide un vodka con naranja; espera que eso le ayude a tranquilizarse. Se lo bebe de un trago y va a su habitación. Mete en la caja fuerte su documentación oficial y el otro móvil.

Cuando llega la hora, conduce a casa de Roibas. Elizabeth está esperándole en la puerta. «Tengo que reconocer que está muy buena», se dice al verla. Aparca a su lado y sale del coche para recibirla.

—¡Hola, Elizabeth! ¡Estás preciosa!

—¡Hola, Roberto! —dice la chica poniéndose de puntillas para besarle en los labios.

En ese momento, Melgar recuerda que su nuevo nombre es Roberto, pero no está seguro del apellido. Era algo así como «González-Ferrero», pero no está seguro.

El agente le abre la puerta, y Elizabeth se lo agradece con una amplia sonrisa. Melgar vuelve a su asiento. Cuando va a arrancar, ella le toca la entrepierna.

—¡Prepárate, cielo! Esto no puede desaprovecharse —dice riéndose.

Desde la terraza de la casa de Roibas, Óscar no ha perdido detalle del encuentro.

Gómez camina desde el acuartelamiento a su hotel. Le viene bien tomar el aire, aunque ya haya oscurecido. A diferencia de la de Patricia, la suya es una habitación confortable, con una cama doble y dos cosas que valora mucho: una televisión de un tamaño más que aceptable y una ducha con una gran alcachofa.

Enciende la televisión, baja un poco el volumen y se tumba en la cama. Está preocupado por Patricia; la llamó a media mañana y no respondió. Luego volvió a llamarla a primera hora de la tarde, y tampoco respondió. «A la tercera, va la vencida», piensa y vuelve a llamar.

—Hola, Manuel —responde por fin Patricia.

—Me tenías preocupado. Te he llamado un par de veces y no respondías.

—Necesitaba descansar.

—¿Cómo te encuentras?

—Mejor. He tenido una migraña, pero ya se me ha pasado.

Gómez mira la televisión mientras habla, sin apenas prestarle atención.

—¿Sigues en tu habitación?

—No he salido en todo el día.

—Tengo noticias; Roibas le ha dado a Elizabeth la tarde y el día de mañana libre. Melgar estará con ella.

—Eso quiere decir que Nuno tiene previsto el desembarco esta madrugada, pero no sabemos dónde.

—Si me permites un consejo, teniente, yo apostaría por el puerto de Ortiguña. Al fin y al cabo, a Ignacio Segura lo vieron por allí y tenemos confirmación de que trabaja para Roibas.

—Es lo mejor que tenemos. Voy a pasarle la información a la UDYCO y que ellos decidan cómo quieren manejarlo. Después de todo, nos pidieron colaboración, no que resolviésemos el caso.

—Solo lo sabe Melgar. No he comentado nada con el resto.

En ese momento, Gómez se queda paralizado al ver las imágenes que aparecen en la televisión.

—¡Patricia! ¡Pon la tele ahora mismo! Busca el programa *La tarde con Ainara*, el programa de la prensa rosa que presenta Ainara Aguirre —le dice subiendo el volumen de su televisión.

—¿Qué pasa? —pregunta la teniente.

—Tú busca el programa, y no cuelgues.

Una foto ocupa casi toda la pantalla. En ella aparecen un hombre y una mujer besándose apasionadamente. Han pixelado las caras, pero Gómez reconoce a Patricia y a Javier. Están en la puerta de la casa del escritor. El titular dice: «Escándalo en Ortiguña».

Gómez sube el volumen y escucha a la presentadora.

«¿Quién es esta pareja? Tenemos importantes novedades del caso de Ginna, la niña desaparecida que tiene a todo un pueblo conmocionado. Volvemos en unos minutos para contarles en primicia las últimas novedades».

Dan paso a la publicidad.

—¿Lo estás viendo? —pregunta Gómez a Patricia.

—Lo acabo de encontrar, pero solo veo anuncios.

—No cambies de canal. Ha salido una foto tuya pixelada, pero se intuye que eres tú y que estás besándote con Javier a la puerta de su casa.

Patricia se queda de una pieza; está tratando de imaginar la repercusión que tendrá la noticia en la investigación e incluso en su carrera. Los medios la van a destrozar.

Acaban los anuncios y aparece la presentadora, rodeada de cinco invitados ansiosos por comentar la noticia.

«Cómo decíamos, tenemos noticias acerca del caso Ginna Bonanni, la niña de siete años que desapareció de su casa el sábado catorce de noviembre. Uno de los vecinos de la familia Bonanni es el escritor Javier Garmendia, un sospechoso que fue interrogado varias veces por la Guardia Civil e incluso llegaron a detenerlo. Como se aprecia en la foto tomada cuatro días después de la desaparición de Ginna, Garmendia parece que mantiene relaciones sentimentales con la teniente a cargo del caso, Patricia Montenegro. Nuestras fuentes nos confirman que el escritor fue detenido y, posteriormente, puesto en libertad por orden de la teniente, que no le consideró sospechoso».

Varias fotos de Patricia y Javier besándose ocupan toda la pantalla. Esta vez aparecen las caras sin pixelar. El cámara hace un barrido por el plató de televisión, mostrando la cara de estupor fingido de los invitados al programa.

Lo que no es fingido es la sensación de indefensión y rabia que siente Patricia.

«Pero el caso se complica: Como se observa en esta otra foto, tomada el mismo día unas horas antes, el escritor tuvo una jornada ajetreada. Aquí le vemos abrazando a María Bonanni, la madre de Ginna, con quien también parece tener una relación especial».

La pantalla muestra una foto de María y Javier abrazados en la puerta de la casa de los Bonanni.

Patricia no puede creérselo. ¿Javier mantiene relaciones con María? Ha mentido. ¿Tiene él algo que ver con la desaparición de la niña? ¿¿Es posible que la haya utilizado?? La teniente ha empezado a gritar.

—Patricia, ¡para de una vez! —le pide Gómez.

La teniente está absorta en sus pensamientos. Su vida profesional y su incipiente relación sentimental pueden irse al garete en cuestión de segundos.

—Patricia, ¡dime algo, por favor!

—Estoy aquí —responde con voz entrecortada—. Esto es el fin de mi carrera, Manuel.

—Tranquilízate.

—¡No me digas que me tranquilice! —le grita—. Me están jodiendo por todas partes. Intentan asesinarme manipulando la rueda del coche, se cargan mi reputación y vete tú a saber si Javier está detrás de este montaje.

—Créeme que te entiendo —dice Gómez en tono apaciguador—. Pero ahora escúchame. Tenemos que anticiparnos a lo que se nos viene encima y actuar con rapidez.

Patricia tiene los ojos inundados de lágrimas.

—¿Me escuchas? —pregunta Gómez.

—Sí —responde con un susurro.

—Seguro que te llamarán en breve para comunicarte que te retiran del caso. Te dirán que vuelvas a Madrid. No respondas a ninguna llamada del capitán, así no podrás darte por enterada.

—A lo mejor te ponen a ti al frente de la investigación —sugiere Patricia.

—No piensas con claridad, Patricia. Montero sabe perfectamente que soy de tu cuerda. A mí me empaquetarán contigo. Yo tampoco atenderé ninguna llamada del capitán ni de nadie de Madrid. Es posible que pongan a Delgado al frente de la investigación, y no sabemos si el topo es él.

—Gracias por tus ánimos.

Patricia está a punto de tirar la toalla; quiere desaparecer, irse muy lejos, adonde nadie la conozca. Le cuesta prestar atención a las palabras de su compañero.

—Ya tendremos tiempo para curarnos las heridas —dice Gómez—. Ahora hay que actuar rápido; lo primero que vas a hacer es llamar al inspector de la UDYCO y le pasas la información que tenemos del posible desembarco del alijo de esta noche. Llámale en cuanto colguemos. Que les quede claro que eres tú quien se ha ocupado de buscar y proporcionarles pistas; si les sirve para atrapar a Roibas y desmantelar la red de traficantes, estoy seguro de que te lo agradecerán. Si no lo haces tú, lo hará Delgado en cuanto le pongan al frente, salvo que sea el topo.

—¿Qué pasa con Elizabeth? —pregunta Patricia.

—Melgar debe estar con ella en estos momentos. Me llamará en cuanto consiga más información.

—¡Tenemos que cuidar de María! —avisa Patricia—. Si Marco ha visto estas imágenes de Javier abrazándola en la puerta de su casa, no sé de lo que será capaz. Además, quiero interrogar a Natalia. Estoy convencida de que tiene algo que ver con la desaparición de Ginna.

—¡Esa es mi teniente! Te paso a buscar a las nueve y vamos a casa de María. Tengo a la agente Urriaga y a Ruiz vigilando la casa de María.

—Te espero aquí.

—Patricia, todavía no nos han vencido. Es ahora cuando tenemos que dar lo mejor de nosotros.

—Lo sé.

La teniente llama al inspector de la UDYCO y le pone al tanto de la información que posee. El inspector le dice que eso confirma sus sospechas. Quedan en que Patricia enviará al puerto a agentes de su unidad para que colaboren.

Se da una ducha y baja al salón de la casa. La casera y su marido están acomodados en sendos sillones orejeros, viendo el programa *La tarde con Ainara*.

—Hola. ¿Tendría otro paracetamol? —les interrumpe Patricia.

El matrimonio gira la cabeza.

—Esto no lo arreglas con paracetamoles, querida niña —le replica la casera.

Patricia está a punto de justificarse, de decir que la noticia está fuera de contexto, que incluye falsedades, pero lo piensa mejor y decide callar.

—Anda, vamos a la cocina.

Se toma otro paracetamol. A las nueve la recoge Gómez.

36. Desobediencia

Urriaga y Ruiz vigilan la casa de María. Saben que Natalia y su madre están dentro. A las seis de la tarde, el cabo Gómez llama a la agente.

—Buenas tardes, cabo —responde.

—Buenas, Urriaga. Necesito que usted y Ruiz prolonguen la vigilancia de la casa de María hasta las doce de la noche.

—Cabo, tengo planes para esta tarde.

—Lo entiendo, pero ahora les toca anteponer el deber a sus intereses personales.

—Pero…

—No discuta mi orden. Comuníqueselo al agente Ruiz.

Gómez cuelga sin esperar respuesta.

—¿Qué te ha dicho? —le pregunta Ruiz.

—Que prolonguemos la vigilancia hasta las doce de la noche.

—Joder, vaya marrón.

—No creo que vaya a pasar nada. Esto está tranquilo —dice Urriaga.

La chica gira la cabeza en dirección a Ruiz y le mira sin decir nada hasta que este se sonroja.

—Te voy a pedir un favor —le dice—. Yo tengo un compromiso y tendría que irme a eso de las ocho. ¿Puedes quedarte vigilando tú solo hasta las doce? Si pasa cualquier cosa, me llamas y me planto aquí en diez o quince minutos.

Ruiz se lo piensa unos segundos y responde.

—Está bien, pero me debes una.

—Eres un buen colega —dice Urriaga sonriendo.

A las ocho, Noa Urriaga abandona la vigilancia. Supone que es suficiente con que Ruiz vigile la casa de María. Está frustrada y ansiosa; Melgar le ha cancelado la cita. Quiere saber qué se trae entre manos, y ha decidido darse una vuelta por el hotel, pero antes pasa por su casa para cambiarse.

El agente Ruiz se ha quedado solo en el coche. Una vez más, se siente como el tonto del que todos abusan y al que nadie toma en serio.

«Sí, yo soy el agente Ruiz; el que hace reír a los demás, el payaso del grupo, el menos considerado, a pesar de ser el más veterano después de Delgado. Me llaman el Gordito a mis espaldas y sé que nunca me promocionarán, a pesar de mis años de dedicación y de entrega al cuerpo.»

No le costó mucho decidirse cuando Lois Alonso, con quien había trabado amistad, le ofreció dos años antes ganarse un dinero extra si pasaba información. Aceptó y su contribución fue cada vez más apreciada. Hasta que un día Lois le organizó un encuentro con Roibas; el mafioso se mostró muy respetuoso con él y le dijo que lo consideraba como a uno de los suyos. Roibas sí lo valora, le trata con respeto y confía en él. Y, por supuesto, le paga diez veces más de lo que gana como guardia civil. El agente hace una llamada.

—¿Alguna noticia? —pregunta Roibas.
—No, pero tengo la impresión de que me ocultan algo.
—Vete al puerto a eso de las dos de la madrugada y estate atento a mi llamada.
—Allí estaré.

Ruiz decide que él también abandona la vigilancia de la casa.

37. Agente en apuros

Elizabeth está feliz y radiante. Acaban de llegar al hotel y el director ha salido a saludarles.

—Don Roberto, buenas tardes. Y muy buenas tardes también para la señorita —añade mirando a la chica.

—Hola, soy Elizabeth —responde ella, dándole la mano.

—Espero que tengan una estancia agradable. Si me permiten, para la cena quería proponerles el menú de degustación que hemos preparado para esta noche, con los mejores productos de la tierra y, por supuesto, del mar. Nos queda una mesa libre. Si lo desean, pido que se la reserven.

Melgar mira a Elizabeth.

—Lo que te apetezca —dice él.

—Sí, por qué no —responde la chica—. Resérvenos la mesa para las nueve; a esa hora creo que estaremos listos —dice con una mirada pícara que dirige a Melgar.

—Será un placer, señorita.

La pareja se retira riendo. De camino al cuarto, Melgar experimenta una erección. Cuando abren la puerta ya se han despojado de varias prendas. Con irrefrenables ansias, acaban de desnudarse mutuamente en la entrada, donde tienen su primer encuentro sexual de la tarde.

Elizabeth no le da tregua. Se apoya en la mesa que Melgar usa de escritorio. Le dice cosas calientes mientras mueve las caderas. Él responde con celeridad a la provocación; la rodea con los brazos y la besa mientras la penetra. Luego continúan en la cama.

Una hora más tarde, los dos yacen desnudos bocarriba. Ella no deja de acariciarle. Él se está recuperando, y se esfuerza por cambiar de registro para lo que tiene que hacer a continuación.

—¿Por qué no me acompañas a mi viaje por el caribe? —le propone Melgar, que ya está metido de lleno en el papel de Roberto González-Herrera.

—¡Eres un *bacano*! —le responde ella riéndose.

—Espero que eso sea algo bueno.

—Muy bueno. Es algo especial.

—¿Crees que tu jefe te dejará venir?

—Ya tú sabes, eso es difícil. ¿Cuándo nos iríamos?

A Elizabeth le brillan los ojos. Melgar siente remordimientos.

—Pronto, en un par de semanas.

—Oye, yo se lo pregunto. Si me dice que no, ya veremos qué hago.

—¿Y si te escapas conmigo?

—Mi jefe es un hombre muy poderoso. A veces oigo conversaciones, y me da miedo.

—No debes tener miedo —le dice Melgar besándola y haciéndole cosquillas—. Yo te protegeré.

Ella se ríe al principio, pero enseguida se pone seria.

—Le estoy agradecido a tu jefe —dice Melgar.

—¿Cómo dices?

—Porque te ha dado libre esta tarde y mañana.

—Tú no le conoces. Cuando me entrevistó, me hizo jurar que no contaría nada de lo que oyera o pasara en su casa. Me dijo que me pagaría bien, que buscaba una chica guapa en la que pudiera confiar, pero que cuidadito con irme de la lengua.

—Suena peligroso, pero yo estoy aquí. ¿Qué te da miedo?

—Creo que ha tenido algo que ver con la muerte de ese hombre que encontraron en el acantilado.

—¡¿Qué me dices?!

— Sí, le oí hablando con su guardaespaldas, Óscar.

—¿Qué le dijo?

—Óscar suele estar por la tarde, menos aquel día, que llegó de noche. Pensaban que yo estaba en la cama, pero había ido a la cocina por agua. Oí que le decía que ya no tendrían que preocuparse más por Lois.

Melgar se acuesta encima de ella, la abraza y la besa repetidamente. Ella responde y vuelven a tener sexo. Cuando terminan, él se queda bocarriba y ella sigue acariciándole.

—¿Sabes por qué te ha dado libre esta tarde y mañana?

Elizabeth deja de acariciarle.

—Tengo miedo —dice.

—Puedes confiar en mí. Solo quiero saber si corres peligro.

—Oí algo de un desembarco en el puerto para esta madrugada; y que llevarían la pesca a El Albergue.

—¿Qué puerto?

—Eso no lo oí, pero Óscar dijo que se tardaba poco en llegar.

Elizabeth está compungida.

—¡Oye, no quiero hablar más de eso! —dice la chica—. Me corta el rollo.

—Tienes razón —susurra él, acariciándola—. Vamos a cenar, que tenemos que recuperar fuerzas para la noche.

Se duchan juntos, y Melgar le da vueltas a que Noa le había propuesto eso, precisamente: ducharse juntos.

A las nueve, bajan al comedor. Hay cinco mesas redondas y todas están ocupadas, menos una, que tiene el cartel de reservada.

—Buenas noches —saluda Melgar al *maître*. Creo que esa mesa es nuestra.

—¿González-Herrera?

—Somos nosotros —responde Melgar.

Elizabeth se siente como si ya fueran una pareja consolidada.

—Acompáñenme, por favor.

El *maître* les acomoda, y ordena que les traigan una botella de cava. Los demás comensales son parejas que se han vestido como para celebrar algo. La música suave de fondo, las luces indirectas y las velas en las mesas crean un ambiente íntimo.

El camarero les sirve el cava.

—Por nosotros —brinda Melgar.

—Por nuestro viaje al Caribe —brinda Elizabeth.

El trago de cava se le atraganta a Melgar al oír una acalorada discusión entre el camarero y una chica, cuya voz reconoce al instante, que grita que la dejen pasar.

—Lo siento, señorita, pero no es posible entrar sin reserva.

—Solo será un momento. Quiero darle un recado al tipo de esa mesa —dice, señalando a Melgar.

—¿La conoces? —le pregunta Elizabeth sin dejar de mirar a Urriaga.

—La conocí a través de las redes. Nos vimos una vez, y no hace más que acosarme. No eres la única que corre peligro —bromea Melgar.

Noa Urriaga insiste en entrar al comedor y el camarero llama al *maître*.

—Señorita, haga el favor de salir—le pide.

—¡Por mis cojones que no salgo hasta hablar con ese desgraciado! —grita, asegurándose de que la oiga todo el mundo.

—Me temo que no va a ser posible —asegura el *maître*.

Noa le propina un rodillazo al camarero y un derechazo en el estómago al *maître*. Melgar observa, con horror, que nada se interpone entre él y la furia desatada de Noa. En unas pocas zancadas, esta se planta a su lado.

Los clientes observan la escena estupefactos.

—¿Así que esta zorrita es tu misión secreta? —le increpa Noa—. ¿Sabes lo que te digo? Eres un cabrón.

Melgar no sabe dónde meterse. Elizabeth observa sorprendida, y responde:

—Mira, guapa, aquí la única zorrita que hay eres tú.

Pero Noa Urriaga sigue centrando la atención en Melgar.

—Sí, ¡que lo oigan todos! —grita—: ¡Este tío es un cabrón!

En ese momento, el camarero y el *maître*, que a duras penas se han recuperado, la agarran de los brazos ayudados por el chico de recepción y la sacan a rastras; mientras, ella sigue profiriendo insultos a su compañero.

Melgar es consciente de que es el centro de atención de todos los comensales. Se pone de pie.

—Lo siento de veras. No está en sus cabales —se justifica.

Han dejado de oírse los gritos de Noa, y el *maître* vuelve para dirigirse a los clientes.

—Les pido disculpas por este desafortunado incidente. La casa invita a las bebidas.

La gente murmulla, y a los oídos de Melgar llegan fragmentos de frases como «qué le habrá hecho» o «está para encerrarla». El *maître* ordena subir el volumen de la música ligeramente y, poco a poco, todo vuelve a la normalidad.

—Lo siento, Elizabeth. Discúlpame un momento, tengo que ir al aseo.

La chica no dice nada. Todavía está digiriendo lo que acaba de suceder. Melgar va al cuarto de baño. No hay nadie. Se mete en una de las cabinas y llama a Gómez.

—Dígame, Melgar.

—La agente Urriaga acaba de estar en el restaurante del hotel y ha montado un numerito —dice en voz baja.

—¡No me joda! Espere un momento, que pongo el altavoz; quiero que lo oiga la teniente, que está conmigo en el coche.

—Lo repito —dice Melgar—: la agente Urriaga acaba de montar el número en el restaurante del hotel, donde estoy cenando con Elizabeth. Ya se ha ido.

—¿Algo más? —pregunta Gómez.

—Sí, el desembarco del alijo será casi seguro esta madrugada, en el puerto de Ortiguña. La mercancía la transportarán a un sitio que llaman

El Albergue. ¡Ah! Y parece que el guardaespaldas de Roibas asesinó a Lois.

—¿Eso es todo?

—Sí.

—¿Y usted desde dónde me habla?

—Desde el aseo del restaurante. No hay nadie.

—Ya hablaremos usted y yo de cómo se ha enterado Urriaga de que usted estaba en ese hotel.

—¿Qué quiere que haga? —se ofrece Melgar.

—Asegúrese de que la chica se queda en el hotel; es vital que no vuelva a casa de Roibas. Usted váyase cuanto antes al puerto. Los de la UDYCO aparecerán por allí; póngase a sus órdenes y présteles toda la ayuda necesaria. Hasta que lleguen, a ver si consigue que la autoridad portuaria le proporcione una lista de todas las embarcaciones que hayan salido en los últimos dos días y que no hayan regresado. Vigile cada barco que entre en el puerto. Nosotros iremos en cuanto podamos. ¿Entendido?

—Sí. Voy ahora mismo.

Melgar vuelve al comedor, sofocado. Elizabeth no está. Los camareros le comunican que se ha ido del hotel.

En el coche, Patricia le pide a Gómez que acelere.

—Si la casa de María no está vigilada y Marco ha visto las fotos en televisión, puede matarla.

—Espero que Ruiz no haya abandonado la vigilancia —dice el cabo.

—No apuestes —responde la teniente.

38. Un cúmulo de circunstancias

Algunos de los clientes que cenan en El Napolitano le piden a Marco que cambie de canal, otros le dicen que no. Esa tarde, Marco decide satisfacer a los primeros. Empieza a hacer *zapping* hacia adelante con el mando de la televisión. En uno de los canales le parece ver a su mujer en una foto, pero ha cambiado tan rápido que no está seguro. Recorre los canales hacia atrás, esta vez más despacio, hasta que ve una foto de su mujer abrazada a un hombre en la puerta de su casa. La foto se ha tomado de día; al parecer, después de la desaparición de Ginna.

En un primer momento, se queda inmóvil, intenta procesar lo que está viendo. La mayoría de los clientes le conocen y saben de su mal carácter. Esto no impide que le miren para observar su reacción, aunque lo hacen con discreción.

Marco alcanza a oír el final del comentario que acompaña la foto.

«… Aquí le vemos con María Bonanni, la madre de la niña, con quien también parece tener una relación especial».

Tiene la vena del cuello hinchada, la cara roja, la respiración rápida y pesada y los puños cerrados. Por la cabeza, le pasa rápidamente la secuencia de los últimos acontecimientos: «Ginna desaparece por culpa de María, que estaba con un vecino en vez de cuidarla; luego me pone una demanda de divorcio, me dice que se acabó y que me tengo que ir. Y ahora sale en televisión abrazando a su amante, a plena luz del día y en la puerta de su casa».

—¡Demetrio! —grita.

El camarero sale corriendo de la cocina.

—Dime, ¿qué pasa?

—Tengo que irme. Quédate al cuidado del restaurante.

—Sin problema.

Marco sale sin que nadie se atreva a decir nada, aunque casi todos saben dónde va, y no les gustaría estar en la piel de su mujer. Solo una persona se atreve a llamar a la Guardia Civil para advertir sobre lo que ha sucedido.

El guardia que atiende la llamada no le da mayor importancia; es un aviso un tanto vago, y cree que la casa de María está vigilada por los agentes Ruiz y Urriaga.

Marco conduce todo lo rápido que puede. Su cerebro le va a mil. «Me las vas a pagar, *puttana*, te vas a enterar en cuanto llegue», repite una y otra vez.

Al aproximarse a su casa, Marco para el coche y apaga las luces. Se queda observando un rato para ver si hay alguien vigilando. No ve a nadie afuera. Pone el coche en marcha y lo aparca en la entrada. Son las nueve pasadas. Abre la puerta sin hacer ruido y va directo al salón. María está leyendo. Ve a Marco, descompuesto, que va hacia ella. Se pone de pie.

—¿Qué te pasa? —pregunta, asustada.

Sin darle tiempo a reaccionar, Marco se abalanza sobre ella y la abofetea a la vez que la insulta. María sangra por la nariz.

—¿Por qué me pegas? —pregunta gimoteando.

—No te hagas la inocente. Sé que me has estado engañando.

—¿Qué dices?

—No lo niegues. He visto la foto. Dime quién es.

—No sé de qué me hablas.

—Has salido en la televisión abrazándote con un hombre, aquí, en la puerta.

María hace memoria y recuerda el día que vino Javier: se despidieron con un abrazo amistoso.

—Ese es nuestro vecino. Vino para interesarse por Ginna. Nos despedimos con un abrazo. Eso fue todo lo que pasó.

Marco vuelve a pegarla, y María le grita que pare.

No muy lejos de allí, un coche se acerca a casa de María.

—¿No puedes ir más rápido? —le pregunta Patricia a Gómez.

—Vamos todo lo rápido que podemos. Ya estamos llegando.

Alguien llama al móvil de Patricia; es su jefe, el capitán Montero, de Madrid. No le cabe duda de que va a comunicarle que está fuera del caso. Siguiendo la recomendación de Gómez, rechaza la llamada. Marca el número de Ruiz; no responde. Marca el número de Urriaga, que tampoco responde. Mala señal: se supone que esos dos deberían estar vigilando la casa de María, y ninguno responde. Está pensando en llamar a Delgado, pero lo descarta; seguramente Montero ya le habrá comunicado que ella no lleva el caso.

Patricia se muerde la lengua para no reprocharle nada a Gómez en ese momento; sigue sin entender su excesivo celo con la operación Antillas, ni por qué ha forzado a hacer ese trabajo a un novato pusilánime, como Melgar, que no es capaz de mantener un secreto. Se pregunta cómo a ese idiota se le ocurrió darle la dirección del hotel a Urriaga y cómo esta se atrevió a desobedecer una orden directa y abandonar la vigilancia. Por un momento, alberga la esperanza de que Marco no haya visto la televisión, pero, siendo realistas, está casi segura de que alguien se lo habrá contado. Si no llegan a la casa antes que él, no sabe qué será de María.

Se oye una nueva señal que proviene del móvil de Patricia; es un SMS de Delgado donde le comunica que, siguiendo órdenes de Madrid, en adelante él llevará el caso, que a él le han ascendido a brigada, y que acuda al cuartel inmediatamente. El capitán Montero, de Madrid, les ordena que le llamen urgentemente.

En ese momento, se oye otra señal, que viene del móvil de Gómez; el mismo mensaje, supone.

—Déjame que adivine —especula el cabo, que está al volante—: nos han echado del caso y Delgado está al frente.

—Mejor no preguntes y acelera —le ordena la teniente.

El cabo obedece. Cuando ve la curva cerrada que tiene delante, es demasiado tarde. Pisa el freno a fondo, pero no puede evitar que el coche derrape y se salga de la carretera. Van dando tumbos por una pradera hasta que el coche se detiene.

—Joder, cabo, ¡no gano para sustos!

—¿Estás bien?

—Sí, venga, arranca y vámonos.

Gómez arranca el motor y pisa el acelerador. El coche apenas se mueve y gira ligeramente. Mete la marcha atrás, luego la primera, gira el volante a la derecha, luego a la izquierda, sin dejar de pisar el acelerador. Es inútil; el coche patina. Se bajan los dos. Gómez examina las ruedas.

Patricia ve unas luces no muy lejos. Agudiza la vista y comprueba que, efectivamente, es la casa de María.

—¡Mira, allí! — le dice a Gómez señalando con el dedo. ¡Es la casa de María! Estamos cerca.

El cabo mira unos segundos.

—Sí, es su casa y solo veo un coche aparcado. Me parece que es el del italiano.

—Pues vamos rápido—le urge Patricia.

—No será en el coche; hemos reventado una rueda.

—¡Pues vamos a pie! —grita Patricia.

Empiezan a correr, pero la teniente está dolorida del anterior accidente.

—Manuel, adelántate tú —le dice.

Gómez corre al límite de su capacidad. Llega a casa de María sin resuello. Llama al timbre y pega el oído a la puerta. No oye nada en el interior. Está desenfundando su pistola cuando oye aproximarse un coche. Es Alessandro, al que han traído unos amigos. Se despide de ellos y camina a la puerta.

—¿Qué pasa? —pregunta el chico mirando al cabo.

—Escúchame con atención —le responde—: quédate aquí hasta que venga la teniente; serán unos minutos. ¿Has entendido?

El chico le mira asustado.

—Te he preguntado que si has entendido —dice Gómez.

—Sí, sí, pero ¿qué pasa? ¿Mi padre está bien?

—No lo sé. ¿Tienes llaves de casa?

—Sí —responde.

—Dámelas, ¡rápido!

—¡Quiero ver a mi padre!

—No te lo voy a repetir; dame las llaves de la casa y espera fuera a que venga la teniente Montenegro.

Alessandro obedece. Gómez abre la puerta lentamente y la vuelve a cerrar, dejando al chico fuera. Se aproxima sin hacer ruido hasta el salón, donde se encuentra a Natalia, a Marco y a María juntos, inertes, tumbados en el suelo sobre un charco de sangre. Oye un grito que viene del exterior; es Alessandro que tiene la cara pegada a la ventana y, con las manos, hace pantalla para ver el interior del salón. El chico empieza a aporrear el cristal.

Gómez se acerca a Natalia y la examina. Está inconsciente, pero respira y tiene pulso; en su mano derecha puede ver el trofeo que había en la mesa auxiliar del salón, con la base de mármol manchada de sangre. Marco tiene el cráneo roto a la altura del hueso parietal. Ha sangrado mucho, no tiene pulso ni respira. Está muerto. A María tampoco le encuentra el pulso ni nota su respiración. Tiene marcas de dedos en el cuello y supone que Marco la ha estrangulado. Ha tenido que ser reciente, así que intenta reanimarla; le hace la respiración boca a boca y le aplica masajes cardiacos. Tras varios minutos, desiste.

No puede contener las lágrimas de la rabia y del dolor por haber llegado tarde, por no haberlo evitado. De alguna forma, él tiene parte de la culpa de que las cosas hayan llegado a este punto.

Llaman a timbre. El cabo cierra la puerta del salón antes de abrir la puerta de la casa. Son la teniente y el hijo de Marco. Este intenta correr al salón, pero Gómez le detiene. El chico no hace más que gritar e intenta escaparse. El cabo le practica una maniobra de presión sobre el cuello, induciéndole el desmayo.

—¿Eso era necesario? —le pregunta Patricia.

—Júzgalo tú misma —le responde, abriendo la puerta del salón.

Patricia ha visto unos cuantos escenarios de crímenes, pero este le impacta de manera especial; conoce a las personas.

Gómez le dice que Natalia vive y llama a urgencias para pedir una ambulancia.

—¿Qué hacemos ahora? —le pregunta a Patricia.

—Ya no es asunto nuestro. Voy a llamar a Delgado para que se haga cargo.

—¿No quieres hablar antes con Natalia?

La chica está recuperando la consciencia. Gómez la coge en brazos y el trofeo se cae al suelo. La lleva al cuarto de estar y la tumba sobre el sofá. Patricia los acompaña.

—Teniente, quédate con ella —dice Gómez—. Yo voy a ver cómo está el chico.

—Asegúrate de que no entre en el salón —le ordena ella—. Yo llamo a Delgado.

Alessandro está incorporándose poco a poco. El cabo lo esposa al radiador.

—¿Cómo está mi padre? —pregunta llorando.

Gómez mueve la cabeza de un lado al otro.

—¡Noooo! —grita Alessandro, llorando—. ¿Por qué me esposa? Déjeme ir a verle.

—Lo siento, hijo —le responde—. Créeme que lo hago por tu bien.

Sentado en el suelo, con las piernas flexionadas y la cabeza metida entre las rodillas, el chico llora sin consuelo.

Patricia envía un SMS a Delgado: «Marco y María muertos. Natalia herida. Alessandro bien. Estoy en la casa con Gómez. Ambulancia en camino. No sabemos dónde está Maruxa. Usted está al frente del caso. Díganos qué quiere que hagamos».

La respuesta es una llamada al móvil de Patricia; pero la teniente no quiere dar explicaciones delante de Natalia ni tampoco quiere dejarla sola y no la atiende. Recibe un SMS con instrucciones.

«No se muevan de la casa ni alteren el escenario del crimen. Vamos para allí».

Patricia ve un cuaderno de notas encima de una mesa pequeña y la ojea. Son apuntes de María. Se lo guarda en el interior de la camisa.

Natalia se encuentra mareada. Está confundida. Poco a poco, adquiere consciencia de que está tumbada en el sofá. Oye la voz de Patricia que le pide que no se mueva. Al cabo de unos segundos, la teniente vuelve con un par de toallas mojadas. Se sienta a su lado y le enjuga con cuidado la sangre de la cara y el pelo. La chica la está mirando a los ojos, como pidiéndole explicaciones.

—Querida —le dice—, tengo una mala noticia que darte.

Natalia se anticipa.

—Mi madre ha muerto, ¿verdad?

—Sí. Lo siento mucho.

Natalia llora. Es un llanto sereno, regular, profundo, como si la muerte de su madre fuera algo esperado; aunque no por ello menos doloroso. Patricia le da un tiempo para que se desahogue.

—¿Y Marco? —pregunta la chica.

—Muerto.

La chica deja de llorar.

—¿Abusaba de ti? —pregunta la teniente.

—¿Por qué me hace esa pregunta?

—Le has golpeado varias veces con el trofeo hasta matarle, y me atrevería a decir que con saña.

Natalia calla y llora de nuevo.

—¡¿Qué quería que hiciera?! ¡Estaba estrangulando a mi madre!

—Cuéntame qué pasó, Natalia.

La chica habla entre gimoteos.

—Estaba en mi cuarto escuchando música. Me quité los cascos para descansar un rato, y oí gritos de Marco, que insultaba a mi madre. Ella le suplicaba que no la pegara más. Bajé corriendo al salón y vi que este cerdo tenía a mi madre cogida por el cuello con las dos manos. La estaba estrangulando mientras preguntaba a gritos, que quién era ese hombre al que abrazaba en la foto. Yo no tenía ni idea de a qué foto se refería.

—Debió de ser terrible —dice Patricia cogiéndola de la mano.

—Intenté pararle; le di patadas y algún puñetazo, pero se giró y me tumbó al suelo de un golpe en la cara. Recuerdo que mamá intentó irse a la cocina. Él la agarró y le dijo que no iba a ninguna parte hasta que le dijera de qué conocía al hombre de la foto. Entonces, mamá estalló y grító que aquel hombre era el auténtico padre de Ginna. Al principio, Marco no la creía, pero mamá le hizo ver el parecido entre Ginna y el hombre; ambos tienen ojos claros, el pelo rubio y el parecido es innegable.

Patricia recuerda por qué le resultaba familiar Javier la primera vez que lo vio.

—Marco volvió a coger a mi madre con las dos manos por el cuello —continúa Natalia —; estaba fuera de control. Yo agarré lo que tenía a mano: el trofeo de fútbol. Le golpeé con la base, con todas mis fuerzas, una y otra vez. Él se volteó y me dio otro puñetazo. Luego ya no recuerdo más.

Patricia le mira a los ojos y no dice nada durante unos segundos.

—Natalia, hay algo más que no me cuentas.

—¿A qué se refiere?

—A Ginna.

Natalia calla y llora de nuevo. Oyen las sirenas de la ambulancia y de los coches patrulla.

—Escúchame. Lo que te ha pasado es terrible; yo te entiendo. Pero no estoy segura de que otros lo hagan. Intentaré verte cuanto antes, pero ahora tengo que dejarte.

Delgado entra en la casa con otros agentes. Discute con Gómez, y este acaba diciéndole que hará lo que él diga. El recién ascendido a brigada irrumpe en el cuarto de estar acompañado por el agente Ruiz.

—¿Qué hace esta chica aquí? ¿No les dije que no alterasen el escenario del crimen?

—Necesita de cuidados médicos —responde la teniente.

39. En el puerto

El paseo marítimo de Ortiguña es una de sus atracciones turísticas. La acera que rodea el puerto tiene un murete por el que se asoman los paseantes para observar los barcos y la actividad portuaria que se desarrolla más abajo. La otra acera ofrece una selección de mesones donde degustar la comida tradicional gallega o visitar tiendas de *souvenirs*.

La forma más cómoda de acceder al puerto es bajando en coche por una pronunciada rampa hasta el aparcamiento; la otra alternativa es descender por los más de cien escalones que conducen a la entrada. De cualquier manera, hay un único acceso desde tierra al muelle principal, que sirve tanto para vehículos como para personas. El puerto cuenta con una lonja, una grúa para la carga y descarga de mercancía, unas oficinas que están reformando, así como una pequeña caseta y una tasca.

La margen derecha de la bocana del puerto está delimitada por un largo dique de abrigo, que protege del oleaje a los más de cuatrocientos puntos de atraque. De día, los visitantes pasean por el dique y algunos pescadores se sientan con sus cañas en la mano y un cubo al lado.

Son casi las once de la noche. El puerto está escasamente iluminado por unas pocas farolas. Melgar lleva un rato dando vueltas buscando la oficina. No encuentra ninguna ni tampoco ve a nadie que pueda ser un agente de la UDYCO. Después del error que cometió al darle a Noa Urriaga la dirección del hotel, del escándalo que ella montó en el restaurante y de la huida de Elizabeth, no sabe qué hacer para congraciarse con sus superiores. Quizá deba llamar a Gómez y comunicarle que la dominicana se fue del hotel; o quizá sea mejor decírselo en otro momento. Le da vueltas un par de minutos y se decide por la segunda opción. Cree que, si contribuye a la captura de Roibas y de su gente, le perdonarán el error.

Se dirige a unos marineros que están bebiendo y fumando a la entrada de una tasca.

—Buenas noches —saluda.

Se le quedan mirando un rato y uno de ellos responde.

—Boas noites.

—Soy agente de la Guardia Civil.

—Pues por las pintas que llevas, cualquiera lo diría —responde el que lleva la voz cantante ocasionando la risa del resto.

Melgar no se ha cambiado de ropa desde la cita con Elizabeth. Lo que sí ha hecho es colocarse una funda sobaquera acoplada al hombro, donde lleva consigo su pistola reglamentaria, oculta bajo la chaqueta. Se percata de que los marineros están borrachos. Aun así, quizá puedan proporcionarle la información que necesita.

—Busco las oficinas de la Autoridad Portuaria.

—¿Habéis oído? Busca las oficinas de la Autoridad Portuaria, nada menos —balbucea uno, que apenas se mantiene en pie.

—¿Y para qué buscas las oficinas de la Autoridad Portuaria? —pregunta otro.

—Para un asunto oficial.

—Chico, aquí lo más que vas a encontrar es la oficina del puerto, un cuchitril que está al final del muelle. Se sube por unas escaleras de madera. ¡Y ten cuidado! ¡No te manches, que vas muy limpito!

Todos le ríen la gracia.

—¡Ah! ¡Y que no se te olvide darle recuerdos a Betty de nuestra parte!

Sueltan unas carcajadas.

Melgar se dirige al final del muelle, mal iluminado con unas pocas farolas. Por fin encuentra las escaleras, que conducen a una caseta con la puerta cerrada. A través de un ventanuco, ve una luz tenue en su interior. Llama a la puerta varias veces, hasta que le abre una mujer que parece que se acaba de despertar.

—Buenas noches. ¿Es usted Betty?

—¿Y tú eres gilipollas o qué?

—¿Por qué se pone así? Soy un agente de la Guardia Civil, y yo no le he faltado el respeto.

—Anda, *carallo*. A mí nadie me llama Betty. Eso te lo habrán dicho los borrachos con quienes te has cruzado. Me han puesto el mote de Betty la Fea. Ya les espero para que vengan a pedirme algo.

—Lo siento. No lo sabía.

—Eso está mejor. Me llamo Carmen. ¿Qué es lo que quieres?

La oficina es una habitación de cemento y madera con un ventanuco que da al muelle. Carmen se pone a ordenar unos folletos con las tarifas y los servicios del puerto que hay sobre un viejo mostrador, dando a entender que está ocupada.

—Estoy buscando una embarcación que ha podido salir ayer o antes de ayer, y que seguramente vuelva esta madrugada —explica el agente.

—Este es un puerto pequeño y no controlamos quién entra o sale. A veces nos saludan los patrones, con los que tenemos más confianza, pero eso es todo.

—Supongo que tendrán un registro de los propietarios de los amarres.

—La lista es corta; el único propietario de todos los amarres es el mismo puerto, que los alquila. En cualquier caso, no te voy a dar la lista de todos los arrendatarios. Si me preguntas por algún amarre en concreto, quizá te daría el nombre.

—¿Trabaja usted sola de noche?

—Hay un marinero que también está de servicio, pero vete a saber por dónde andará.

—¿Cómo se llama?

—Ramiro.

Melgar coge dos folletos en los que apunta su número de teléfono. Se guarda uno y le da el otro a Carmen.

— Si ve que entra algún barco esta noche, le estaría agradecido si me llamase.

—¿Tú te crees que voy a estar mirando toda la noche por ahí para ver si entra algún barco? —pregunta Carmen, señalando al ventanuco.

—Ya. Supongo que no.

—Pues eso. Buenas noches.

Melgar se da una vuelta por el muelle y recorre los pantalanes; la mayoría están ocupados. Va tomando nota de aquellos que están vacíos. Luego vuelve a la tasca.

—Mira a quién tenemos por aquí —le saluda uno de los borrachos—. ¿Cómo está Betty?

Risas.

—¿Alguno de ustedes ha visto a Ramiro?

—Depende —dice uno.

—¿Cómo que depende? ¿Lo han visto o no?

—Depende de para qué lo buscas.

—Necesitamos su colaboración para una investigación en curso.

—Yo soy Ramiro —dice un marinero, saliendo de dentro de la tasca.

—Acompáñeme.

El marinero le acompaña de mala gana, aguantando las burlas de los borrachos. Cuando están a una distancia en la que no pueden oírlos, Melgar hace un alto.

—Lo que le voy a contar debe quedar entre usted y yo. ¿Lo entiende?

—Sí.

—Soy el agente Raúl Melgar, de la Guardia Civil. Necesito que me llame si ve llegar algún barco esta noche —dice dándole el folleto con su teléfono.

—¿Y si llega más de uno?

—Me llama igual.

—¿Y qué gano yo?

—Cumplirá con su deber como ciudadano: colaborar con la Guardia Civil. No obstante, le compensaré mañana.

—¿Cómo me compensará?

—Con un par de botellas del licor que usted elija.

—Nos empezamos a entender.

El hombre vuelve a la tasca y Melgar recorre los pantalanes donde hay amarres vacíos; se pregunta si el barco en cuestión habrá llegado antes que él, pero no parece probable. Son las diez y media, y se supone que el desembarco se producirá de madrugada. Después de darse una vuelta, se dirige a la bocana del puerto. Desde ahí podrá observar todos los barcos que entren y salgan. Al llegar al extremo del espigón, se encuentra con un hombre, con una vestimenta que no encaja con la de los marineros que ha visto en el puerto.

—Buenas noches —le saluda.

—*Boas noites* —le responde el extraño.

—Veo que es usted gallego —dice Melgar.

—Y yo veo que usted no lo es.

—Me parece que estamos aquí para lo mismo.

—Depende de quién lo pregunte —responde el extraño.

—Soy el agente Raúl Melgar, de la Guardia Civil.

—Subinspector Eduardo López, de la UDYCO.

—Creo que les ha avisado mi teniente, de la UCO.

—Eso parece —responde López.

—¿Solo le han enviado a usted?

El subinspector es un hombre fornido que pasa de los cuarenta. Le obsequia a Melgar con una mirada despectiva.

—¿Qué quiere decir con eso de que solo me han enviado a mí? ¿Le parezco poca cosa?

—No se lo tome a mal. Me pregunto a qué nos enfrentamos —responde Melgar.

—Lleva poco tiempo en el cuerpo, ¿no?

—No mucho, la verdad.

López suspira.

—Esperaba a alguien más veterano —comenta—. Tengo a mis hombres fuera del puerto, pero no quiero que se dejen ver. A una orden mía aparecerán en cuestión de segundos.

Los dos hombres guardan silencio mientras vigilan la bocana del puerto.

40. Natalia

En la casa de María hay un trasiego de agentes y personal sanitario. El cabo Delgado observa a Natalia. La chica tiene sangre en la cara, en el pelo y en la ropa.

—Marco le ha dado una paliza —comenta la teniente, que está al lado.

—Eso lo tendrá que decir ella —responde el brigada.

Patricia se dirige a la puerta de la habitación.

—¿Adónde va? —le pregunta Delgado alzando la voz.

La teniente no responde. Camina al salón y habla con uno de los médicos que parece estar a cargo de evaluar la situación.

—Hay una chica que necesita atención médica. Acompáñeme.

El médico la sigue al cuarto de estar, donde Delgado está tratando de interrogar a Natalia sin conseguir que diga una palabra.

—Se llama Natalia y es hija de María, la mujer que está en el salón —le explica Patricia al médico—, que evita usar expresiones como «la mujer muerta» o «asesinada».

El médico observa el estado de la chica. La mira a los ojos, y llama a un enfermero.

—Traiga una camilla. Nos la llevamos al hospital.

—¡Oiga, que tengo que interrogarla! —protesta Delgado.

Ruiz no pierde detalle de la escena, pero no ve cómo puede apoyar a su superior.

—Esta chica está en estado de *shock* y no sabemos qué lesiones tiene. Ya la interrogará cuando esté en condiciones —aclara el médico.

Gómez entra en la habitación justo a tiempo de ver cómo los enfermeros se la llevan en camilla hasta la ambulancia. Oye que se dirigen al Hospital Arduina. Los acompaña a la puerta de la casa y aprovecha que ve llegar a un agente para pedirle que le deje las llaves de su coche, que él y la teniente lo necesitan para una urgencia. El agente obedece.

En el cuarto de estar, Delgado ha asumido una jefatura que no le corresponde.

—Montenegro, tiene muchas explicaciones que dar —le advierte.

—Aunque usted esté al frente del caso, por el momento, sigo siendo teniente. No lo olvide —le recuerda Patricia.

—¿Dónde están los agentes Urriaga y Melgar? —pregunta Delgado.

—Eso me gustaría saber —responde Patricia, que no quiere dar información acerca de la operación conjunta con la Policía Nacional.

—Ruiz, usted tenía que haberse quedado vigilando la casa con Urriaga hasta las doce de la noche. —dice Delgado. Esas fueron las órdenes que le di a su compañera. Le pedí que se lo comunicase a usted.

—A mí nadie me dijo nada —miente Ruiz—. Estuvimos siguiendo a Natalia todo el día: por la mañana, vino a recogerla una amiga y fueron a comer a una cafetería; luego la trajo de vuelta a casa a las cinco. La agente Urriaga y yo nos fuimos a eso de las ocho.

El cabo Delgado llama por teléfono a Melgar y a Urriaga. Ninguno de los dos responde. Gómez entra en la habitación.

—Cuénteme lo qué ha pasado aquí —ordena Delgado, dirigiéndose a Patricia.

—No lo sé. Solo puedo decirle que nos encontramos a María, a Marco, y a Natalia sobre un charco de sangre. La única que quedaba con vida era la chica. Llamamos a una ambulancia y a usted.

—¿Algo que añadir? —pregunta Delgado a Gómez.

—Nada.

—Necesito que hagan un informe detallado de lo que han hecho las últimas doce horas.

—Si no quiere nada más, me retiro para hacer el informe —dice Patricia.

—Lo mismo digo —añade Gómez.

—Pueden retirarse, pero llamen al capitán Montero ya. Les aseguro que está muy nervioso y quiere hablar con ustedes urgentemente.

41. El topo

Gómez y Patricia salen de casa de María y suben al coche que les dejó el agente.

Patricia hace una llamada, aunque no al capitán Montero, sino a Melgar.

—Hola, teniente —responde este.

—¿Dónde está usted?

—En el puerto, con un subinspector de la UDYCO.

—No se mueva de ahí y no responda ninguna llamada que no sea mía. Gómez y yo vamos para allí.

—Descuide teniente.

—Vamos al puerto —le dice Patricia a Gómez.

—¿Cómo te encuentras? —pregunta él.

—Lo sobrellevo. Me siento culpable por lo que ha pasado.

—En todo caso, quien debería sentirse culpable soy yo —se inculpa Gómez—. No debí montar la operación Antillas con Melgar; tenías razón, el chico no estaba preparado.

—¿Crees que de verdad Urriaga no le dijo a Ruiz que tenían que prolongar la vigilancia? —pregunta Patricia.

—Ruiz miente —responde Gómez categóricamente. Sabemos que Urriaga abandonó la vigilancia para ver qué hacía Melgar, pero no sabemos lo que hizo él.

—Estoy casi segura de que Ruiz es el topo —aventura Patricia.

—Por lo menos, ni él ni Delgado están al tanto de la operación Antillas.

El teléfono de la teniente suena; el agente de guardia del cuartel le comunica que hay una chica que pide hablar con el jefe. Le ha dicho que vuelva mañana, pero insiste en que tiene que ser ahora.

La teniente se alegra de que el agente no esté al tanto de que ella ya no lleva el caso.

—Pásemela —ordena Patricia.

—Buenas noches —dice una voz con acento latino.

—Buenas noches. Soy la teniente Patricia Montenegro. ¿Con quién hablo?

—Soy Elizabeth Rodríguez. Nos conocimos en casa del señor Nuno Roibas.

—Ya la recuerdo. ¿En qué puedo ayudarla, señorita Rodríguez?

—Tengo miedo. Estaba cenando con mi pareja, un chico que conocí hace unos días, y ha pasado algo muy raro.

Patricia oye el llanto de Elizabeth.

—Cálmese. Cuénteme qué ha pasado.

—En mitad de la cena, ha aparecido un marimacho, diciendo no sé qué de una misión secreta. Ha pegado a los camareros y nos ha montado un número. A mí me ha llamado zorra. Yo, claro, le he tenido que responder que para zorra ya estaba ella. Luego se la han llevado. Mi novio se ha ido al baño y yo he salido corriendo. Llevo un rato caminando sin saber qué hacer; hasta que en una gasolinera he contado que creo que me persiguen y me han dicho que me fuera al cuartel. No sé lo que está pasando, pero no quiero volver a casa del señor Roibas.

—Tranquilícese y escuche: yo no puedo ir ahora al cuartel, pero usted debe volver al hotel donde había quedado a cenar. Dígale al director que va de parte del cabo Gómez y que le dé una habitación. No se mueva de ahí; es el sitio más seguro.

—¿Quién es el cabo Gómez?

—Un compañero, pero eso no importa.

—¡Muchas gracias!

—No diga ni una palabra de lo que ha pasado a nadie. Ahora, páseme al agente.

Patricia le ordena al agente de guardia que llame a un taxi para la chica, y que no comente nada a nadie. Cuelga y pone al tanto a Gómez.

Pasadas las doce, Patricia y Gómez llegan al puerto. Saludan a Melgar y se presentan al subinspector Eduardo López.

—Encantados de colaborar con ustedes —dice Patricia.

—Se lo agradecemos —responde López—. Como sabe, vamos tras Nuno Roibas. Si conseguimos detener a su gente con el alijo, tendremos una oportunidad de que alguno de ellos cante.

—Somos cuatro —dice Patricia—. Creo que lo mejor será que nos repartamos; uno que vigile la entrada al puerto para ver si viene gente de Roibas; otro se queda en la bocana y avisa a los demás si ve entrar algún barco; y los otros dos podemos escondernos en algún pantalán. Si nos quedamos aquí, despertaremos sospechas.

Al subinspector no le gusta que Patricia le diga lo que tiene que hacer, pero reconoce que tiene su lógica. Después de pensarlo unos instantes, responde.

—Me parece bien; yo me quedo en la bocana, usted decida dónde quiere colocar a sus hombres.

Intercambian los números de teléfono y cada uno ocupa la posición que han acordado.

A la una de la madrugada, entra una pequeña embarcación. El subinspector llama a Patricia para decirle que no es la que buscan.

Melgar vigila la entrada al puerto; cualquier persona que quiera entrar a pie al muelle principal tiene que pasar por ahí. Su mirada está perdida en algún punto inconcreto y su mente está en otro sitio. «¿Qué habrá hecho Noa?». El ruido de un motor le devuelve a la realidad; un vehículo está aparcando fuera de su ángulo de visión. Melgar se acerca con cuidado de no ser visto. Ve al agente Ruiz bajar del coche. Se dispone a acercarse y pedirle que le acompañe en la vigilancia, cuando recuerda las órdenes de la teniente: «Cualquier persona que entre, sin excepción de ninguna clase, me llama inmediatamente».

Patricia está consultando las numerosas llamadas perdidas y los mensajes de Madrid que no quiere abrir; ya sabe que todos tratan de lo mismo: tiene que volver a la capital de inmediato. Más pronto que tarde emitirán una orden de búsqueda y captura para ella y para Gómez, orden que sin duda Delgado tendrá el placer de obedecer. Ve en la pantalla de su móvil el nombre de Melgar y responde.

—Dígame, Melgar.

—El agente Ruiz acaba de llegar y se dirige al muelle. Lo tengo a unos cincuenta metros y me va a ver en cualquier momento.

—Escúcheme: el agente Ruiz es un topo infiltrado de Roibas.

—¿Está segura?

—No, qué va; es una broma —ironiza la teniente—. ¿A usted que le parece? ¡Deje de cuestionarse lo que le estoy diciendo! En cuanto le vea, le saluda y le pide que le acompañe a la tasca; ahora está cerrada y no hay nadie, pero eso es lo de menos. No le pierda de vista ni un segundo. No debe dejarle ir ni permitirle que haga ninguna llamada. No comente nada de la misión. Si es necesario, haga uso de la fuerza.

—Entendido, teniente.

Ruiz se sorprende al encontrar a Melgar en el puerto.

—¿Qué haces aquí?

—Eso mismo te iba a preguntar yo —responde Melgar.

—Tengo insomnio y he salido a caminar —explica Ruiz—. Ver barcos me relaja.

—Algo parecido me pasa a mí —miente Melgar—. Vine a la tasca a beber algo y a dar un paseo. Si te parece, vamos juntos.

Caminan en dirección a la tasca. Ninguno de los dos cree lo que ha dicho el otro, y ambos lo saben. Ruiz intuye lo que pasa: han montado un operativo de vigilancia en el puerto y no le han dicho nada. Eso significa que sospechan que él es un infiltrado. Tiene que avisar a Roibas urgentemente.

—¿Sabe que han apartado del caso a la teniente y a Gómez? —dice Ruiz.

—Primera noticia.

—Pues sí. Delgado está a ahora a cargo de la investigación y nos ha ordenado que a ellos los detengamos y los llevemos al cuartel; están desobedeciendo las órdenes de sus jefes de Madrid. ¿No los habrá visto?

Melgar no se cree nada de lo que le acaba de contar Ruiz.

—Supongo que están en sus hoteles —responde.

Ruiz se detiene y se echa las manos a los bolsillos como buscando algo.

—Si me disculpas un momento, tengo que volver al coche. Me he dejado la cartera. Sigue tú. Yo te alcanzo enseguida.

Ruiz se da la vuelta para dirigirse hacia el coche sin esperar respuesta.

—Te acompaño. No tengo otra cosa que hacer —dice Melgar.

—No hace falta —dice Ruiz, que busca su móvil en los bolsillos.

—Me temo que sí. Deja el móvil en el suelo ahora mismo.

Ruiz se da la vuelta y ve que Melgar le está apuntando.

—Vamos, chico, ¿qué estás haciendo? ¿Te has vuelto loco? No sé a qué juegas, pero te conozco y estoy seguro de que no dispararás.

—No te lo repito. Deja el móvil en el suelo ahora mismo y pon las manos en alto.

—Dispárame si tienes cojones —dice, sacando el móvil.

Melgar nunca ha disparado a nadie y se siente incapaz de hacerlo. Ruiz hace una llamada sin dejar de mirarle. Melgar se le echa encima y lo derriba. Consigue inmovilizarlo y le pone las esposas por la espalda.

—Buen trabajo —dice una voz detrás de él.

Es la teniente. El móvil está en el suelo. Patricia lo recoge y reconoce la voz de Roibas, preguntando si todo está en orden. Cuelga.

Ruiz está de pie, con raspones en la cara producidos por la caída.

—Es usted un traidor, ha caído en lo más bajo que puede caer una agente de la Guardia Civil —le acusa Patricia—. Usted sabrá por qué lo ha hecho. Yo solo espero que le caiga la pena máxima para estos casos.

—¡Déjeme en paz!

En ese momento, llega Gómez.

—Tiene una oportunidad de arrepentimiento, que se tendrá en cuenta —le aconseja Patricia —: llame a Roibas y dígale que todo está tranquilo en el puerto.

—¡Que te follen!

—Buenas noches —saluda Gómez en tono suave—. Por favor, déjenme solo con él; es mejor que no sean testigos de lo que va a pasar.

Patricia y Melgar se alejan.

—Tengo una pregunta para usted, Ruiz. ¿Sabe nadar encadenado y con esposas a la espalda?

—¿Me estás amenazando?

—Para nada. Le estoy contando lo que va a suceder en el próximo minuto: usted va a caer al agua. Por desgracia, en esta parte del muelle no hay barcos, solo agua a un metro bajo el nivel del muelle. Imposible salir por aquí. Nadie podrá salvarle, ni siquiera yo aunque lo intentara; está muy oscuro. En cuestión de minutos, estará en el fondo. La versión oficial será que intentó huir esposado, con tan mala suerte que tropezó y cayó al mar; yo intenté buscarlo, y no le encontré. ¿Qué le parece?

—No te atreverás.

Gómez lo lleva al borde del muelle y lo coloca mirando hacia el mar, con las puntas de los pies sobresaliendo en el vacío. Lo tiene agarrado por las esposas, y poco a poco, lo empuja hacia delante. Ruiz abre las piernas para tener más estabilidad; es consciente de que, si Gómez le suelta en ese momento, caerá directo al agua.

—No podré sostenerle por más tiempo —amenaza Gómez mientras sigue empujándolo por la espalda.

Ruiz solo ve el agua negra. Le parece un puré espeso del que no podrá salir. Nota que su cuerpo ha llegado a un ángulo de inclinación cercano al punto de no retorno, en el que irremediablemente Gómez ya no podrá sostenerle.

—Lo siento, Ruiz, pero no puedo más. Saludos a los peces —anuncia Gómez.

—¡Pare! Haré la llamada.

Patricia y Melgar, que estaban a pocos metros detrás de ellos, se acercan.

—Una palabra equivocada, y te juro que vas al agua —le amenaza Gómez, mientras Melgar le quita las esposas.

Patricia le da el móvil y le ordena que haga la llamada con la opción de grabación activada. Roibas responde.

—*Carallo*, pero ¿qué pasa? —pregunta—. Me has llamado, y no me respondías. He oído ruidos.

—Todo en orden. Se me cayó el móvil debajo de unos palés y me ha llevado un rato encontrarlo.

—Ten más cuidado. Me has hecho avisar a Galindo que pararan motores hasta nueva orden.

—No te preocupes. Esto está tranquilo. Si veo algo raro, te llamo.

—Llámame cuando hayan atracado y comprobéis que todo está en orden, para enviar a Óscar.

Roibas cuelga. Patricia coge el teléfono y Melgar esposa a Ruiz a una barandilla.

La teniente llama al subinspector López y le pone al tanto de la situación.

—¿No le parece que es momento de pedir refuerzos? —sugiere Patricia.

—Creo que nos valemos nosotros cuatro y los agentes que tengo camuflados —responde el subinspector—; cuanta menos gente esté implicada, mejor. Cualquier movimiento o luz extraña que vean desde el barco echaría por tierra la operación.

A las dos y media, Eduardo López está mirando con sus prismáticos. Distingue unas luces: verde, blanca y roja; es un barco que navega hacia la bocana del puerto. Poco a poco va distinguiendo el contorno. Tiene que ser el que esperan. Cuando está suficientemente cerca, llama a Patricia.

—Teniente, avise a sus hombres. En estos momentos entra por la bocana del puerto una embarcación que bien podría ser la de Roibas. Mantenga la línea abierta y le voy informando de hacia dónde se dirige.

López le cuenta que se trata de un barco de pesca de unos diez metros de eslora, que navega hacia el pantalán cuatro.

El barco inicia las maniobras de atraque de punta por la popa. Víctor Galindo salta al pantalán y amarra los cabos al noray. Su hermano Manuel amarra los cabos de proa a las boyas. Una vez están bien amarrados, los otros tres tripulantes saltan al pantalán. Echan un vistazo alrededor y caminan hacia el muelle.

El subinspector ha grabado la maniobra, y avisa a la teniente de que se preparen para detenerlos, que él va para allí. Cuando los tripulantes llegan al muelle principal, giran en dirección hacia el aparcamiento.

—¿Dónde se habrá metido el gordo? —pregunta Manuel Galindo al llegar al *parking*.

Antes de que puedan reaccionar, se ven rodeados por varios agentes armados. Víctor intenta escapar. Una voz de «¡Alto a la Guardia Civil!» seguida de un disparo al aire le hacen pararse en seco. Melgar y Gómez los esposan, mientras la teniente y el subinspector los apuntan con sus armas. Les quitan los teléfonos, una pistola y varias navajas.

Eduardo López hace una llamada al comisario que lleva el caso. A los pocos minutos, se oyen las sirenas de los coches patrulla. Los policías registran el barco y encuentran un alijo de cocaína de cerca de mil kilos. Patricia y Gómez los acompañan, pero no encuentran lo que buscan: a Ginna.

El subinspector felicita a la teniente y a sus agentes por su trabajo, que reconoce ha contribuido al éxito de la operación. A su superior le gustaría hablar con ella. Patricia le responde que tiene algo que hacer, que no admite espera, pero estará encantada de hablar con él en otro momento.

—Necesito que me haga un favor —le pide la teniente—. Estamos buscando a una menor desaparecida que podría estar en casa de Roibas; voy a mandar al cabo Gómez y al agente Melgar a que registren la casa. Le agradecería que les ayudasen, y, ya de paso, que se llevasen detenido al agente Bieito Ruiz, un infiltrado que trabaja para Roibas.

—Cuente con ello —responde el subinspector.

Nuno Roibas sabe que algo va mal. El Yako25 tenía que estar hace tiempo en el puerto, y el capitán Manuel Galindo ya debería haberle llamado, pero no lo ha hecho. Su intuición le dice que es mejor huir cuando antes. Roibas prepara una maleta con lo justo y un par de pasaportes falsos. Se sube a su deportivo con Óscar y conduce aliviado al ver que nadie le ha parado. La calle parece tranquila. Cuando gira a la derecha para tomar la carretera, se encuentra con un control de policía; les están apuntando varios agentes parapetados tras los coches patrullas. Roibas mira por el retrovisor. Otros coches patrulla le cortan la huida por detrás. No ve la forma de escapar. A los pocos minutos, sale con las manos en alto.

Óscar se lo piensa y decide arriesgarse; después de todo, él ha asesinado a Lois, y le caería una pena mayor. Se coloca en el asiento del conductor, da marcha atrás unos metros para tener más recorrido y alcanzar más velocidad. Mete la primera y pisa a fondo el acelerador con la intención de embestir a los coches patrulla que tiene delante y abrirse un hueco entre ellos. El deportivo se empotra contra uno de ellos, y el cuerpo de Óscar queda atrapado en un amasijo de metal.

Gómez y Melgar acompañan a los agentes a casa de Roibas, donde llevan a cabo un registro a fondo. Encuentran algunos documentos de la sociedad Prolacser, de la que Roibas es consejero delegado y que tiene arrendada una nave a su nombre, pero ni rastro de Ginna.

Se dirigen a la nave con los agentes. Allí encuentran más material inculpatorio de Roibas, pero de nuevo, ninguna pista de donde pudiera estar la pequeña.

Gómez llama a la teniente y la pone al día de los resultados de los registros. Patricia le pide que pase a recogerla a la casa rural donde se hospeda y que Melgar vuelva al hotel y tranquilice a Elizabeth.

42. Confesión

La teniente ha tenido tiempo de leer el cuaderno de notas de María. Javier la está llamando al móvil, y ella anula la llamada.

Gómez la recoge a las cuatro de la madrugada del martes.

—¿Sabes a qué hospital se han llevado a Natalia? —pregunta la teniente.

—Al Arduina.

—Vamos allí. Tengo que hablar con ella.

Entran por urgencias a una sala en la que dos hombres esperan su turno. Se dirigen a una mampara de metacrilato con agujeros, por los cuales se puede hablar. Medio oculta tras el mostrador, al lado del cartel ADMISIÓN DE PACIENTES, se encuentra una mujer adormilada.

—Buenas noches —saluda Patricia.

La mujer abre los ojos y pregunta con desgana:

—¿Quién es el enfermo de los dos?

—Ninguno. Yo soy la teniente Montenegro y este es el cabo Gómez. Hace unas horas ha ingresado Natalia Mosqueira. Tenemos que hablar con ella.

—La verdad, no tienen pinta de policías. ¿Pueden enseñarme la placa?

—No somos policías, somos de la Guardia Civil.

Patricia y Gómez le muestran los carnets.

—Ya veo. Tenemos órdenes de que no se la moleste.

—¿Órdenes de quién? —pregunta Gómez.

—Del médico y de un compañero suyo, un tal Delgado.

—Soy la superior del cabo Delgado —afirma Patricia—. Mire mi carnet, ¿lo ve? Aquí pone que soy teniente, y eso es más que cabo. En cuanto al médico, póngame en contacto con él.

—Imposible. No vuelve hasta mañana.

—Pues ya le digo yo que será posible —afirma Gómez alzando la voz—. La vida de una persona está en peligro, y la paciente tiene información que podría salvarla. Sabemos que Natalia Mosqueira necesita descanso, pero no le va a pasar nada porque nos dedique cinco minutos.

—¡Un momento! Un momento —dice la mujer, descolgando el auricular de un teléfono fijo. Marca un número, pero nadie responde.

—Tendrán que esperar. El médico de guardia no lo coge.

—No podemos esperar —insiste Gómez—. Si nos deja pasar, siempre podrá decir que se lo ordenamos; nosotros asumiremos la responsabilidad. Me encargaré de que su nombre salga en la prensa comentando su acción heroica. Si no nos deja verla, usted cargará toda su vida con la culpa de no haber evitado una muerte cuando pudo hacerlo.

—No hace falta que se ponga así. Por esa puerta —señala la recepcionista con la mano—. Habitación veintiuno. Les doy diez minutos.

Cuando llegan a la habitación, Patricia le pide a Gómez que espere fuera.

A Natalia le han dado un tranquilizante y está adormilada. Varios apósitos en la cara le cubren las heridas. La teniente se sienta a un lado de la cama y la despierta.

—Hola, Natalia, ¿cómo te encuentras?

La chica mira alrededor. Está en una habitación extraña con una mujer a su lado que le resulta familiar. Necesita unos minutos para recordar lo sucedido. Entonces unos lagrimones le recorren las mejillas.

—Siento por lo que has pasado, Natalia. Has sido valiente y has hecho lo que tenías que hacer. Ese cerdo ya no te hará más daño.

La chica mira a la teniente y no dice nada. Después de un rato, Patricia continua.

—Natalia, tenemos que hablar; tengo un cuaderno de notas de tu madre. En él cuenta en detalle lo que pasó el día que desapareció tu hermana. Tú fuiste la última persona en verla cuando le pusiste la película y luego saliste; después, fuiste la primera en volver a la casa. Mientras tu madre daba una vuelta por fuera buscando a Ginna, entraste como queriendo pasar desapercibida. De hecho, apagaste la luz de las escaleras, que tu madre había dejado encendida; algo que le llamó la atención porque nunca la apagáis. También me llama la atención que fueras directa a la ducha. Solo me queda añadir algo que tú ya sabes: tu coartada es falsa.

Natalia sigue sin decir nada. Llora.

—Estoy casi segura de que Marco abusaba de ti. Yo he pasado por eso cuando era una niña, y todo mi afán era vengarme del hombre me violentó; hubiera sido capaz de cualquier cosa, incluso de hacer daño a su persona más querida. Creo que Ginna era a quien más quería tu padrastro.

Patricia recibe un SMS de Javier: «Es urgente que hablemos». Ella responde que le llamará más tarde.

Natalia rompe su silencio. Siente que en frente tiene a la única persona que la puede comprender.

—Marco ha abusado de mí desde pequeña —empieza a desahogarse entre sollozos—. Sé que lo intentó una vez con mi hermana; pero ella es mayor que yo y no la podía controlar, así que me eligió a mí. Yo tenía siete años, y, con la disculpa de que iba a contarme un cuento, venía a mi habitación.

Patricia nota cómo la sangre le hierve. «Tengo que tranquilizarme», se dice.

—Me amenazaba con que nos mataría a mi madre y a mí si yo no me dejaba hacer lo que él quería —continúa Natalia—. Aprovechaba para entrar a mi cuarto después de cenar, cuando mi madre estaba en la cocina, o de madrugada, mientras ella dormía. Hace un año, puse un cerrojo, y desde entonces estaba muy agresivo conmigo.

Natalia se enjuga las lágrimas, respira hondo y mira alrededor.

—Estamos tú y yo solas —le dice Patricia en tono apaciguador.

—Aquel sábado, Marco me pegó en la comida, delante de todos, mientras no paraba de mimar a mi hermanastra. Después de comer, fui al cuarto de estar y Ginna me ordenó que le pusiera su película favorita, o si no, se lo diría a su padre. Hasta ella me trataba como un trapo. Le dije que si le apetecía podíamos ir juntas al mirador, desde el que podría ver los destellos mágicos de colores; mi hermana y yo le tomamos el pelo con esa historia. Ella se ilusionó, y quedamos en que la recogería en cinco minutos; le pedí que cogiera su anorak y se pusiera las botas, y que me esperase en la cocina. Yo salí por la puerta principal.

Natalia respira hondo y hace una pausa. Patricia le coge la mano.

—Aproveché la llegada de Brais, el vecino. Mi madre le preparó un café en la cocina. Cuando volvió al salón, yo entré por la puerta de la cocina, y salí con Ginna.

43. Diez días antes

Diez días antes, sábado catorce de noviembre, por la tarde.

Las botas de la niña resbalan sobre la hierba húmeda, la marcha le resulta cada vez más penosa. Tiene los dedos rojos de apretar con fuerza la mano que la guía a través de la niebla, en la oscuridad de la noche.

Ginna oye el eco de las olas rompiendo. El acantilado está cerca. Trata de agudizar la vista, pero apenas alcanza a ver más allá de un par de metros. Se acerca el momento de la verdad. Natalia la ve por un instante como a una niña indefensa y entregada. Después de todo, ella no tiene la culpa de lo que hace su padre. Le asaltan las dudas de si debe seguir adelante con su plan.

Revive los abusos que viene sufriendo desde los siete años, antes de nacer Ginna. Odia a Marco con toda su alma; continuamente la ha tenido amenazada de muerte. Se juró a sí misma que se vengaría de ese malnacido, y ese domingo ha encontrado la forma de hacerlo: su querida Ginna, a la que tanto había mimado y consentido, y convertido en una tirana, va a desaparecer.

La rabia la reafirma en su propósito de destrozarle la vida a Marco, aunque el precio sea alto.

—Tengo mucho frío —se queja la pequeña.

La chica le ajusta la bufanda y le pone la capucha. Le parece oír un ruido detrás y gira la cabeza, pero no ve nada; la niebla es muy espesa.

—¿Tú has oído algo, Ginna?

—No. Quiero volver a casa —responde esta gimiendo.

—Ya hemos llegado. ¡Por fin vas a ver el resplandor mágico! —le dice acariciándole la cabeza—. Ahora solo tienes que dar tres pasitos hacia delante contando en voz alta.

—Vale, pero ven conmigo —dice la pequeña.

—No puedo. Si voy contigo, la magia desaparecerá.

—¡Es que está todo negro, y tengo miedo de caerme por el barranco!

—No te va a pasar nada —dice con voz suave—. El acantilado está más lejos de lo que piensas, y yo estoy aquí vigilando. Venga, que quiero volver a casa.

Al oírse decir esas palabras, le entran náuseas, y un escalofrío le recorre el cuerpo. ¿Pero qué estoy haciendo?, se pregunta.

Ginna pronuncia «uno» con voz temblorosa y da el primer paso hacia el abismo.

—¡No te muevas! —le grita Natalia.

Pero ya es tarde. La pequeña se cae, resbala por el musgo, y se desliza pendiente abajo sobre una roca inclinada y resbaladiza. Con la cabeza por delante, va directo hacia el borde del acantilado hasta que frena bruscamente: una bota se ha enganchado en una raíz que asoma por una grieta de la roca; eso detendrá, temporalmente, su caída. Ha quedado tumbada bocabajo, con la cabeza al borde del acantilado y los pies hacia la parte alta de la pendiente; no tiene de dónde agarrarse y grita, pidiendo ayuda. La bota puede soltarse en cualquier momento.

—¡Ginna! ¡No te muevas, voy a por ti! —grita la chica.

Otra vez ese ruido a su espalda. Se da la vuelta: lo que ve la deja aterrorizada. Es una criatura monstruosa. Natalia sale corriendo.

No puede usar la linterna porque le es imposible enfocar al suelo mientras corre, y tropieza varias veces hasta que cae de bruces. El golpe la deja sin respiración. Tiene el cuerpo y la cara manchados de barro. Casi sin aliento, se levanta, se enjuga los ojos con la manga de su anorak y continúa su escapada hasta que el agotamiento la obliga a aflojar la marcha. Llega a casa de Lucrecia, la meiga-pastelera, junto al faro. Durante unos segundos, piensa en pedirle cobijo, pero tendría que dar muchas explicaciones.

Abatida, y casi sin fuerzas, continúa al trote hacia su casa. Por fin vislumbra en pleno monte unas luces que le son familiares. Corre el último tramo hasta que se planta en la puerta de su casa. Echa una última mirada hacia atrás y no ve a nadie. Da la vuelta a la vivienda para entrar por la cocina. Al doblar la esquina, ve a su madre de espaldas; está rodeando la casa en sentido opuesto al suyo. Se quita las botas y entra sigilosamente. Nadie la ha visto entrar. Al subir a su dormitorio, apaga las luces de la escalera para que no la vean. Quizá Ginna aún esté viva, quiere creer; pero sabe que las probabilidades son mínimas. Llama a su amiga Julia y le recuerda que, si preguntan por ella, tiene que decir que han pasado la tarde juntas.

Se mete en la ducha vestida; abre el agua caliente y apoya los codos y la cabeza en la pared de baldosas. El agua va empapando su ropa y arrastra el barro hacia el desagüe.

Al principio son solo unas pocas lágrimas, pero luego llora sin consuelo, expulsando todo el dolor y la angustia que ha acumulado durante años. Llora por Ginna, llora por ella, llora porque su existencia es un infierno. Llora porque es ella quien tenía que haberse arrojado por el precipicio.

Alguien llama a la puerta de su habitación.

—¿Quién es? —pregunta.

—Soy mamá. Oye, ¿has visto a Ginna?

—No —responde—. Yo acabo de llegar.

Cuando Natalia termina de contar lo que pasó, se queda mirando a Patricia.

—No hemos encontrado el cuerpo en el acantilado —afirma la teniente—. ¿Crees que aquella criatura que viste pudiera haberla raptado?

—Puede ser. No tengo ni idea.

—Descríbelo, ¿cómo era?

—Estaba todo muy oscuro. Era muy alto, tenía la cara y las manos cubiertas de pelo negro. Era horroroso.

Patricia sabe que ese es el hombre lobo que dicen haber visto por los alrededores.

—¿Sabes una cosa? —le pregunta Natalia a la teniente.

—Dime.

—Pues que estoy triste por la muerte de mi madre, pero no lo siento tanto como debiera. Ella consintió que ese cabrón abusara de mí; nunca hizo nada. Lo defendió siempre. Permitió que viviéramos bajo el mismo techo y destrozó la familia que éramos antes de que llegara él.

Natalia parece más tranquila. Se ha desahogado con Patricia, pero se siente perdida. Necesita tiempo para asimilar la muerte de su madre y cómo todo esto ha acabado con la vida de Marco.

—Bueno, ahora tienes que descansar —le dice la teniente con voz apacible—. Te dejo mi teléfono por si me necesitas o recuerdas algo más.

Cuando se van de la sala de urgencias, Patricia se dirige a la mujer que controla las visitas y la admisión de pacientes.

—Le agradecemos que nos haya dejado entrar. Es posible que gracias a su actuación podamos salvar una vida.

La mujer se ruboriza.

—Ahora tengo que pedirle otro favor. No deje pasar a nadie más, ni siquiera al cabo Delgado, hasta que el médico lo autorice.

—Descuide. Yo me encargo.

44. Una teoría

De camino al coche, Patricia llama a Javier.

—¿Qué era eso tan urgente que tenías que contarme?

—Buenas noches, teniente —responde Javier en tono sarcástico.

—Disculpa, he tenido un día muy complicado.

—Me imagino. He visto las fotos en televisión; lo siento, pero no te llamaba por eso.

—Cuéntame —le apremia la teniente.

Javier piensa que esa es la auténtica Patricia Montenegro; impaciente, exigente, la que da órdenes.

—Tengo una teoría. Sospecho dónde está Ginna.

—¿Dónde?

—Lo siento, pero no te lo voy a decir por teléfono. Es solo una teoría y preferiría comprobarlo personalmente o contigo; pero no quiero ver a tus colegas. No tengo un buen recuerdo de la última vez.

—No te muevas de casa. Voy para allí, y me lo cuentas.

Javier mira el reloj. Son las cuatro y media de la madrugada.

—Aquí te espero.

Patricia cuelga y le pide a Gómez que la lleve a casa del escritor.

—¿Después de todo lo que ha pasado? ¿Estás loca?

—Sospecha dónde está Ginna. Solo me lo dirá cara a cara.

—¡Qué mal me suena eso! Puede ser una trampa.

—Estoy dispuesta a correr el riesgo. Déjame allí y vete; si no, no me dirá nada.

—Estás cometiendo un error, Patricia. Ese hombre solo te ha traído problemas. Primero el atentado con tu coche; luego, las fotos tuyas con él. No le conoces. No sabes cómo es ni qué intereses tiene.

—Creo en su inocencia.

—No hay peor ciego que el que no quiere ver —sentencia Gómez.

—Tú llévame y me dejas allí. No se te ocurra quedarte a vigilar, que te conozco.

—Como quieras. ¿Qué hacemos con el capitán? Está esperando a que le llamemos.

—Dame hasta mañana a las doce del mediodía. Yo misma le llamaré.

Gómez deja a Patricia en la puerta de la casa del escritor y se despide con frialdad. Cuando el coche del cabo desaparece, Javier abre la puerta.

—Adelante, Patricia.

Pasan al salón y cada uno se sienta en una butaca.

—Quería hablarte de Lucrecia. Dicen que es meiga —empieza el escritor.

—La conozco de verla una vez.

Javier le pone al tanto de su última visita a casa de la pastelera; de las fotos que vio, de la investigación que ha llevado a cabo por su cuenta y del descubrimiento de que ella tiene un hijo que sufre de hipertricosis o síndrome del hombre lobo.

Patricia recuerda las huellas que vio en la harina que estaba esparcida sobre el suelo del obrador, y lo que Javier le cuenta encaja con las denuncias de las personas que vieron al ser horrible.

—Yo creo que el chico nunca se fue del pueblo, o, mejor dicho, creo que ha vivido siempre escondido en la pastelería o en el faro—aventura Javier.

—¿Por qué no me dijiste nada?

—Porque no tenía nada consistente aparte de un presentimiento. Al principio pensé que se había convertido en un sociópata por el sufrimiento padecido de pequeño y que, quizá, habría asesinado a Ginna por venganza o vete a saber por qué; pero ahora no lo pienso.

—¿Qué te hizo cambiar de opinión?

—La conversación que tuve con Xurxo, el exmarido de Lucrecia, que vive en Madrid. Ahora viene lo interesante.

—Javier, vete al grano, por favor. No estás escribiendo una de tus novelas.

Ese comentario le parece inapropiado a Javier, pero lo achaca al estado de ansiedad en el que se encuentra Patricia.

—Lucrecia y Xurxo tuvieron una niña. Estaban locos con ella. Un día ocurrió la desgracia: un coche la atropelló cuando salía del colegio, y murió. Tenía cuatro años. Lucrecia nunca se recuperó de su pérdida. Se quedó embarazada, y esperaba que fuera niña, pero nació Xiago. Según Xurxo, su mujer se obsesionó con tener una niña hasta el punto de que estaba dispuesta a adoptar una en contra de sus deseos. Aquello terminó con la relación, y él se fue a Madrid.

—Sigo sin ver la relación con Ginna.

—Creo que el recuerdo de su hija y su obsesión por tener una niña la indujeron al rapto.

La teniente se queda pensando si compartir con Javier la declaración de Natalia.

—No puedo contarte los detalles —confiesa Patricia—. Solo puedo decirte que aquella noche, Ginna desapareció después de quedar colgada al borde del acantilado. No hemos encontrado el cuerpo, pero sé que estaba muy cerca una criatura que describen como monstruosa.

—¿Quién te lo ha dicho?

—La persona que llevó a Ginna al borde del acantilado. Llévame a casa de Lucrecia —le pide Patricia.

—¿A estas horas?

—Mañana no podré ir.

—¿Y eso? —pregunta el escritor.

—Me han destituido a raíz de las fotos sobre nosotros dos que aparecieron en televisión.

—Lo siento de veras.

—También publicaron fotos tuyas abrazado a María.

—Era un abrazo fraternal. Fui a su casa para conocer mejor el entorno de Ginna.

Patricia se le queda mirando fijamente sin decir nada.

—¿Qué pasa? —pregunta él, intrigado.

—Lo siento, Javier. María ha muerto esta noche. Marco la asesinó cuando vio esas fotos.

Javier se levanta despacio, cabizbajo y se dirige a la cocina a por un vaso de agua. No quiere que le vea llorar, no quiere que le oiga hablar titubeando, no quiere que vea cómo le tiemblan las manos.

Javier oye cómo Patricia se levanta de la butaca y se dirige hacia él por la espalda.

—Ahora no —dice él sin mirarla—. Solo necesito que me des un minuto para asimilar la noticia.

—Lo que haga falta.

Patricia regresa a la butaca, y Javier se sirve un vaso de agua, que bebe lentamente de un trago. Aprovecha que está en la cocina para echarse agua en la cara.

—¿Quieres algo de beber? —le propone a la teniente desde allí.

—Un vaso de agua me vendría bien.

Javier se lo lleva y se sienta frente a ella.

—Pobre María. ¿Sabes lo que me dijo cuando me dio ese abrazo de despedida?

Patricia no hace ningún esfuerzo por adivinarlo.

—Me dijo que se había equivocado y que lo estaba pagando. Supongo que se refería al infierno que era convivir con ese asesino.

—Marco también ha muerto. Por el momento no puedo decirte más.

—No sé si eso me consuela.

—La querías, ¿verdad? —se interesa Patricia.

—Sí, pero no como te imaginas. Tuvimos nuestro breve idilio; yo quise seguir, pero ella decidió continuar con su vida. Lo pasé mal una temporada, hasta que lo superé. Eso no quiere decir que no sienta su muerte profundamente.

—Te entiendo.

—¿Seguro? —se cuestiona Javier.

—¿A qué viene esa pregunta?

—A nada. Ya lo hablaremos en otro momento.

—¡El momento es ahora! —exige Patricia.

—No voy a empezar una discusión en el estado en que me encuentro.

—¡Ya lo has hecho! Dime por qué crees que no puedo entender cómo te sientes.

—Eres muy fría, Patricia —se sincera Javier.

Patricia se siente agotada, frustrada, no soporta más. Intenta contener las lágrimas, pero no puede.

—Eso es un golpe bajo, escritor. Es lo peor que has podido decirme.

Javier calla. Después de varios minutos de silencio, la teniente habla primero.

—No tengo coche. Necesito que me lleves a casa de Lucrecia.

—Te llevo, pero no me vas a dejar fuera. Quiero saber si Ginna está con ellos.

45. Por su seguridad

Durante el trayecto a casa de la pastelera, no intercambian una palabra. El silencio solo se ve perturbado por la llamada que recibe Patricia. Es Melgar. Mantienen una breve conversación.

El último tramo es campo a través y lo hacen a poca velocidad. Está nublado, pero no llueve. Aún faltan tres horas para que amanezca.

Javier detiene el coche a unos cien metros antes de llegar.

—¿Qué pasa? —pregunta la teniente.

—Mira allí, en lo alto del faro, en la vidriera. Hay alguien.

Patricia también observa movimientos. Se bajan del coche y caminan hasta la pastelería. La teniente gira el picaporte y abre la puerta unos pocos centímetros.

—No veo a nadie, pero hay luz en el obrador. Vamos a entrar —susurra.

La puerta chirría.

—¿Eres tú, Xiago? —pregunta Lucrecia que está trabajando en la otra habitación.

—Soy la teniente Montenegro y me acompaña Javier Garmendia —anuncia Patricia desde la entrada de la casa.

Lucrecia, alarmada, sale a recibirles, limpiándose las manos en el mandil.

—*Que fas na miña casa?* —pregunta indignada.

—Hemos venido a hablar con Xiago.

—Él no quiere hablar con vosotros.

—Quiero que sea Xiago quien nos lo diga —dice Patricia—. Está en el faro, ¿verdad?

La pastelera mira al techo con cara de resignación.

—Pasad por aquí.

Siguen a Lucrecia al obrador y se sientan alrededor de la mesa.

—¿Queréis tomar algo?

—No, gracias.

—Tened cuidado de no mancharos con la harina.

—¿Por qué no nos cuentas todo desde el principio, Lucrecia?

—Estoy segura de que ya conocéis una buena parte de la historia; si no, no estaríais aquí a estas horas. Supongo que la psicóloga te lo ha contado, ¿no es así, Javier? Esa mujer habla más de la cuenta.

—Sabemos que Xiago padece de hipertricosis, que sufrió acoso escolar y poco más —dice el aludido.

La pastelera dirige su mirada a la mesa donde tiene preparada la mantequilla, manzanas cortadas en dados, boles de azúcar, y otros productos que necesita para elaborar la repostería del día. Su expresión es de tristeza y cansancio. Suspira un par de veces y vuelve la mirada a sus visitantes.

—Mi marido nos abandonó cuando Xiago tenía dos años. Un año más tarde, murió mi padre; era el único apoyo familiar que me quedaba. ¿Podéis imaginar lo que es sacar adelante a un niño con esa enfermedad para una madre sola?

Lucrecia tiene los ojos rojos.

—Le insultaban, le pegaban, le tiraban piedras; cuando iba a recogerlo por las tardes, me lo encontraba llorando. Le cambié de colegio. Hablé con los profesores, con los directores, y lo único que me dijeron fue que habían recibido quejas de los padres, que pensaban que Xiago tenía una enfermedad contagiosa.

—Imagino lo terrible que debió de haber sido, Lucrecia —dice Javier.

—No. Tú no puedes imaginarlo. Tú tienes una hija de la que no te has ocupado; pero no es culpa tuya.

Javier siente una punzada de dolor. Patricia la mira perpleja.

—Su estima estaba por los suelos —continúa Lucrecia—. Cuando Xiago cumplió cinco años, Ana, la psicóloga, me aconsejó que le sacara del colegio. Fueron años difíciles, tuve que tomar decisiones complicadas yo sola. Había recibido una herencia de mi padre y compré esta casa para montar la pastelería. Era un sitio retirado que nos daría la tranquilidad que necesitábamos. Aproveché que el faro estaba también en venta para comprarlo. Fue el regalo de cumpleaños para Xiago. Ha sido una de las pocas veces que le visto sonreír feliz.

Lucrecia solloza y hace una pausa.

—Allí pasaba las horas jugando, y aún hoy, es su refugio. Siguiendo el consejo de la psicóloga, busqué un profesor de Coruña que viniera a casa a darle clases.

—¿No lo llevabas al pueblo de vez en cuando? —pregunta Javier.

—Sí, al principio lo llevaba en ocasiones especiales, cuando eran las fiestas, y cuando había algún festival de música. Nos trataban como apestados. Xiago no quería ir, y dejamos de hacerlo.

—¿Lo has tenido aquí encerrado todo el tiempo?

—Yo no diría encerrado, teniente. Cuando él quería salir, subía a lo alto del faro para ver si venía alguien; si el panorama estaba despejado, salía. Muchas veces lo hacía de noche, no quería que nadie le viera. Yo le decía a la gente que lo había enviado *coa miña irmá*, pero era mentira. Aunque sigue ocultándose, cada vez sale con más frecuencia a correr de noche. Es el ejercicio que hace.

—¿Era él quien me enviaba los SMS anónimos?

—Verán. Por sus quince años, le regalé un telescopio astronómico, que tiene instalado en lo alto del faro; le gusta observar el firmamento. Con el tiempo, también se interesó en observar los barcos navegando y a la gente de los alrededores, y le regalé otro telescopio, esta vez terrestre. Se pasa las horas muertas mirando. También ha estudiado informática en una universidad a distancia, y le gusta cacharrear.

—Tiene mérito todo lo que habéis hecho —dice Javier.

Lucrecia sigue su relato.

—Conocíamos a Leticia porque de vez en cuando pasaba por la pastelería. Una tarde que Xiago estaba en el faro, vio que ella esperaba a alguien. Al oscurecer, llegó un hombre en un coche. Dio un paseo con la chica bordeando el acantilado. Xiago se quedó paralizado cuando vio por el telescopio que él la pegaba y luego la arrojaba por el acantilado. No pudo hacer nada por evitarlo. Estaba obsesionado con lo que había visto, y no sabíamos qué hacer. Al principio, pensamos en denunciarlo a la Guardia Civil, pero Ortiguña es un pueblo pequeño, y todo acaba sabiéndose. Roibas manda mucho aquí, y sospechábamos que de alguna forma él estaba detrás del crimen. Entiéndanlo, no queríamos correr la misma suerte que la pobre chica.

—Comprendo —dice Patricia condescendiente.

—Unos días más tarde, un sábado, el cabo Delgado vino a la pastelería. Estuvimos charlando un rato. Me comentó que había llegado una teniente de Madrid para investigar el caso de Leticia. Xiago oyó la conversación desde arriba y se asomó a las escaleras para oír mejor.

Lucrecia señala las escaleras a sus espaldas.

—Vio que Delgado se había dejado sus cosas en esta mesa y que estaba en la otra habitación, eligiendo pasteles y charlando conmigo. Xiago bajó a cotillear el móvil; estaba desprotegido, y tuvo tiempo suficiente para ver que tenía una llamada reciente a una tal teniente Montenegro. Cuando iba a pagar, Delgado tuvo que volver al obrador a recoger sus cosas; para entonces, Xiago ya había tomado nota del número y había subido.

—Se arriesgó mucho —comenta Javier.

—Sí, pero mi hijo pensó que era importante tener el contacto de la teniente recién llegada. Nos fiábamos más de usted, sin conocerla, que del cabo Delgado. Aquella noche, fue un tanto agitada, así que, al día siguiente, le enviamos el mensaje anónimo, con el nombre de Leticia y las coordenadas donde estaba el cuerpo.

—¿Por qué fue una noche agitada? —pregunta Patricia.

—Xiago quería salir a correr, y había mucha niebla. Discutimos porque a mí me daba miedo de que se cayera por el acantilado, pero no me hizo caso.

Patricia y Javier intercambian miradas.

—La cosa no acabó ahí —continúa Lucrecia—. Otra tarde, casi de *noite*, Xiago vio cómo un hombre arrojaba a otro por el mismo sitio. Apenas pudo distinguir a las personas. Como puede entender, cada vez teníamos más miedo; pero no podíamos quedarnos callados, así que decidimos enviarle otro mensaje anónimo.

—¿Qué más ha visto que le llamara la atención? —pregunta Patricia.

—¿Les parece poco? Eso es todo.

Una voz grave responde a la teniente desde el cuarto de al lado; es Xiago, oculto en la penumbra de la zona de expositores.

—Mi madre se ha olvidado de contarles algo.

—No, hijo, por favor.

—Mamá, ha llegado el momento de contar lo que pasó aquel sábado por la tarde.

Lucrecia suspira, y el chico entra en el obrador. Ahora la luz le da de pleno; Patricia y Javier no pueden evitar el sobresalto. Es muy alto y corpulento, tiene la cara cubierta de vello negro, apenas se distinguen los ojos y los labios, las manos también están cubiertas de vello negro. Lleva pantalones y jersey negros. Está en jarras, en actitud amenazadora. Patricia entiende el susto que se llevaron las personas con quienes se ha cruzado.

—¿Qué pasó, Xiago? —pregunta la teniente.

—No pasó nada —dice Lucrecia.

—Tengo una teoría —aventura Patricia—. Aquel sábado por la tarde, ya había oscurecido, y Xiago estaba corriendo. Vio a una chica que iba con una niña pequeña. Le pareció extraño y las siguió hasta el borde del acantilado. Al darse cuenta de que Ginna estaba a punto de precipitarse por al vacío, asustó a la chica. El rescate de Ginna seguramente fue más peligroso.

Xiago se toma su tiempo.

—Faltó poco para que se matara —responde—. Conseguí agarrarla en el último momento, y casi me voy con ella al fondo del acantilado.

—¿Dónde está?

—La *neniña* está en un sitio seguro. Xiago le salvó la vida y no queremos que vuelvan a intentar matarla —responde Lucrecia.

—Nadie va a intentar matarla otra vez —afirma la teniente.

—¡Es mi *neniña*! —arranca a llorar—. Aquí la estamos cuidando y está a salvo.

—Mamá, no es tu *neniña*. Tu hija murió hace muchos años, y Ginna no puede reemplazarla.

—Es igual que mi hija; tú la salvaste, y ahora tenemos derecho a cuidarla. El destino lo ha querido así.

—Lucrecia, Xiago —dice la teniente—, Ginna ya no corre peligro. Indirectamente, Marco fue el causante del intento de asesinato de la pequeña. Esta noche han muerto él y María.

La pastelera se lleva las manos a la cabeza.

—Pero ¿qué ha pasado? ¿Cómo ha sido?

—No puedo darle más detalles. Lo están investigando.

A Javier se le humedecen los ojos al recordar que ya no podrá ver más a María.

—No lo siento por el italiano, pero sí por María —susurra Lucrecia—; era una bellísima persona. La única que siempre me ha preguntado por mi *neno*. Me tenía al tanto de lo que pasaba en el pueblo y me hacía confidencias, como la de que Javier era el padre biológico de Ginna —al decir esto, mira a Javier con cara de desaprobación y añade—: No debiste dejarla con ese malnacido de Marco.

El escritor no se toma la molestia de explicar que no tuvo otra opción. «¿O tal vez sí la tuve?», se cuestiona. Debió insistirle más en que se fueran a vivir juntos, aún a costa de parecer irrespetuoso al ir contra la voluntad de María. Quizá, si lo hubiera hecho, ahora podría estar viva. Le entristece sobre todo que haya muerto sin saber qué ha sido de Ginna.

—Si tan bien te llevabas con María, ¿por qué la dejaste sufrir tanto, Lucrecia? —pregunta Javier.

—Ya os lo dije. Ginna corría peligro en su casa. No creas que fue fácil. María y yo éramos amigas, y verla en televisión, suplicando la liberación de su hija nos partió el corazón; pero Xiago y yo pensamos que si la soltábamos, acabaría muerta.

—¿Dónde la tenéis? —pregunta Javier.

—Ginna se ha quedado sin padres. ¿Con quién va a estar mejor que con nosotros? Estoy segura de que es lo que hubiera querido María.

—Lucrecia, eso no puedes decidirlo tú —le aclara la teniente.

—Antes, decidnos qué va a ser de ella —dice el chico.

—Seguramente irá a un centro de acogida de menores hasta que se decida si se hace cargo un tutor.

Todos callan durante unos segundos, como si estuvieran evaluando las palabras de Patricia.

—Acompañadme arriba —les invita Xiago.

—¡Pero, hijo! —protesta Lucrecia.

Xiago sube las escaleras seguido por los demás, y atraviesa un pasillo hasta llegar a una habitación que tiene la puerta cerrada con llave.

—De noche, la tenemos aquí; de madrugada la llevamos al faro. En algunas ocasiones, mi madre salía a pasear con Ginna, mientras yo vigilaba desde el faro. Si venía alguien, yo la llamaba al móvil, y ellas volvían. Suprimimos los paseos porque intentó escaparse en una ocasión.

Lucrecia abre la puerta lentamente. Ginna está durmiendo. Se ve que han decorado la habitación al antojo de la niña. Incluso tiene una televisión.

—Miradla, qué bien está mi niña —susurra la pastelera—. Le hemos preparado este cuarto, y está feliz con nosotros.

Los cuatro bajan al obrador.

—Lucrecia, sé cuánto deseas quedarte con Ginna —dice Patricia—, pero la realidad es que la tienes encerrada en un cuarto con llave y se ha intentado escapar. Xiago le ha salvado la vida, la habéis cuidado y protegido y nos habéis enviado mensajes con las pistas de los asesinatos. Todo eso está bien, y os lo agradecemos, pero ahora Ginna debe quedar bajo la custodia del Estado, que decidirá qué es lo que más le conviene.

—No os la llevéis, os lo pido, por favor —suplica Lucrecia llorando—. La hemos cogido mucho cariño y ella a nosotros.

—Tendría que llevármela ahora, pero si me prometéis no esconderla en otro sitio, os dejo que os despidáis hasta que lleguen los servicios sociales.

—Mamá, entiéndelo —interviene Xiago—. Sabíamos que este momento iba a llegar. Prométeselo, y así al menos nos podremos despedir de Ginna. Quizá podamos verla más adelante.

Con lágrimas en los ojos, Lucrecia promete cuidarla hasta que vengan a por ella.

Javier y Patricia se despiden de ellos con una sensación agridulce; la niña está bien, pero ya no tiene a María ni a Marco. Se dirigen despacio al coche.

—¿A dónde te llevo? —pregunta el escritor.

—Me estarán buscando por el hotel. ¿Sería mucho pedir que me quedara en tu casa a trabajar y a descansar las próximas horas? Tengo que hacer un informe de lo que ha pasado en las últimas horas, y necesito dormir.

—Sabes que eres bienvenida.

46. Quizás

Mientras Javier prepara un café, la teniente llama a Gómez y le pone al tanto de que han encontrado a Ginna. Le pide que se oculte hasta que hable con el capitán Montero y le envíe el informe.

—Manuel, hemos cumplido la misión. Has hecho un gran trabajo. No podíamos evitar la muerte de Leticia, que había perdido la vida antes de que llegáramos, pero hemos encontramos a Ginna y hemos contribuido al arresto de Roibas y de su gente. Había mucha podredumbre, y la hemos sacado a la luz.

Gómez siente una satisfacción especial por la detención de Roibas; de alguna forma, ha saldado las cuentas pendientes que tenía con la familia del mafioso. Ha vengado a su padre.

—Espero que el capitán lo vea como tú —le dice a Patricia—. Supongo que estás con Javier. Ten cuidado; Delgado lo supondrá también y debe estar buscándote. Prepárate para una visita y, quizá, una detención.

—Me parece que Delgado ha estado muy ocupado toda la noche con los de criminalística y con los informes de los asesinatos de María y de Marco. Ya te llamaré.

La teniente termina el informe y lo envía por correo electrónico desde el ordenador de Javier. Se acuesta vestida en la cama, con Javier a su lado.

Delgado ha tenido una noche muy atareada; ha trabajado con los de criminalística en el escenario del crimen, y han tratado de reproducir cómo ocurrió el doble asesinato. Ha hablado con Alessandro y Maruxa, que están conmocionados, y le ha pedido a un guardia que se quede con ellos hasta que venga alguien que se encargue de su custodia. Prepara su primer informe como brigada y quiere que sea exhaustivo. No ha escatimado en incluir todo tipo de detalles. Ha explicado la conducta errática, indecorosa, poco ética y de desacato de la teniente Montenegro; el cabo Gómez no sale mucho mejor parado. Por otra parte, ha ensalzado su rápida intervención en casa de los Bonanni y ha explicado que, con el apoyo del agente Ruiz —porque él es un hombre que trabaja en equipo—, consiguieron evitar la muerte de Natalia Mosqueira. El informe, sin embargo, tiene lagunas que le hacen sentir incómodo: ¿Dónde estaban Noa Urriaga y Bieito Ruiz cuando ocurrió el crimen? ¿Dónde están ahora? ¿Dónde están todos? Les ha llamado por teléfono, pero nadie lo coge.

Antes de enviar el informe quiere interrogar a Natalia, a ver qué más puede averiguar. Se desplaza al hospital, y pide hablar con la chica, pero tiene que esperar a que el médico de guardia lo apruebe; desafortunadamente no está localizable. Delgado decide enviar el informe tal cual está y se va a descansar a su casa.

Los rayos de sol se filtran entre los resquicios de la persiana del dormitorio. Patricia y Javier han amanecido abrazados. Ella mira el reloj con urgencia; son las diez. Ha dormido tres horas y se encuentra muy a gusto con el escritor, con quien le gustaría pasar el día entero en la cama, pero no puede. Deja a Javier durmiendo y se da una ducha.

A las diez y media, llama al capitán Montero. Este mira la pantalla y le cambia el semblante.

—No sé cómo expresar lo que siento en estos momentos, teniente —responde el capitán—. Su llamada me ha alegrado el día.

—Comparto sus sentimientos —ironiza Patricia.

—Los tiene cuadrados, teniente.

—Lo tomaré como un cumplido. ¿Ha leído mi informe?

—Detenidamente; no se me ha escapado ni una coma. También he tenido la ocasión de leer el informe del cabo Delgado. Resulta interesante ver las pocas coincidencias, por no decir ninguna, entre ambas versiones.

—¿Qué puede esperar de Delgado?

—Delgado me da igual. La pregunta que me hago es: ¿qué puedo esperar de usted, teniente? Ha salido en televisión besándose con un sospechoso, cuando todo el pueblo estaba buscando a la niña; desde su llegada, han muerto cuatro personas en una población que, hasta ese momento, había sido un remanso de paz; he recibido quejas del alcalde, de Delgado y la última esta mañana, de la agente Noa Urriaga. Podría seguir con su actitud de soberbia, con su desacato a mis órdenes, con su convencimiento de creerse que está por encima de todos. Sabía que tenía que llamarme ayer y que ya estaba fuera del caso, pero ha hecho caso omiso.

—Capitán, esto estaba podrido. Gómez y yo hemos hecho lo que nadie se había atrevido a hacer.

—¡Y de qué manera, Montenegro!

—Hemos encontrado a Ginna, hemos contribuido a la desarticulación de la banda de Roibas, hemos desenmascarado a un topo que trabajaba para los narcos. Le estoy hablando de resultados.

—Esta vez no me va a convencer. Ha ido demasiado lejos.

—No pretendo convencerle. Más bien debería ser al revés, pero le voy a ahorrar el trago. Dimito.

El capitán se toma unos segundos antes de responder.

—¿Se da cuenta? La gobiernan las emociones. Eso es lo que la pierde. Yo pensaba en amonestarla, aunque, ya que me pone en esa tesitura, acepto su dimisión, teniente. Y dígale a Gómez que también aceptaré la suya si es lo que quiere. Usted es su superior.

—Hace unos segundos, he dejado de serlo, pero déjeme que le diga una cosa: Gómez solo ha obedecido mis órdenes.

—Me da igual. Vuelvan a Madrid. Los quiero ver mañana en mi despacho.

—Que tenga un buen día, capitán —se despide Patricia y cuelga sin darle opción a continuar la conversación.

—¡Guau! —exclama Javier—. Has estado soberbia.

—Tengo que llamar a Gómez.

Patricia le cuenta al cabo la conversación que acaba de tener, y añade que no se arrepiente de lo que ha hecho. Quedan en que él la recogerá en un rato y que volverán a Madrid esa misma tarde.

Javier está prestando atención. Cuando acaba la llamada, se produce un silencio. Patricia de nuevo tiene temblores en la mano izquierda, que oculta hábilmente.

—¿Y dónde quedamos nosotros? —pregunta Javier.

Ella sabe que esos temblores pueden ser la manifestación de un problema de salud grave; o quizá solo sea estrés; pero, hasta que no tenga un diagnóstico, prefiere no hacer planes.

—Ahora nos tenemos que separar. Vine para cumplir una misión y la he terminado. Conocerte ha sido lo mejor que me ha pasado en mucho tiempo, pero creo que los dos sabíamos que llegaría este momento.

—Siento que tenga que ser así, Patricia.

—Lo mismo digo, escritor.

—¿Qué vas a hacer?

—Tomarme un tiempo para descansar y pensar qué quiero hacer con mi vida. Y tú, ¿tienes algún plan?

—Sí, teniente; y por el momento es secreto, pero ya te contaré. Te voy a echar de menos. Te deseo que encuentres lo que estés buscando.

—Eso espero, escritor. Cuídate. Quizá nos veamos en la feria del libro cuando estés firmando ejemplares de tu novela.

—Quizá…

47. Encuentro

Ginna está en un centro de acogida. No han podido ocultarle que su padre ha matado a su madre; lo ha visto en las noticias de la tele. No puede asimilar que ya no los verá más. Le han dicho que tampoco podrá ver a sus hermanastros. No habla con nadie, come poco y, a menudo, llora. Preferiría haberse quedado con Xiago; era muy feo, pero se había acostumbrado a su aspecto, y le enseñaba a mirar las estrellas por el telescopio.

Ahora se siente sola y abandonada. Después de un mes de convivir con otros niños, va asumiendo que le tocará vivir ahí por mucho tiempo. Los mayores le dicen que hasta que cumpla los dieciocho años no podrá salir. ¿Salir adónde? Nadie la ha visitado y no sabe qué ha sido de sus hermanas ni de Alessandro.

Un día por la mañana, se le acerca una cara conocida. Es la directora del centro.

—Mira a esa persona que está en la puerta. Se llama Javier y quiere conocerte —le dice.

A Ginna le resulta familiar esa cara. Cree haberla visto en la pastelería. Recibir una visita es algo nuevo y rompe la rutina, así que se acerca a él, aunque sin demasiadas ganas.

Javier se agacha y la saluda.

—Hola, Ginna. Me llamo Javier. Yo era amigo de tu madre. Sé que lo estás pasando muy mal y te confieso que yo también estoy muy triste. He pensado que podíamos vernos un rato por las tardes, charlar y dar algún paseo; si tú quieres, claro.

Ginna está confundida. No sabe de qué va la cosa, pero ese hombre le transmite paz, y es su único punto de conexión con su vida anterior. Además, le apetece hacer algo distinto.

—Vale —es todo lo que responde.

Javier la visita todas las tardes; al principio un cuarto de hora, pero, a medida que transcurren los días, pasan más tiempo juntos. Les dejan compartir una habitación para ellos solos, donde Javier le hace trucos de magia, le lee cuentos, le enseña fotos de su casa y juegan. De vez en cuando, salen a pasear. Ginna ha cogido confianza; cada vez habla más, le cuenta las cosas que le pasan con los otros niños y con los cuidadores.

Una tarde, Javier aparece con una mujer del centro. Le pregunta a Ginna si le gustaría irse a vivir con él. A la niña se le ilumina la cara y responde afirmativamente. Ginna no sabe que ese era el último paso requerido para que su padre biológico pudiera adoptarla.

Agradecimientos

Mi agradecimiento a Susana Cano Méndez y a José Antonio Torres Becerra por sus minuciosos trabajos de revisión y corrección; a Víctor Fernández de Córdoba González, Técnico de Emergencias Sanitarias, que rescató a mi protagonista; a María Pérez Herrero, escritora, por sus acertadas recomendaciones; a mis queridos primeros lectores, Isabel Arribas Mosquera, Javier Delgado y Bernaldo de Quirós, Susana Zaera Fernández, Sandra Domínguez Risco, Mabel Cabeza de Vaca y María Rosa Gutiérrez Valiente por sus valiosas aportaciones.

Y especialmente a Sara, mi querida mujer, siempre dispuesta a escucharme y a ser mi mejor crítica.

www.ingramcontent.com/pod-product-compliance
Lightning Source LLC
LaVergne TN
LVHW010318200726
843507LV00010B/1269